Champagner und ein Stück vom Glück

Über die Autorin

Brigitte Teufl-Heimhilcher, geb. 1955, ist verheiratet und arbeitet als Immobilien-Fachfrau in Wien.

Seit einigen Jahren schreibt die kommunikative Hobbyköchin heitere Gesellschaftsromane, in denen sie sich auf unterhaltsame Weise mit dem Alltag, Beziehungen aller Art und gesellschaftspolitisch relevanten Fragen auseinandersetzt.

Brigitte Teufl-Heimhilcher

Champagner und ein Stück vom Glück

Roman

www.teufl-heimhilcher.at

Die Originalausgabe erschien 2016
bei Brigitte Teufl-Heimhilcher
www.teufl-heimhilcher.at

1. Auflage 2016
© 2016 Brigitte Teufl-Heimhilcher
Buchsatz & Covergestaltung: mach-mir-ein-ebook.de
CreateSpace Independent Publishing Platform
ISBN-13: 978-3-7431-3955-8

Alle Rechte vorbehalten

Liebe Leserinnen, liebe Leser,

sollten Sie „Neubeginn im Rosenschlösschen" gelesen haben, werden Ihnen einige Personen aus dem vorliegenden Roman bekannt vorkommen, doch „Champagner und ein Stück vom Glück" kann auch ohne Vorkenntnisse gelesen werden.

Dennoch möchte ich – anstelle eines Prologes – eine kurze Zusammenfassung und eine Szene aus „Neubeginn im Rosenschlösschen" voranstellen:

„Neubeginn im Rosenschlösschen" erzählt die Geschichte der Mittfünfzigerin Susanne, die sich – nachdem ihr Top-Job in einer Immobilienfirma wegrationalisiert wurde – im Leben völlig neu zurechtfinden muss.

Im *Rosenschlösschen*, ihrem ehemaligen Elternhaus, richtet sie ein kleines, aber feines Event-Restaurant ein, veranstaltet Kochkurse und findet so eine neue Herausforderung und eine neue Liebe.

Erleben Sie Susanne in einer Szene mit dem Sternekoch Lars König und ihrer ehemaligen Assistentin Helga:

Helga Wagner kam als Letzte und wirkte ziemlich mitgenommen.

„Tut mir wirklich leid, aber mein Ex hat Benny wieder einmal zu spät abgeholt", hatte sie Susanne noch zugeflüstert, dann hat der Kochkurs „Haubenküche auf Hausfrauenart" begonnen.

Dem Titel des Kurses entsprechend, kochte Lars am Vormittag mit seinen Schülern Hamburger Pannfisch und Rote Grütze mit Vanillesauce.

Susanne hatte ihren Auftritt erst am Nachmittag. Da wollte Lars eine – aus ihrer Sicht übertrieben umständliche – Variante einer Paella zubereiten, während sie eine vereinfachte Version vorstellen würde. Davor gab es einen Salat, danach eine Crema catalana.

Sie hatte nach der Begrüßung eine Weile zugehört und war dann ins Büro gegangen, wo sie Werner vor seinem PC sitzend vorfand.

„Wie stehen die Aktien?", fragte er.

„Lars bleibt Lars", antwortete sie lächelnd. „Er mag ein Windhund sein, aber er ist ein charmanter Windhund."

Zum Pannfisch war Susanne zu spät gekommen, sie hatte ohnehin nicht vorgehabt, zweimal am Tag ausgiebig zu essen, aber sie ließ sich etwas von der Roten Grütze geben und wollte sich damit zu Helga setzen. Als sie sah, dass die sich mit Lars ziemlich gut zu unterhalten schien, setzte sie sich zu den übrigen Teilnehmern und ließ sich erzählen, wie hervorragend Herr König den Fisch zubereitet hatte.

Während des nachmittäglichen Kochens blieb natürlich auch keine Zeit für ein einigermaßen sinnhaftes Gespräch, also hatte Susanne beschlossen, sich nach dem Abendessen mit Helga zusammenzusetzen.

Doch auch diesmal fand sie Lars an ihrer Seite. Helga sah schon viel besser aus als am Morgen, und die beiden schienen sich wirklich ausnehmend gut zu unterhalten.

Als Susanne im Laufe des Abends beobachtete, wie sie auch noch Bruderschaft tranken – Lars lehnte es ab, von vorneherein mit allen Teilnehmern per Du zu sein –, und wenig später sah, wie die beiden sich auf den Weg in den Gasthof machten, bat sie Lars unter einem Vorwand, noch kurz zu ihr ins Büro zu kommen.

Kaum hatte sie die Tür hinter ihm geschlossen, zischte sie: „Diese Frau hat eine ziemlich schwere Zeit hinter sich, ich bitte dich daher inständig: keine Spielchen!"

Er sah sie erstaunt an: „Wieso verstehe ich dich jetzt nicht?"

„Ich bin sicher, du verstehst mich ganz ausgezeichnet."

„Ist deine ehemalige Assistentin dir Rechenschaft schuldig?"

„Nein, ist sie nicht, aber ich möchte nicht, dass sie von einem Kummer in den nächsten fällt. Klar?"

„Glasklar", erwiderte er mit einem spöttischen Lächeln und öffnete die Tür. Dann bot er Helga seinen Arm, winkte und verließ das Rosenschlösschen.

Susanne hatte gar kein gutes Gefühl dabei, aber was sollte sie machen? Helga war zwar deutlich jünger, aber ein erwachsener Mensch. Sie würde schon wissen, was sie tat. Hoffentlich.

Doch als Helga ihr einige Tage nach dem Seminar eine Mail schrieb, in der sie sich überschwänglich für das ausnehmend schöne Wochenende bedankte, griff Susanne zum Telefon, um Lars anzurufen.

„Was verschafft mir die Ehre deines Anrufes?", fragte er knapp.

„Versteh mich bitte nicht falsch, ich weiß, es geht mich nichts an, aber gestatte mir dennoch eine Frage: Wirst du Helga Wagner wiedersehen?"

„Du hast recht, es geht dich nichts an, aber ich sage es dir trotzdem: Ja, wir werden uns wiedersehen. Ich habe sie eingeladen, über Silvester nach Hamburg zu kommen. Sonst noch Fragen?"

„Du weißt, dass sie einen Sohn hat?"

„Selbstverständlich. Er fährt mit seinem Vater auf Schiurlaub."

„Und du brichst ihr in der Zwischenzeit das Herz. Toller Plan."

„Du scheinst ja eine ganz hervorragende Meinung von mir zu haben. Hast du deswegen den Architekten vorgezogen?"

„Natürlich nicht", seufzte Susanne.

„Das Herz", fuhr Lars fort, „hat ihr ein anderer gebrochen. Ich werde es wieder zusammensetzen."

Sein Wort in Gottes Ohr, dachte Susanne, nachdem sie aufgelegt hatte.

Selbstzweifel fochten ihn jedenfalls nicht an. Aber wer weiß, vielleicht war es gerade das, was Helga jetzt brauchte.

Helga

Apfel in Calvadossabayon

⅛ l Sekt
3 Dotter
40 g Kristallzucker
4 cl Calvados
2 Äpfel

Äpfel in Scheiben schneiden und in Calvados marinieren. Die restlichen Zutaten mit dem Schneebesen verrühren und über dem Wasserbad schaumig aufschlagen. Sabayon auf Teller verteilen, die marinierten Apfelspalten daraufsetzen und ansprechend dekorieren.

„Was mache ich eigentlich hier?", fragte sich Helga, während sie auf ihren Koffer wartete.

Richtig, Lars hatte sie eingeladen. Außerdem war sie einsam, und sie mochte Männer, die charmant waren und gut kochen konnten. Aber das war noch lange kein Grund nach Hamburg zukommen – da hatte ihre Mutter doch ausnahmsweise einmal recht.

Auch dass ihr Sohn Benny mit seinem Vater Schiurlaub machte, schien ihr nun kein hinreichender Grund mehr, den Jahreswechsel mit einem Mann zu verbringen, den sie genau genommen kaum kannte.

Vielleicht hätte sie doch Susannes Einladung ins Rosenschlösschen annehmen sollen. Sie hätte Silvester aber auch mit ihren Eltern feiern oder einfach verschlafen können.

Allerdings kam diese Einsicht zu spät. Sie hatte ihren Trolley mittlerweile vom Band gehievt und machte sich auf den Weg zum Ausgang.

Wenige Minuten später breitete Lars überschwänglich die Arme aus. „Helga, meine Liebe, was für eine Freude!"

Sie zwang sich zu einem Lächeln. „Ich freue mich auch, hier zu sein. Danke, dass du mich abholst, ich hätte doch auch ein Taxi nehmen können."

„Niemals! Dann hätte ich noch eine ganze Stunde länger auf dich warten müssen", rief er, schnappte sich ihren Trolley, legte einen Arm um ihre Taille und schob sie in Richtung Parkplatz.

„Wie lange kannst du bleiben?"

„Mein Rückflug ist für den vierten Jänner gebucht."

„So bald schon? Dann lass uns die wenigen Tage genießen. Heute Abend übernimmt mein Sous-Chef, und wir beide machen es uns gemütlich. Was hältst du davon? Morgen habe ich natürlich Großkampftag, das haben wir ja besprochen. Dafür ist das Restaurant nach Silvester einige Tage geschlossen, dann werde ich dir Hamburg zeigen!"

In der Zwischenzeit waren sie bei seinem Auto angelangt. Nobler Schlitten. Während er ohne Unterlass weiterredete, sah Helga aus dem Fenster. Es war nebelig und trüb, das entsprach ziemlich genau ihrer Stimmung.

Dabei hatte sie sich doch so auf diese Tage gefreut. Wann genau hatte das umgeschlagen? Als ihre Mutter sie mit hochgezogener Augenbraue gefragt hatte, ob sie sich das auch genau überlegt habe? Als Benny ausgeflippt war, weil sie sich mit einem anderen Mann traf? Oder erst gestern, seit dem Telefonat mit Susanne? Ihre Mutter war reichlich konservativ und ihr Sohn noch ein Kind, aber Susanne war weder prüde noch zimperlich – dennoch schien es, als wollte sie Helga vor etwas warnen. Vor Lars? Lächerlich. Lars war vielleicht nicht die Idealbesetzung für die Rolle des treu sorgenden Ehemanns, aber dieses Kapitel war für Helga ohnehin ein für alle Mal abgehakt. Auch eine feste Beziehung kam nicht infrage, und das nicht nur, weil Lars sein Leben in Hamburg hatte und sie das ihre in Wien. Nach der Pleite mit Paul war sie noch lange nicht bereit, über eine neue Beziehung auch nur nachzudenken – schon wegen Benny.

Was Benny jetzt wohl machte? Hoffentlich passierte ihm nichts, er war ein so rasanter Schifahrer. Genau wie sein Vater. Natürlich wusste sie, dass Paul im Grunde ein verantwortungsbewusster Vater war, aber auf der Piste konnten die beiden einfach nicht genug bekommen.

Helga versuchte, ihre innere Unruhe niederzukämpfen. Bisher waren sie schließlich immer gut zurückgekommen, und wenn Vater und Sohn sich amüsierten, war es doch nur recht und billig, wenn sie sich auch eine Auszeit gönnte, weit weg von Wien und den Mühen des Alltags.

Sie war gekommen, um sich ein paar Tage zu amüsieren. Nicht mehr und nicht weniger. Das stand ihr doch zu, verdammt noch mal. Warum hatte sie ständig das Gefühl, sie müsse sich rechtfertigen, vor allem vor sich selbst?

Lars hatte in der Zwischenzeit einen ziemlich genauen Plan für die nächsten Tage entworfen. Helga hatte nicht genau zugehört, aber sie würde es schon noch rechtzeitig erfahren.

Die Fahrt zog sich, in der Zwischenzeit war es dämmrig geworden.

„Ich bringe dich gleich in dein Hotel, es liegt nur wenige Schritte vom *Landhaus* entfernt. Wie lange brauchst du, um dich frisch zu machen?"

„Wäre eine Stunde für dich in Ordnung?"

Lars zwinkerte ihr zu. „Ich werde die Sekunden zählen und dich mit Ungeduld und einem Glas Champagner erwarten."

Als Helga eine knappe Stunde später das *Landhaus* betrat, hörte sie Lars' Stimme aus der Küche. Es hörte sich allerdings nicht nach Sekundenzählen an, mehr nach Ungeduld.

Ein Kellner eilte ihr dienstbeflissen entgegen und schloss im Vorbeigehen die Tür zur Küche.

„Guten Abend, die Dame. Wir öffnen leider erst in wenigen Minuten. Darf ich Sie in der Zwischenzeit an die Bar bitten?"

„Gerne, aber Herr König erwartet mich", antwortete Helga mit einem Lächeln.

Der Kellner verbeugte sich leicht. „Dann darf ich Ihnen vorab einen Drink anbieten? Ein Glas Champagner vielleicht? Herr König wird gleich bei Ihnen sein."

Champagner also, nobel. Hatte sie schon länger nicht getrunken.

In den ersten Jahren ihrer Ehe hatte Paul sie zum Hochzeitstag immer in ein exklusives Restaurant eingeladen, später waren sie nur noch zum

Italiener ums Eck gegangen, und irgendwann hatte er auch dazu keine Lust mehr gehabt.

„Entschuldige, meine Liebe", unterbrach Lars ihre Gedanken, „aber kaum bin ich nicht da, wird schon geschludert. Unser Azubi schneidet die Zwiebel für das Beef-Tartar in Riesenquader statt in kleine Würfelchen. Dabei muss sie gerade in diesem Fall besonders fein geschnitten werden, nur so verbindet sie sich mit dem Fleisch und den Gewürzen zu diesem unvergleichlichen Aroma. Jan! Ah, da sind Sie ja. Für mich bitte auch ein Glas Champagner. Meine Liebe, soll man uns das Menü hinaufbringen oder möchtest du etwas anderes? Wenn du lieber Pasta hättest, kann ich dir die Kürbisravioli in Salbeibutter empfehlen. Die Dorade im Kräuterbeet ist allerdings auch nicht zu verachten, und solltest du Lust auf …"

„Kürbisravioli wären ganz wunderbar", unterbrach Helga rasch.

„Und danach? Vielleicht …"

„Für mich bitte einfach nur Kürbisravioli, wenn das möglich wäre."

„Jan, bitte zweimal Kürbisravioli, aber als Hauptgang, und Blattsalat dazu. Danach bringen Sie uns bitte etwas Käse. Oder möchtest du lieber etwas Süßes? Ein Soufflé oder lieber Obst?"

„Gerne etwas Obst."

„Also, Jan, dann bitte einen Obstteller für die Dame, Käse für mich. Wir gehen jetzt nach oben."

Galant reichte er Helga seinen Arm und gemeinsam verließen sie die Bar.

Am Empfangstisch thronte nun eine ältere Dame mit schlohweißem Haar und einer imposanten schwarzen Brille vor einem großen Buch.

„Mutter, darf ich dir Helga Wagner vorstellen, eine sehr liebe Bekannte aus Wien. Helga, das ist meine Mutter, Elsa König."

Die Damen reichten einander die Hände und murmelten „Sehr erfreut", dann zog Lars Helga auch schon weiter.

Seine Wohnung lag im ersten Stock des Hauses und war, anders als das Restaurant, sehr modern eingerichtet. Anfangs fühlte Helga sich in dem kühlen Ambiente etwas unwohl, aber sein fröhliches Geplauder und ein weiteres Glas Champagner halfen ihr dabei, sich bald wieder so wohl und entspannt zu fühlen wie an jenem Abend im Rosenschlösschen, als sie ihn kennengelernt hatte. Wenn sie nun schon mal hier war, würde sie die kleine Auszeit auch genießen. Mal sehen, wie sich die Dinge entwickelten.

Am nächsten Morgen frühstückte Lars noch rasch mit Helga im Hotel, dann eilte er in seine Küche, um die Warenanlieferung zu überprüfen. Helga vergewisserte sich telefonisch bei Benny und ihren Eltern, dass alles in Ordnung war und machte sich dann, bewaffnet mit einem Stadtplan, auf den Weg. Eigentlich wollte sie in die Innenstadt gehen, doch als dann war die Sonne herauskam, entschloss sie sich, den Trubel der Innenstadt gegen die Ruhe eines Spaziergangs um die schöne Außenalster zu tauschen. Eine gute Entscheidung, wie sie bald feststellte, doch der Weg war deutlich länger als gedacht. Als Helga endlich wieder zum Hotel kam, waren mehr als drei Stunden vergangen und sie war reichlich müde.

Sie hatte sich nur kurz auf dem Bett ausstrecken wollen, doch als sie wieder aufwachte, war es bereits dämmrig. Sie machte sich eine Tasse Tee auf ihrem Zimmer, ehe sie mit den Verschönerungsarbeiten für den Silvesterabend begann. Maske, Peeling, Makeup, das volle Programm.

Zwei Stunden später war sie mit dem Ergebnis durchaus zufrieden. Der winterweiße Hosenanzug, den sie zu Weihnachten von ihren Eltern bekommen hatte, passte wie angegossen, und das goldene Top, das sie sich dazu geleistet hatte, gab ihm den nötigen Glamour. Dennoch spürte sie eine leichte Nervosität, als sie sich wieder auf den Weg ins *Landhaus* machte.

Da Lars an diesem Abend in der Küche unabkömmlich war, hatten sie vereinbart, dass er sie bei einem Gläschen Prosecco mit einigen Freunden bekanntmachen würde, mit denen sie die ersten Stunden des Abends verbringen sollte. Ein Gedanke, bei dem ihr nicht ganz wohl war – aber da musste sie jetzt durch!

Diesmal eilte Lars ihr in voller Küchenmontur entgegen, begrüßte sie mit gewohnter Grandezza und führte sie ins Kaminzimmer, wo seine Mutter und ein Ehepaar mittleren Alters bereits warteten.

Lars übernahm die Vorstellung: „Helga, meine Liebe, meine Mutter kennst du ja schon. Das sind meine Freunde Frauke und Jens. Mit Frauke war ich übrigens ein paar Jährchen verheiratet."

„Ich war Frau König, die Zweite", lachte Frauke und streckte Helga die Hand entgegen. „Mein jetziger Mann - Jens Jansen." Dann wandte sie sich wieder an Lars: „Kommen Annabell und Silke auch?"

„Leider nein. Annabell ist noch auf den Kanaren und Silke hat Nachtdienst", entgegnete Lars, warf ihnen allen eine Kusshand zu und enteilte.

„Annabell ist Frau König die Erste, Silke Frau König die Dritte", erläuterte Frauke im Plauderton.

„Bitte wie?", entschlüpfte es Helga. Sie wusste zwar, dass Lars mit seinen Exfrauen noch Kontakt hatte, aber niemals hätte sie damit gerechnet, dass er ihr eine von ihnen vorstellen würde. Er hatte nur erwähnt, dass Freunde im *Landhaus* feierten und er sie gern mit ihnen bekannt machen würde. Dass es sich dabei um eine seiner Exfrauen handelte, schien außer ihr niemand eigenartig zu finden.

Später kamen dann noch ein paar Freunde von Lars dazu.

Kurz vor dreiundzwanzig Uhr kam Lars in Begleitung seines Sous-Chefs und einer ziemlich attraktiven Köchin endlich aus der Küche. Helga wusste in der Zwischenzeit bereits einiges mehr über ihn, denn Frauke war eine ebenso redselige wie bodenständige Person, die sich Helga viel eher auf dem Obsthof, den sie nun mit ihrem Mann betrieb, als an Lars' Seite vorstellen konnte. Dennoch fühlte Frauke sich im vornehmen Ambiente des *Landhauses* sichtlich wohl, was man von ihrem Mann nicht behaupten konnte. Aber das jährliche Silvester-Dinner war Lars' Weihnachtsgeschenk an die Jansens, wie Frauke unumwunden erzählte, und da Lars ein guter Kunde ihres Obsthofes war, blieb Jens nichts anderes übrig, als dieser Einladung zu folgen. Außerdem wusste Helga bereits, dass Frauke lange Jahre als Patissière in der Küche des *Landhauses* tätig gewesen war. Dort hatten sie sich kennen- und lieben gelernt, einige Jahre ganz friedlich Seite an Seite gearbeitet und sich am Ende doch zerstritten, wie Frauke unumwunden zugab.

„Trotzdem ist Lars jetzt Ihr Kunde", sagte Helga, nur um irgendetwas zu sagen.

„Dein Kunde", verbesserte Frauke lachend, die bereits vor einer Stunde vorgeschlagen hatte, zum Du überzugehen. Dann fuhr sie fort: „Unser Kunde ist er natürlich auch, aber vor allem sind wir Freunde, richtig gute Freunde."

„Ob Jens das auch so sieht?", überlegte Helga, während sie das köstliche Sabayon auf der Zunge zergehen ließ, das von Apfelscheiben und einem kunstvollen Gebilde aus karamellisiertem Zucker und schwarzen Nüssen begleitet wurde.

Das Dinner war wirklich ganz hervorragend, und trotz der vielen Gänge fühlte sie sich nicht unangenehm voll.

Als Lars endlich, jetzt im dunklen Anzug, an ihren Tisch kam, war es fast Mitternacht und die Kellner waren bereits eifrig damit beschäftigt, Gläser und Schaumweine unterschiedlicher Preisklassen an die Tische zu bringen. Sie zweifelte nicht daran, dass Lars Champagner kredenzen würde.

„... 7 – 6 – 5 – 4 - 3 - 2 - 1 – Prost Neujahr!"

Jeder prostete jedem zu, Helga schüttelte Hände und küsste Menschen, die sie kaum kannte - genau das, was sie noch nie hatte leiden können. Sie hätte jetzt viel lieber mit Benny telefoniert und ihm ein gutes neues Jahr gewünscht. Aber das hatte er sich verbeten. Zu Mitternacht müssten sie die Raketen abschießen, da hätte er keine Zeit – und überhaupt. Als sie noch als Familie Urlaub gemacht hatten, hatte sie diese Dinger immer strikt abgelehnt. Jetzt musste sie sich damit begnügen darauf zu hoffen, dass nichts passierte. Es war zum Heulen – ihr war zum Heulen.

Plötzlich war Lars an ihrer Seite, nahm ihr lächelnd das Glas aus der Hand und führte sie auf die Tanzfläche.

„Nicht traurig sein, Chouchou. Das alte Jahr liegt hinter dir und das neue wird wunderschön werden", flüsterte er ihr ins Ohr, während sie sich im Walzertakt drehten.

Endlich wieder einmal tanzen. Schön war das!

Es war schon fast Mittag, als sie am Neujahrstag endlich beim Katerfrühstück in ihrem Hotel saßen.

„Warum hast du mir nicht gesagt, dass deine Exfrau da sein wird?", fragte Helga.

„Frauke? Magst du sie nicht?"

„Doch, schon, ich finde, sie ist eine ganz patente Person, und durchaus unterhaltsam …"

„Da bin ich jetzt aber erleichtert, weil ich nämlich zugesagt habe, dass wir sie am Sonntag im Alten Land besuchen. Frauke ist keine schlechte Köchin, und sie macht die beste Apfeltarte, die du je gegessen hast."

„Trotzdem hättest du es mir vorher sagen können", beharrte Helga.

„Dass wir ins Alte Land fahren?"

„Dass üblicherweise deine Exfrauen zu Silvester bei dir aufmarschieren."

„Wärst du dann hier?", fragte Lars schelmisch, und als sie nicht gleich antwortete, lachte er: „Siehste! Ich wollte doch unbedingt, dass du kommst!"

Das klang zugegebenermaßen ganz nett, aber für Helga war das Thema noch nicht durch.

„Wenn ich es richtig verstanden habe, hätte es durchaus passieren können, dass Frau König eins und drei auch gekommen wären", sagte sie, und es klang selbst in ihren Ohren ziemlich spitz. Dass sie ihre Stimme aber auch nie in der Gewalt hatte.

Lars schien das entweder nicht zu bemerken oder er hörte bewusst darüber hinweg, denn er antwortete gut gelaunt: „Sehr unwahrscheinlich. Annabell verreist fast immer über Weihnachten und Neujahr, weil sie da am wenigsten vom Immobiliengeschäft versäumt. Sie ist nämlich Maklerin mit Leib und Seele. Silke macht an Silvester in letzter Zeit immer Nachtdienst in der Klinik, weil ihr Chef und Freund, der ehrenwerte Herr Professor, dann mit seiner Familie feiert."

„Lass mich raten. Sie ist Krankenschwester und hat ein Verhältnis mit ihrem verheirateten Chef?"

Er schüttelte den Kopf, während er nach einem weiteren Hering griff. „Nicht ganz. Sie ist Ärztin, aber das mit dem verheirateten Chef stimmt. Sie glaubt allerdings, dass er sich scheiden lässt."

„Du nicht?"

„Nicht wirklich. Silke glaubt das nämlich schon seit mehr als zwei Jahren. Aber der Herr Professor findet immer eine neue Ausrede, warum es gerade jetzt nicht geht. Aktuell muss er warten, bis seine Jüngste Abitur gemacht hat."

„Ich finde es unverantwortlich, in eine funktionierende Ehe einzubrechen", entgegnete Helga aufgebracht.

Lars sah sie erstaunt an, dann legte er seine Hand auf die ihre. „Das klingt, als hätte ich eine empfindliche Stelle berührt. Das wollte ich nicht."

Die Berührung tat ihr gut. Sie wiegte den Kopf. „Ja und nein. Paul hat zwar stets behauptet, es wäre keine andere Frau im Spiel, aber das kann er der Schmauswaberl erzählen!"

„Wem soll er es erzählen?"

„Der Schmauswaberl, das sagt man so bei uns, wenn ..."

„Wenn man's nicht glaubt, hab' schon verstanden. Den Ausdruck muss ich mir merken", kicherte Lars und nahm noch einen Schluck Bier. „Um auf Silke zurückzukommen: Woher willst du denn wissen, dass die Ehe ihres Professors noch funktioniert?"

Sie sah ihn nachdenklich an. „Du hast recht, das weiß man eigentlich nie. Woran sind deine Ehen gescheitert?"

Er sah sie überrascht an.

„Gescheitert? Die sind doch nicht gescheitert! Wir haben einfach nur verstanden, dass unser gemeinsamer Weg an einer bestimmten Stelle zu Ende war."

Helga löffelte gedankenverloren eine Kiwi und murmelte: „Interessanter Ansatz."

Als sie später Hand in Hand der Alster entlang schlenderten dachte sie, dass es erstaunlich guttat, mit jemand zu reden, der eine so gänzlich andere Sicht auf die Dinge hatte. Als hätte Lars ihre Gedanken erraten, fragte er: „Ich weiß bisher nur, dass du seit Kurzem geschieden bist. Willst du mir erzählen, wie es dazu kam?"

Sie zuckte die Achseln. „Ganz genau weiß ich das immer noch nicht. Im Gegensatz zu dir betrachte ich das Ende meiner Ehe allerdings als Scheitern."

„Und woran seid ihr gescheitert?"

Es dauerte einige Zeit, ehe sie antwortete: „Am Alltag, an unterschiedlichen Meinungen, ich weiß es nicht. Als Paul das erste Mal von Scheidung gesprochen hat, war ich fassungslos, ich konnte es überhaupt nicht verstehen. In der Zwischenzeit glaube ich, wir sind uns gegenseitig im Weg gestanden, und haben es gar nicht bemerkt."

„Wie genau soll ich mir das vorstellen?"

„Ich war immer eine leidenschaftliche Tänzerin. Paul hingegen konnte dem ‚Gehopse', wie er es nannte, nichts abgewinnen. Dafür war er ein begeisterter Motorradfahrer, das war mir wiederum reichlich suspekt. Wenn er sonntags mit seinem Motorrad ausfuhr, fuhr ich mit dem Auto hinterher. Als dann Benny auf die Welt kam, hat Paul das Motorradfahren mir zuliebe sein lassen, und ich war kaum noch tanzen, es war mir einfach nicht mehr wichtig."

Sie gingen eine Weile schweigend nebeneinander her, ehe Lars sagte: „Dann habt ihr wohl den Zeitpunkt verpasst, an dem es wieder wichtig geworden wäre. Ich glaube, so geht es vielen Paaren. Oft sind es sogar die Männer, die zuerst spüren, dass etwas nicht mehr passt, aber ebenso oft reden sie nicht darüber."

„Da ist was dran", dachte Helga erstaunt.

Wie alt Lars' Mutter wohl sein mochte, überlegte Helga, als sie am Sonntag gemeinsam um den Mittagstisch der Jansens saßen. Sie hätte nicht sagen können, wie sie sich Lars' Mutter vorgestellt hatte, jedenfalls nicht so!

Am Silvesterabend hatte Helga sie kaum zu Gesicht bekommen, weil die alte Dame, wenn nicht gerade gegessen wurde, ständig im Lokal unterwegs gewesen war. Aber was hieß schon alte Dame? Sie hatte zwar schlohweißes Haar und einige tiefe Falten verrieten, dass sie deutlich über siebzig sein musste, dennoch hielt sie sich kerzengerade und war wie ein Derwisch durch das Restaurant gefegt.

Auch heute aß Sie mit gutem Appetit alles, was Frauke so auftischte – und das war nicht gerade wenig. Erst eine Zwiebelsuppe mit Käsecroutons, danach Scholle Finkenwerder Art mit Speck und deftigen

Bratkartoffeln und dann noch die von Lars angekündigte Apfeltarte mit ordentlich viel Schlagobers. Die gertenschlanke Elsa König ließ nichts davon aus. Helga war selbst eine eher zierliche Person, aber sie konnte nicht annähernd so viel essen.

„Schmeckt es dir nicht?", fragte Frauke eben besorgt, weil Helga ein weiteres Stück Apfeltarte entschieden abgelehnt hatte.

„Doch, doch, ganz hervorragend, aber ich kann einfach nicht mehr. Ich glaube, ich habe in den letzten Tagen mehr gegessen als sonst in einem Monat und fürchte, dass ich bereits grässlich zugenommen habe."

Elsa König betrachtete sie durch ihre mit Steinchen besetzte schwarze Brille. „Sie müssen sich eben mehr bewegen, Kindchen."

Helga schmunzelte. Sie hätte nicht gedacht, dass sie noch einmal jemand Kindchen nennen würde, doch bei Elsa König klang es irgendwie ganz normal. Der Hinweis auf die fehlende Bewegung erinnerte sie allerdings allzu sehr an ihre eigene Mutter, deshalb war sie froh, dass Elsa nun ihre Aufmerksamkeit Dora zuwandte, der Tochter der Jansens, die bereits unruhig auf ihrem Stuhl hin und her rutschte. „Wolltest du mir nicht deine Weihnachtsgeschenke zeigen?"

„Sobald Mama mich hier weglässt", antwortete Dora mit leicht genervten Unterton.

„Wenn Oma Elsa mag und du mit dem Essen fertig bist, kannst du aufstehen und ihr alles zeigen. Aber anschließend machst du deine Leseübung, verstanden?"

„Ach Mama, doch nicht heute, es ist doch Sonntag", maulte Dora.

„Doch, heute. Gestern und vorgestern hast du es ja vorgezogen mich anzulügen", entgegnete Frauke und warf ihrer Tochter einen warnenden Blick zu.

Jens legte seine Hand auf Doras Arm. „Also, ich an deiner Stelle würde Mama heute nicht mehr reizen."

Dora schien darüber nachzudenken. „Okay", seufzte sie dann. „Also erst zeige ich Oma Elsa die Geschenke und dann ..."

„Dann?", fragte Frauke scharf.

Dora verzog sich sicherheitshalber erst Richtung Tür, ehe sie rief: „Is' ja gut, nur keine Panik auf der Titanic! Kommst du jetzt, Oma Elsa?"

„Frecher Fratz", murmelte Frauke, als die beiden die gemütliche Wohnküche verlassen hatten. „Schwindelt mir seit zwei Tagen vor, dass sie geübt hat. Ich hätte ihr schon heute Vormittag eine scheuern sollen."

„So sind sie halt, die Kids", meinte Helga. „Mein Sohn versucht auch immer mich auszutricksen, aber was soll man machen? Da ich Gewalt in der Erziehung prinzipiell ablehne …"

„Ich auch", knurrte Frauke. „Prinzipiell. Aber wenn sie mich anlügt, sehe ich rot, und wenn Jens mich nicht zurückgehalten hätte …"

„Zugegeben, manchmal ist es nicht ganz einfach, aber man muss doch auch immer bedenken, was man durch so eine unbedachte Handlung auslösen kann", meinte Helga.

„Also meine Mutter hatte da weniger Bedenken", meldete sich Lars zu Wort. „Ist doch trotzdem ein vernünftiger Mensch aus mir geworden!"

„Vernünftig wär' mir jetzt nicht eingefallen", neckte Frauke und setzte lachend hinzu: „Aber deinem Selbstvertrauen hat es offenbar nicht geschadet."

„Darauf trinken wir jetzt einen Schnaps", entschied Jens.

Während er die Schnapsgläser füllte, fragte Frauke: „Wer war eigentlich die blonde Schönheit, mit der du dich am Silvesterabend präsentiert hast?"

„Beatrix, meine neue Sous-Chefin; Oskar geht doch in Pension. Habe ich dir das nicht erzählt?"

„Hat sie ein Auge auf dich geworfen?", fragte Frauke ungerührt und – für Helgas Geschmack – etwas unsensibel.

„Wie kommst du denn darauf?", protestierte Lars.

„So, wie die dich angeschmachtet hat …"

„Glaub mir, das wär mir aufgefallen!"

Jens warf Frauke einen raschen Blick zu. „Ich weiß ja nicht, ob sie so gut kocht wie Oskar, aber optisch ist sie schon mal ein Gewinn!", und prostete ihnen zu.

Lars nahm einen kleinen Schluck. „Oskar zu ersetzen wird nicht einfach. Er hält sie übrigens für eine Zicke. Ich fürchte, ganz unrecht hat er nicht."

Es dauerte eine gute Stunde, ehe Elsa König wiederkam und um eine Tasse Tee bat.

„Das war ja eine lange Besichtigungstour", meinte Frauke, während sie das Teewasser aufstellte.

„Wir haben anschließend noch geübt."

„Wie man mit dem neuen Computerspiel Ufos abschießt?"

„Lesen", entgegnete Elsa hoheitsvoll.

So unterhaltsam die Tage in Hamburg auch gewesen waren, so schweigend verlief die Fahrt zum Flughafen am Tag ihrer Abreise. Jeder hing seinen Gedanken nach.

Helga hatte die Zeit wirklich genossen. Lars war ein ebenso unterhaltsamer wie rücksichtsvoller Gastgeber, doch nun freute sie sich auf zu Hause. Morgen würde Benny aus dem Schiurlaub kommen. Endlich. Nicht nur, dass sie ihn vermisste, sie hatte doch immer Angst, dass ihm etwas zustoßen könnte. Natürlich hatte sie täglich mit ihm telefoniert und bis jetzt schien alles gutgegangen zu sein, hoffentlich passierte nicht in den letzten Stunden noch ein Unglück. Man konnte ja nie wissen.

Als hätte Lars ihre Gedanken erraten, sagte er: „Wenn du das nächste Mal kommst, musst du deinen Sohn mitbringen."

Sie hatten am Vorabend noch lang darüber geredet, wie es nun weitergehen sollte. Da Helga seinem Wunsch nach einer gemeinsamen Nacht nicht nachgekommen war, war sie eigentlich davon ausgegangen, dass die Sache für ihn damit erledigt war. Sie hatte versucht sich einzureden, dass es ihr egal sei, aber als er ihr jetzt vorschlug, gemeinsam mit Benny wiederzukommen, tat ihr Herz einen unvermuteten Sprung. Konnte es sein, dass sein Interesse ernsthafter war, als sie bisher vermutet hatte?

Helga

Spaghetti Carbonara

500 g Spaghetti
1 EL Butter
3 Eier
1 Knoblauchzehe
Etwas Öl
Geriebener Parmesan (nach Geschmack)
¼ Schlagobers
100 g Schinken- oder Speckwürfel

Schinken und Knoblauch in kleine Würfel schneiden und in einer großen Pfanne in etwas Butter leicht anbraten. Die Eier aufschlagen und mit Salz, Pfeffer, Obers und dem geriebenen Parmesan verschlagen. Spaghetti al dente kochen, abseihen und zum Schinken geben, die Eiermasse darüber gießen und bei mäßiger Hitze stocken lassen. Am besten mit grünem Salat servieren.

Seufzend schaltete Helga ihren PC ab, rieb sich die brennenden Augen und streckte den schmerzenden Rücken durch. Der erste Arbeitstag im neuen Jahr war lang und mühsam gewesen. Jetzt musste sie zusehen, dass sie nach Hause kam, Benny hatte sicher seit dem Frühstück nichts Ordentliches gegessen. Hoffentlich hatte er wenigstens seine Hausaufgaben gemacht. Früher hatte sich ihre Mutter darum gekümmert, doch seit dem heurigen Schuljahr lehnte Benny es ab, die Nachmittage bei den Großeltern zu verbringen. Ja gut, er war schon zwölf.

Während sie auf die U-Bahn wartete, überlegte Helga zum wohl hundertsten Mal, ob sie sich nicht doch vor Ablauf der verabredeten Zeit einen anderen Job suchen sollte. Ursprünglich war von einem Dreijahresvertrag die Rede gewesen, doch dann war ein Dienstvertrag auf unbefristete Zeit abgeschlossen worden. Sie könnte also jederzeit kündigen. Vielleicht verzichtete ihr Boss sogar auf die Einhaltung der Kündigungsfrist – möglich wär's. Es war zwar nicht ihre Art, Zusagen nicht einzuhalten, allerdings hatte Herr Mitterer, ihr Chef, die seinen auch nicht erfüllt. Er hatte ihr einen selbstständigen Arbeitsbereich zugesagt, aber davon konnte keine Rede sein. Erst hatte sich niemand Zeit genommen, sie auch nur annähernd einzuführen, und kaum hatte sie sich einigermaßen zurecht gefunden, stand Frau Mitterer, deren Arbeit sie für die Zeit ihrer Karenz hätte übernehmen sollen, ständig auf der Matte. Zumeist mit einem schreienden Kleinkind auf dem Arm, das sie Prinzesschen nannte und Helga ganz selbstverständlich in den Arm drückte.

Helga konnte Mütter nicht verstehen, die sich nicht selbst um ihre Kinder kümmern wollten – wobei sie allerdings zugeben musste, dass Prinzesschen schon eine ziemliche Herausforderung war.

Helga war zwar eine begeisterte Mutter, doch sie hatte niemals vorgehabt, als Säuglingsschwester oder Kindergärtnerin zu arbeiten. Da hätte sie ja gleich Lehrerin werden können wie ihre Mutter. Gegen den Lehrerberuf hätte sie im Grunde nichts einzuwenden gehabt, doch wie ihre Mutter zu werden, schien ihr damals wie heute das Allerletzte. Deshalb hatte sie doch Tourismus-Management studiert.

Schade eigentlich, dass aus ihrer Tourismuskarriere nichts geworden war. Auf der Abschlussfeier hatte sie Paul kennengelernt und bald darauf geheiratet. Damals fühlte sich das gut und richtig an. Nie hätte sie geglaubt, dass ihre Ehe scheitern könnte – wo sie doch so viel investiert hatte.

In der Zwischenzeit war sie zuhause angekommen.

„Hallo Benny, ich bin da-ha!"

„Wurde auch Zeit", kam es aus dem Kinderzimmer. „Ich habe Hunger."

„Dann hast du bestimmt schon das Nudelwasser aufgestellt."

Keine Antwort. Also nicht. Seufzend ging sie in die Küche.

Aber gut, das konnte man von einem Jungen in seinem Alter vielleicht nicht verlangen - außerdem wollte sie nicht gleich wieder streiten. Seit er gestern, einen Tag später als vereinbart, vom Schiurlaub zurückgekommen war, war er ohnehin ziemlich ruppig – wie immer, wenn er längere Zeit mit seinem Vater zusammen war. Ihr Ex hatte definitiv einen schlechten Einfluss auf den Buben.

Als sie dann vor ihren Spaghetti Carbonara saßen, eine von Bennys Lieblingsspeisen, fragte Helga: „Wie war dein Tag?"

„Geht so."

„Gibt's was Neues in der Schule?"

„No."

„Habt ihr die Mathe-Schularbeit zurückbekommen?"

„No."

Diese Einsilbigkeit machte sie rasend – die hatte er übrigens auch von Paul. Sie mahnte sich zur Geduld. Themawechsel. „Am Samstag treffe ich Susanne und ihren Mann, magst du mitkommen?"

„No."

„Sag mal, kannst du auch Antworten mit mehr als einem Wort geben, oder hast du das auf eurer Schihütte verlernt?"

„Möglich."

Sie schluckte, bemühte sich aber immer noch um einen heiteren Ton. „So etwas Ähnliches habe ich schon befürchtet. Du hast mich nicht einmal gefragt, wie mir Hamburg gefallen hat."

„Interessiert mich auch nicht."

Obwohl ihr diese Antwort in der Seele wehtat, gab sie munter zurück: „Immerhin, vier Worte."

„Hn?"

„Deine Antwort, sie hatte vier Worte."

Benny gab einen weiteren Grunzlaut von sich und verzog sich bald in sein Zimmer.

Während sie den Tisch ab- und den Geschirrspüler einräumte, dachte sie wehmütig daran zurück, was für ein liebes, anschmiegsames Kind er doch einmal gewesen war. Ihr Vater meinte ja, es wäre an der Zeit, der Realität ins Auge zu blicken. Benny käme in die Pubertät. Er hatte natürlich recht, Paul hatte sich ähnlich geäußert. Aber traurig sein würde sie wohl noch dürfen!

Plötzlich sah sie Lars' Gesicht vor sich und hörte ihn zärtlich sagen: „Nicht traurig sein, Chouchou!"
Lächelnd ging sie unter die Dusche.

„Du bist ja noch dünner als bei unserem letzten Treffen. Außerdem siehst du ein wenig käsig aus. Hat dir Lars' Küche nicht geschmeckt oder war unser Promikoch so anstrengend?", fragte Susanne anstelle einer Begrüßung.

„Weder noch", lachte Helga. Sie war nach dem Stress der letzten Tage wirklich etwas abgespannt. Kein Wunder. Erst war Frau Mitterer täglich samt Prinzesschen in der Kanzlei erschienen, und dann hatte Benny sich auch noch geweigert, den heutigen Abend bei seinen Großeltern zu verbringen. Er wollte entweder zu seinem Vater oder zu seinem Freund Felix. Helga hätte Felix deutlich vorgezogen, aber der lag bedauerlicherweise mit Fieber und Halsschmerzen im Bett. Paul hatte so kurzfristig dann auch keine Zeit gehabt und gemeint, der Bub könnte doch einen Abend allein bleiben. Das fand Benny übrigens auch. Helga hatte dennoch ein schlechtes Gewissen und wollte das Treffen schon absagen, doch Susanne, ganz ehemalige Chefin, hatte die Sache entschieden und gesagt: „Dein Sohn ist ja kein Baby mehr, und wenn er nicht mitkommen will, bleibt er eben zuhause. Wir treffen uns wie vereinbart."

Helga hatte Susannes Bestimmtheit stets bewundert - und nachgegeben.

Jetzt war sie hier, voller Schuldgefühle, dennoch erzählte sie lächelnd: „Die Zeit in Hamburg war wundervoll und das Essen im *Landhaus* einfach himmlisch, aber seit ich wieder daheim bin, ist es nicht ganz einfach."

„Erzähl!"

„Von Hamburg oder von daheim?"

„In dieser Reihenfolge", bestimmte Susanne, doch ihr Freund Werner warf ein, dass es vielleicht günstig wäre, vorher etwas vom Buffet zu holen. Das taten sie dann auch. Werner entschied sich für Blutwurst mit Sauerkraut, Susanne und Helga wählten gebackenes Huhn und Salat.

Während des Essens hielten sie ein unverfängliches Tischgespräch aufrecht und Helga überlegte, ob Benny sich in der Zwischenzeit die Pizza aufgebacken hatte, die sie ihm ausnahmsweise gekauft hatte. Üblicherweise achtete sie auf gesunde Ernährung, aber an einem Tag wie heute machte sie schon mal eine Ausnahme.

Kaum waren die leeren Teller abserviert und die Weingläser wieder gefüllt, sagte Susanne: „Jetzt spann mich nicht so auf die Folter, erzähl schon, wie hat es dir gefallen im *Landhaus König?*"

„Es ist schon ein sehr beeindruckendes Haus ..."

„Weiß ich."

„... und Lars war ein sehr charmanter Gastgeber."

„Aber?"

„Kein Aber. Außer vielleicht, dass ich schon etwas erstaunt war, dass Exfrau Nummer zwei mit uns Silvester gefeiert hat."

„Ist das die Immobilienmaklerin oder die Ärztin?"

„Das ist die ehemalige Konditorin, die jetzt gemeinsam mit ihrem Mann einen Obsthof im Alten Land betreibt."

„Ach so", sagte Susanne mit wegwerfender Handbewegung, „die ist ja eh verheiratet."

„Es hätte allerdings durchaus sein können, dass die beiden anderen Damen mit uns gefeiert hätten, leider waren sie verhindert."

„So ein Pech aber auch", lachte Susanne.

„Ich war untröstlich!" Helga zwinkerte Susanne zu. „Vor allem die wunderbare Annabell hätte ich gerne kennengelernt."

„Wer sagt, dass sie wunderbar ist?"

„Jens, Fraukes Mann, nennt sie ‚die wunderbare Annabell'."

„Sie soll ja Single sein. Meinst du, da läuft noch was?"

Helga zuckte die Schultern: „Keine Ahnung, würdest du Lars so etwas zutrauen?"

„Aber sicher", meinte Susanne und prostete Helga zu.

Während Helga ebenfalls ihr Glas hob, konnte sie sich nicht erklären, warum sie plötzlich das Gefühl hatte, es hätte sie jemand in den Magen geboxt. Sie nahm ebenfalls einen tiefen Schluck und sagte tapfer: „Das sehe ich genauso."

„Und wie kommt ihr darauf?", überraschte Werner, der bisher nur wenig gesprochen hatte, mit einer Zwischenfrage.

Das konnte Helga nicht so genau sagen, Susanne offenbar auch nicht, sie meinte lakonisch, es sei ja auch nur so ein Gefühl. Werner war nicht der Mann, der sie deswegen auslachte. Er erwog ihre Antworten und meinte dann: „So ein Gefühl ist natürlich durchaus ernst zu nehmen. Dennoch könnte es – möglicherweise - auch falsch sein."

Da war was dran! Und wenn Helga auch wusste, dass aus ihrer Beziehung zu Lars niemals etwas Ernsthaftes werden konnte, schon wegen Benny, so hoffte sie doch inständig, dass ihr Bauchgefühl sie diesmal betrog.

Wenn Helga an ihrer Scheidung etwas positiv fand, dann war es der Umstand, dass sie am Wochenende nicht mehr bei ihrer Schwiegermutter zum Essen erscheinen musste.

Als sie Paul kennengelernt hatte, war seine Mutter noch Wirtin gewesen. Sie waren jung und daher immer froh über eine kostenlose Mahlzeit im Gasthaus gewesen. Später hatte Pauls Mutter das Gasthaus aufgeben müssen, ein Neubau kam an die Stelle des alten Hauses. Paul hatte einen ordentlichen Batzen Geld für seine Mutter herausgehandelt. Damit war sie zwar finanziell abgesichert, aber sie kochte immer noch sehr gern und vor allem viel. Um die Massen an Essen, die sie täglich zubereitete, an den Mann zu bringen, mussten abwechselnd ihre Kinder anrücken. Wochentags wurden sie mit Tupper-Schüsseln ausgestattet, Samstag und Sonntag hatten sie jedoch persönlich zum Essen zu erscheinen - und zwar Punkt zwölf Uhr. Zum Glück hatte Paul noch zwei Schwestern, sodass man sich den Wochenenddienst aufteilen konnte. Abzusagen wagte übrigens keiner.

Diese Wochenendbesuche waren einer der ersten Streitpunkte mit Paul gewesen. Ansonsten hatten sie wenig gestritten – deshalb hatte die Trennung Helga auch so unvorbereitet getroffen.

Jedenfalls war Paul immer der Meinung gewesen, am Essen seiner Mutter sei erstens nichts auszusetzen, was stimmte, wenn man Hausmannskost mochte, und zweitens konnte er nicht einsehen, warum er für etwas Geld ausgeben sollte, das er auch gratis bekam. Helga fand Pauls Hang zur Sparsamkeit kleinlich und anstrengend.

Jetzt konnte sie sich endlich aussuchen, wann und wo sie Sonntagmittag aß – dafür war sie immer öfter allein, weil Benny den Sonntag lieber mit einem Freund oder bei seinem Vater verbrachte. Heute gingen die beiden eislaufen, danach wollten sie sich ein Eishockeymatch ansehen.

Helga hatte sich bei ihren Eltern eingeladen. Ihre Mutter war zwar keine so begnadete Köchin wie ihre Ex-Schwiegermutter, dafür ging es weniger deftig zu. Sonntags konnte man mit Grillhuhn rechnen, nur die Beilagen wechselten. Diese Woche gab es Reis und Rote-Rüben-Salat, natürlich aus dem Glas. Während des Essens dachte Helga: „Man kann von Pauls Mutter denken was man will, ihr Rote-Rüben-Salat schmeckt jedenfalls deutlich besser."

„Hat Benny seine Mathe-Arbeit schon zurückbekommen?", unterbrach Helgas Mutter ihre Gedanken.

„Leider", seufzte Helga.

„Und?"

„Eine Vier", beichtete sie und fühlte sich dabei, als hätte sie selbst die Arbeit versemmelt. Es war aber auch ein Jammer, dass Benny ausgerechnet in Mathematik ganz nach ihr kam.

„Helga, du musst den Jungen stärker an die Kandare nehmen! Wenn du ihn schon nicht zu mir schicken willst …"

„Mutter, bitte! Ich wäre auch froh, wenn er mit dir lernen würde, aber Benny ist zwölf, er muss selbst entscheiden, mit wem er lernt!"

„Papperlapapp. Gerade weil er zwölf ist, sollte er langsam die Bedeutung einer guten Ausbildung erkennen."

„Ein Bub mit zwölf? Da wäre er aber einer der ersten", warf Helgas Vater spöttisch ein. „Du als Pädagogin solltest das eigentlich wissen."

„Mutter war Mathematikprofessorin, keine Pädagogin", protestierte Helga. „Wenn du den Unterschied wissen willst, frag mich. Ich bekomme heute noch schweißnasse Hände, wenn ich an Logarithmen und ähnlichen Kram denke. Außerdem hat Benny ja gelernt – mit Paul."

Von ihrer Mutter kam nur ein verächtliches Schnaufen.

Anderen ein gleich hohes Maß an Kompetenz zuzugestehen kam ihr nur selten in den Sinn. Schon gar nicht, wenn es um ihren Schwiegersohn ging, und erst recht nicht, wenn es ihre geliebte Mathematik betraf.

Zum Glück lenkte ihr Vater ab: „Wie war's denn in Hamburg?"

„Abwechslungsreich, interessant und durchaus erfrischend", antwortete Helga dankbar, aber ausweichend. Aber so kam sie bei ihrer Mutter natürlich nicht durch.

„Ist dieser Koch jetzt dein Liebhaber?"

„Mutter! Ich muss doch wirklich sehr bitten. Außerdem bin ich in der Zwischenzeit wirklich alt genug, um …"

„Ja, eben", unterbrach ihre Mutter.

Helga hatte nicht die Absicht darauf zu antworten und begann, die leeren Teller einzusammeln.

„Könnte es sein, dass uns das nichts angeht?", hörte sie ihren Vater fragen.

„Das könnte allerdings sein", assistierte sie eifrig.

Aber dadurch ließ sich ihre Mutter natürlich nicht vom Thema abbringen. „Werdet ihr euch wiedersehen? Habt ihr noch Kontakt?"

Helga verdrehte die Augen. „Wir stehen in Mailkontakt", dann trug sie die Teller in die Küche.

„Hast du denn kein Foto von ihm?", rief ihre Mutter ihr nach.

„Mama!"

„Warum darf ich denn nicht wissen, wie er aussieht? Ist er so hässlich?"

„Nein, hässlich ist er nicht. Du kannst ihn ja googeln. Ich muss jetzt gehen, Paul bringt Benny heute früher nach Hause, wir müssen noch Englisch lernen."

Helga wollte bereits die Jacke anziehen, doch ihr Vater hielt sie zurück. „Für einen Kaffee wird die Zeit ja wohl noch reichen."

Also setzte sie sich wieder. Während ihr Vater in die Küche ging, um den Kaffee zu machen, und Mutter die geblümten Kaffeeschalen auf den Tisch stellte, sagte die: „Wenn du gehen sagst, meinst du vermutlich fahren. Hast du dich heute schon bewegt?"

Helga verdrehte die Augen. Ihre Mutter hatte nicht nur Mathematik unterrichtet, sondern auch Turnen.

Benny war wieder einmal später als vereinbart gekommen, angeblich, weil das Match länger gedauert hatte. Da er allerdings kaum Hunger hatte, vermutete Helga, dass die beiden noch eine Runde Fastfood gefuttert hatten. Auf ihre diesbezügliche Frage verzog sich Benny nur knurrend ins Bad, das war ihr Antwort genug. Danach hatte er natürlich keine Lust mehr, Englisch zu lernen, obwohl sie das heute Morgen so vereinbart hatten.

„Ist ja auch kein Wunder", dachte Helga, während sie wütend die Schmutzwäsche in die Waschmaschine steckte. Offenbar war es wieder einmal an der Zeit, mit Paul ein ernstes Wort zu reden, und zwar sofort. Sie schaltete die Waschmaschine ein, schnappte sich ihr Handy und stellte sich ans Küchenfenster. Draußen fiel Schnee.

„Wagner."

„Hallo Paul. Ich muss dir leider sagen, so geht das nicht weiter. Benny hat heute weder zu Abend gegessen noch war er dazu zu bringen, das vereinbarte Englisch-Kapitel durchzuarbeiten."

„Dass er keinen Hunger gehabt hat, kann ich verstehen, er hat im Stadion einen Hot-Dog und zwei Krapfen gefuttert, und das, obwohl wir mittags bei meiner Mutter gegessen haben. Das sollte für heute wohl reichen, und wenn er nicht lernen will, musst du ihm eben die Ohren lang ziehen."

„Ich bemühe mich sechs Tage die Woche, ihn vernünftig zu ernähren und zu einem ordentlichen, allseits interessierten Menschen zu erziehen. Am siebenten Tag kommst du und machst alles zunichte. So geht das nicht!"

„Am siebten Tag ist eben Ruhetag, das hab ich schon in der Volksschule gelernt, und wenn der Junge eh sechs Tage die Woche höchst kultiviert und in jeder Weise gesund lebt, kann er ja am Sonntag zur Abwechslung ganz normal leben. War das alles, was du mit mir besprechen wolltest? Ich möchte mir jetzt nämlich gerne die Sportschau ansehen."

„Da kann man wieder einmal sehen, wie du deine Prioritäten setzt!", schnauzte Helga.

„Dir auch einen angenehmen Abend."

Zack, aufgelegt.

Dass der Abend dann doch noch angenehm ausklang, verdankte Helga einmal mehr einer Mail aus Hamburg, in der zu lesen stand:

> *Meine liebste Chouchou, Du fehlst mir! Mein Leben in Hamburg ist ohne Dich nur noch grau und langweilig. Wann sehe ich Dich wieder?*
> *Vielleicht könnten wir wenigstens telefonieren. Ich hab's heute mehrfach versucht, leider ohne Erfolg.*
> *Ich warte!*
> *Wie immer – Dein Lars*

Das hatten sie dann auch getan, fast eine Stunde lang. An die nächste Telefonrechnung wollte sie lieber nicht denken. Da dachte sie besser an das mögliche Wiedersehen. Lars hatte sie und Benny in den Semesterferien nach Hamburg eingeladen. Aber das kam leider nicht infrage, weil sie Benny eine gemeinsame Schiwoche versprochen und auch schon gebucht hatte. Sie war zwar, anders als Benny und Paul, keine besonders begnadete Schifahrerin, aber was sollte sie machen? Benny zuliebe würde sie sich eben doch wieder auf die Piste wagen. Lars hatte sofort angeboten, sich um ein Zimmer zu bemühen.

Das wäre natürlich toll, aber konnte sie Benny das zumuten? Und überhaupt. Bisher waren sie Freunde. Wenn Lars tatsächlich mit ihnen Urlaub machen wollte … Bei dieser angenehmen Vorstellung schlief sie ein. Sie träumte davon, mit Lars über verschneite Pisten zu wedeln – erstaunlicherweise waren sie dabei ziemlich knapp bekleidet.

Lars

Dorade royal auf Paprika

4 Doraden (etwa 250 g, küchenfertig)
1 unbehandelte Zitrone
4 Zweige Thymian
1 große Zwiebel
500 g rote und gelbe Paprikaschoten
Olivenöl
Knoblauch (4-6 Zehen)
⅛ l Gemüsefonds
2 Scheiben Ingwer
Etwas scharfer Senf
Gehackte Petersilie
2 TL Kapern, gehackt
Salz, Pfeffer, Zucker, Zitronensaft

Zwiebel schälen und in große Würfel schneiden. Paprika waschen, entkernen und in mundgerechte Stücke schneiden, beides in Olivenöl andünsten, 2–4 Zehen Knoblauch in Scheiben dazugeben, mit Gemüsefonds aufgießen, Ingwer zugeben und etwa 10 Minuten am Siedepunkt ziehen lassen. Das Gemüse abgießen, Sud auffangen und mit Senf, Zitronensaft, Salz, Pfeffer und Zucker mixen, dabei langsam etwas Olivenöl zugeben. Gemüse, Petersilie und Kapern untermischen. Backrohr auf 100° vorheizen. Die Doraden waschen, trockentupfen, die Haut einige Male einritzen, salzen, pfeffern und die Bauchhöhle mit ½ Knoblauchzehe, 1 Thymianzweig und etwas Zitronenschale füllen. Die Doraden bei mittlerer Hitze in der Pfanne anbraten und im Rohr etwa 20 Minuten durchziehen lassen.

„Schönen guten Morgen", hörte Lars Frauke rufen. „Ich bringe köstliche Äpfel, herrliches Apfelgelee und die besten Kartoffeln des Landes!"

„An diesem Morgen kann nichts gut sein. Nicht einmal deine Äpfel", knurrte Lars.

„Wie bist du denn drauf?"

„Mies."

„Das sieht man dir auch an. Komm, lass uns eine Tasse Kaffee trinken. Dann erzählst du Frauke was los ist, und schon geht es dir wieder besser!"

Lars glaubte zwar nicht recht an diese wundersame Wandlung seiner Sorgen, aber er stand auf und bereitete ihnen zwei Cappuccino – mit Schlagsahne, so, wie Frauke es am liebsten mochte. Für Annabell musste es Milchschaum sein und Silke trank überhaupt nur Tee. Er kannte die Vorlieben seiner Exfrauen. Helga mochte am liebsten Café Latte, mit viel Kakaopulver und etwas Zucker. Ach, Helga.

Frauke erzählte derweil den neuesten Klatsch aus dem Alten Land. Ihr unbekümmertes Geplauder und der Kaffee taten ihm gut. Dann sagte sie: „Jetzt erzähl mal. Wer hat dir denn die Petersilie verhagelt?"

„Helga. Genauer gesagt, ihr Sohn."

„Wie kommt's?"

„Ich habe die beiden eingeladen, in den Semesterferien hierher zu kommen, aber das ging nicht, weil Helga schon Schiurlaub gebucht hatte. Also habe ich alle Hebel in Bewegung gesetzt, um noch ein Zimmer zu ergattern. War gar nicht so einfach. Letztendlich hätte ich noch eines bekommen, in einem Privatquartier."

„Du Armer!"

„Du kannst dir deine Häme sparen. Ich muss da nicht hin. Heute Morgen kam eine Mail von Helga. Ihr Sohn hat es strikt abgelehnt, überhaupt in Urlaub zu fahren, wenn ich mit von der Partie bin."

„Und jetzt?"

„Fahren die beiden wohl alleine."

„Und das lässt sie ihm durchgehen? Na, dem Jung würde ich mal was erzählen!"

„Du kennst sie ja. Erst kommt Benny, dann lange nichts. Deshalb wollte ich den Jungen doch kennenlernen."

Frauke sah ihn überrascht an: „So ernst ist dir die Sache?"

Er zuckte mit den Schultern.

„Jetzt gib's doch mal zu, dich hat es ganz schön erwischt!"

„Nein!", erwiderte er reflexartig. Doch als Frauke schwieg, setzte er hinzu: „Na ja, irgendwie schon."

Als sie dann immer noch nichts sagte, donnerte er: „Ja, verdammt! Ist das so schlimm?"

Jetzt lachte sie. „Aber nein, ich find's toll. Wie's scheint, musst du dich diesmal richtig anstrengen. Aber das macht nichts, Männer besitzen ohnehin einen ausgeprägten Jagdinstinkt."

Dann drückte sie ihm einen Kuss auf die Wange und ging.

Als Frauke ihn verlassen hatte, war Lars' Laune schon deutlich besser gewesen, doch als er in die Küche kam und sah, wie der Azubi eine Dorade malträtierte, verfinsterte sich sein Blick.

„Was machst du da?", fragte er scharf.

„Äh ... ah ... ich filetiere den Fisch."

Lars zwang sich zur Ruhe. „Das höre ich mit großer Begeisterung. Allerdings habe ich Sorge, dass wir heute Mittag anstelle der Dorade royal bestenfalls ein Tartar von der Dorade anbieten können." Dann nahm er ihm das Messer aus der Hand, einen neuen Fisch aus der Kühlbox und zerteilte ihn mit wenigen exakten Schnitten.

„Hast du das gesehen?"

Der Azubi nickte.

„Gut", meinte Lars knapp, dann wandte er sich an seine neue Sous-Chefin. „Beatrix, lassen Sie einen der Jungköche die Doraden filetieren. Morgen besorgen Sie ein paar preisgünstige Fische und lassen den jungen Mann hier filetieren – für den Fischfond."

Beatrix nickte wortlos. Sie schien nicht begeistert von seinem Auftritt. Selber schuld, es wäre ihre Aufgabe gewesen, dem Jungen auf die Finger zu sehen.

Dann wandte er sich wieder an den Azubi und wies auf die von ihm bearbeitete Dorade. „Daraus machst du jetzt ein Tartar."

„Aber ... wir haben ... ich meine, es steht keines auf der Karte."

„Ich habe ohnehin nicht vor, es unseren Gästen zu servieren."

„Na ja, aber … ich habe noch nie eines gemacht … und … ich kenne gar kein Rezept dafür."

„Dann lass dir eines einfallen. Denk an das Beef Tartar und überlege dir, welche Aromen den zarten Geschmack des Fisches unterstreichen könnten. Wohlgemerkt: unterstreichen, nicht vernichten!"

Damit schickte Lars sich an, die Küche zu verlassen. An der Tür drehte er sich noch einmal um. „Aber gib dir Mühe, Beatrix und ich werden es auf jeden Fall kosten!"

Auf dem Weg ins Büro kam ihm seine Mutter entgegen und rief: „Gut, dass du da bist!"

Er sah sie verständnislos an. „Wo sollte ich denn sonst sein?"

„Hast du das Reservierungsbuch gesehen? Ich suche es seit heute Morgen."

„Dein Reservierungsbuch? Mutter, ich bitte dich. Kein Mensch in diesem Haus traut sich, dein Reservierungsbuch an sich zu nehmen, nicht einmal ich."

„Das mag ja sein, aber es ist weg", antwortete sie und eilte davon. Kopfschüttelnd wandte Lars sich seinem Schreibtisch zu. Als er seine Mutter das nächste Mal sah, thronte sie, wie jeden Tag, an ihrem Platz in der Lobby, vor ihrem Reservierungsbuch.

„Na, hat sich dein Buch doch noch gefunden?", neckte er im Vorbeigehen.

Seine Mutter warf ihm einen strafenden Blick zu. „Was redest du denn da? Es liegt doch immer hier, auf meinem Tisch."

„Du hast es doch vorhin gesucht!"

Seine Mutter warf ihm einen vielsagenden Blick zu und schüttelte den Kopf. „Also wirklich, die Sache mit dieser Helga macht dich noch ganz verrückt. Du solltest ein paar Tage ausspannen."

Erst abends hatte Lars wieder Muße, sich über die Ereignisse des Tages Gedanken zu machen. Da war einmal die Mail von Helga, in der sie ihm mitgeteilt hatte, dass es mit dem gemeinsamen Schiurlaub leider nichts werden konnte. Die Sache ließ ihm keine Ruhe. Vielleicht sollte er das Zimmer in dieser Pension doch nicht stornieren und einfach dort auftauchen. Er schenkte sich ein Glas Rotwein ein. Gar keine schlechte Idee. Er würde ein paar Tage später kommen und plötzlich vor ihr stehen.

Genau, so würde er es machen!

Dann war da noch die Sache mit seiner Mutter, die ihm langsam Sorgen machte. Es war ihm in letzter Zeit schon öfter aufgefallen, dass sie Sachen verschusselte, aber dass sie sich danach nicht mehr daran erinnern konnte, war neu. Er musste mit Silke darüber reden, am besten jetzt gleich. Wenn er sich nicht täuschte, war ihr Professoren-Freund Neurologe. Na bitte, es gab doch für alles eine Lösung.

Zwei Wochen später erwachte Lars besonders zeitig und mit einem prickelnden Gefühl. Koffer und Schier waren gepackt - heute Abend würde er vor Helga stehen, ihr einen guten Abend wünschen und einfach an ihrem Tisch Platz nehmen. Die würde Augen machen!

Er hatte ihre Absage offiziell sehr bedauert, sich aber dennoch eine Menge über ihren bevorstehenden Urlaub erzählen lassen. Nun wusste er, in welchem Hotel sie wohnten, und kannte in groben Zügen ihren Tagesablauf.

Vor ihm lagen knapp tausend Kilometer. Wenn er sie beim Abendessen überraschen wollte, musste er sich auf den Weg machen.

Die Autobahnen waren schneefrei, er kam zügig voran. Bei Frankfurt kam die Sonne heraus und begleitete ihn auf seinem Weg nach Gosau. Er hoffte sehr, dass Helga sich, nach dem ersten Schock, ebenso freuen würde wie er. Der Junior würde möglicherweise weniger begeistert sein. Aber da musste der junge Mann eben durch! Wäre doch gelacht, wenn er mit einem Zwölfjährigen nicht fertig werden würde. Frauke hatte ihm ein ganzes Bündel an guten Ratschlägen mitgegeben. Niemals provozieren lassen – als ob ein Kind ihn provozieren könnte! Immer schön cool bleiben – war er je etwas anderes gewesen? Na gut, wenn er ganz ehrlich zu sich war, konnte er eine leichte Nervosität nicht leugnen. Aber das würde er dem Jungen ganz sicher nicht auf die Nase binden – und Helga erst recht nicht. Schließlich kam er als Held. Als ungebetener Held zwar, aber gut.

Helga

Kalbshaxen

1 Kalbshaxe (etwa 3 kg, küchenfertig)
2 Zwiebeln
1 Karotte
Ein großes Stück Sellerie (etwa 150 g)
3 EL Öl
2 TL Staubzucker
1 EL Tomatenmark
⅛ l Rotwein
½ l Gemüsefonds
1 Lorbeerblatt
Einige Pfefferkörner
1–2 Knoblauchzehen
1 Scheibe Ingwer
Unbehandelte Zitronenschale
1 Zweig Thymian
Salz, Pfeffer

Zwiebel hacken, Karotte und Sellerie putzen und in Würfel schneiden. Öl erhitzen, Kalbshaxe rundherum anbraten, den Bratenansatz mit Staubzucker bestreuen, hell karamellisieren, Tomatenmark dazugeben, durchrühren, mit Rotwein ablöschen und etwas einkochen lassen. Das Gemüse in Öl andünsten, gemeinsam mit dem Gemüsefonds in eine Bratpfanne geben, Kalbshaxe darauf setzen und zugedeckt etwa 2 Stunden schmoren. Dann den Deckel abnehmen, Haxe wenden und unter mehrmaligem Wenden und Begießen etwa 2-3 Stunden weiterschmoren. Die Haxe dann herausnehmen, Lorbeerblatt und Pfefferkörner zufügen und am Herd etwas einköcheln lassen. Knoblauch, Ingwer, Zitronenschale und Thymian einige Minuten mitziehen lassen. Dann den Saft abgießen und abschmecken, zur Stelze servieren.

„Im Grunde habe ich ja immer schon gewusst, dass ich auf einer Schipiste nichts verloren habe", ärgerte sich Helga insgeheim, während sie, auf Benny gestützt, zum Abendessen humpelte. Jetzt hatte sie einen geschwollenen Knöchel, und Benny war erst recht sauer, weil sie morgen nicht Schifahren konnten. Vermutlich konnte sie die ganze Woche nicht mehr fahren, das hatte sie ihm bisher allerdings noch nicht gestanden. In ihrer Verzweiflung hatte sie sogar Paul angerufen, aber der konnte sich in dieser Woche nicht freinehmen, weil schon einige Kollegen auf Urlaub waren. Paul hatte gemeint, Benny könnte doch auch allein schifahren gehen. So eine Schnapsidee, typisch Paul. Man konnte das Kind doch nicht allein auf die Piste lassen!

Sie hatten bereits die Getränke bestellt und machten sich eben über den Thunfischsalat her, der heute als Vorspeise gereicht wurde, als Helga spürte, dass jemand hinter ihrem Sessel stehen blieb. Sie drehte sich um und dachte erst an eine Fata Morgana. Vor ihr stand, mit einem strahlenden Lächeln – Lars.

„Lars? Das gibt's doch nicht! Ich meine … wir haben doch besprochen …"

„Freust du dich denn gar nicht, mich zu sehen?"

„Doch, schon, natürlich, aber ich habe dir doch gesagt …"

„… dass ihr hier Urlaub macht", ergänzte Lars und setzte sich neben Benny auf die Bank. „Ich nehme an, das ist dein Sohn Benjamin. Oder darf ich der Einfachheit halber Benny sagen? Ich bin der Lars!"

Benny war mindestens ebenso verblüfft wie Helga und schüttelte dem Überraschungsgast kommentarlos die Hand. Dann winkte Lars den Kellner heran, bestellte ein großes Bier und fragte nach der Speisekarte.

Lars hatte es ganz hervorragend verstanden, ihre Überraschung auszunutzen, überlegte Helga, als sie gegen Mitternacht endlich im Bett lag. Es war noch ein langer Abend geworden, und da Benny rasch begriffen hatte, dass der ungebetene Gast ihm einen weiteren Tag auf der Piste sichern konnte, waren auch seinerseits Proteste vorerst ausgeblieben.

Trotzdem war Helga jetzt, da sie wieder allein war, immer noch hin- und hergerissen zwischen Ärger, weil Lars sich einfach über ihre Entscheidung hinweggesetzt hatte, und Freude, weil er den weiten Weg auf sich genommen hatte, nur um sie zu sehen. Welche Frau würde sich darüber nicht freuen?

Mal sehen, wie die beiden morgen auf der Piste miteinander auskamen. Hoffentlich war Lars ein einigermaßen passabler Schifahrer, denn Benny legte ein ordentliches Tempo vor und nichts imponierte ihm zurzeit mehr als gute Sportler.

Da Lars noch am Vorabend mit dem Hotelier vereinbart hatte, dass er bei ihnen im Hotel frühstücken und zu Abend essen würde, fragte Benny während des Frühstücks:

„Kannst du eigentlich gut Schifahren?"

„Geht so", meinte Lars und schenkte sich Kaffee nach.

„Vielleicht solltet ihr für den Anfang die blaue Piste nehmen, die wir am Sonntag gefahren sind", warf Helga ein.

„Die ist doch für Babys! Wir nehmen die schwarze."

Helga warf einen ängstlichen Blick auf Lars, doch der ließ sich den Appetit offenbar nicht verderben und häufte ordentlich Schinken auf seine Semmel.

Als die beiden sich später auf den Weg machten, flüsterte Lars ihr zu: „Keine Angst, meine kleine Chouchou, ich kann ganz leidlich Schifahren. Bis später."

Trotz dieser Versicherung verbrachte Helga keinen wirklich entspannten Tag, ständig wurde sie geplagt von der Vorstellung, was alles passieren könnte. Sie wusste von Lars, dass er ein begnadeter Koch und ein charmanter Plauderer war – das war aber auch schon alles. War es verantwortungslos, ihm Benny anzuvertrauen? Und überhaupt, warum sollte ein Hamburger ein guter Schifahrer sein?

Mit jeder Stunde wurde sie unruhiger. Es war schon dämmrig, als die beiden endlich, mit von Wind und Sonne geröteten Wangen, vor ihr standen.

„Da seid ihr ja endlich! Ich habe mir schon Sorgen gemacht!"

„Das geht schnell", murmelte Benny, doch Lars antwortete mit seinem entwaffnenden Lausbubenlächeln: „Wir bitten tausendmal um Vergebung, aber diese Schischaukel führt so weit ins nächste Tal, wir sind eine Ewigkeit zurückgefahren."

Was sollte sie da anderes sagen als: „Hauptsache, ihr seid wohlbehalten zurück!", was ihr von Benny dennoch einen ziemlich genervten Blick eintrug.

Nach dem Abendessen verzog sich Benny dann früher als sonst in sein Zimmer. Helga und Lars gingen noch auf einen Absacker in die Bar. Jetzt, da Benny weg war, gab Lars zu, von diesem ersten Schitag doch ziemlich fertig zu sein.

„Weißt du, er konnte einfach nicht genug bekommen."

„Du hättest eben klar und deutlich ‚Nein' sagen müssen."

„Man will sich ja nicht gleich am ersten Tag blamieren", antwortete er mit einem schiefen Lächeln.

„Du Armer! Benny wird Paul leider wirklich immer ähnlicher. Er versucht mehr und mehr, seine Interessen ohne Rücksicht auf Verluste durchzusetzen."

„Ist das nicht typisch für sein Alter?"

„Vermutlich", sagte sie und sah sinnend ins Kaminfeuer. Sie spürte, wie Lars ihre Hand ergriff und seinen Arm um sie legte.

„Habt ihr eigentlich ein gemeinsames Zimmer?", hörte sie ihn fragen. Sie schüttelte den Kopf: „Das hat Benny abgelehnt."

„Kluges Kerlchen. Weißt du, ich glaube langsam, wir werden uns ganz gut verstehen."

„Das wäre wirklich sehr schön", antwortete Helga lächelnd.

Tatsächlich verliefen die letzten beiden Urlaubstage weitgehend reibungslos, wenn man davon absah, dass Lars am Freitagabend vor lauter Muskelkater kaum noch gehen konnte und das Essen im Hotel ziemlich durchschnittlich fand.

Helga hatte sich eine Massage gegönnt, hatte einige Sonnenstunden lesend auf ihrem Balkon verbracht und wenn sie an die letzte Nacht dachte, wurde ihr ganz warm ums Herz.

Sie hatte sich für den letzten Abend besonders sorgfältig zurecht gemacht – und das nicht nur, weil Candle-Light-Dinner angesagt war.

Auch Lars war in einem dunkelblauen Blazer erschienen. Gut sah er aus!

Beim Abendessen kam das Gespräch dann noch einmal aufs Schilaufen.

„Du hast uns immer noch nicht erzählt, warum du als Hamburger so gut Schilaufen kannst", stellte Helga fest.

„Ich wurde ja, wie du weißt, in Bayern geboren und bin schon auf Schiern gestanden, bevor ich noch richtig laufen konnte. Als wir nach Hamburg übergesiedelt sind, war es mit dem Schifahren dann erstmals vorbei. Aber nach meiner Abschlussprüfung schickten meine Eltern mich zu Verwandten nach Südtirol, die dort eine Trattoria hatten. Ich wollte etwas anderes kennenlernen als Kalbshaxen und Fleischpflanzerl. Bei uns im *Landhaus*, es hieß damals übrigens *Zum König von Bayern*, gab es ja ausschließlich bayrische Küche, das war unser Erfolgsrezept. Besonders bekannt waren wir für unsere Kalbshaxe, die machen wir heute noch – natürlich nur auf besonderen Wunsch. Mein Onkel hatte aber nicht nur die Trattoria, sondern auch eine Schischule – und die interessierte mich damals weit mehr als die Küche, schon wegen der Schihaserln!"

„Was sind denn Schihaserln?", wollte Benny wissen.

„Kennst du nicht? Wie sagt denn ihr zu einem besonders hübschen Mädchen?"

„Eyecandy?", schlug Benny vor.

„Dann also Eyecandies im Schi-Outfit. Jedenfalls wurde ich erst mal Schilehrer. Das war vielleicht eine turbulente Zeit, Halleluja! Damals war ich …"

Lars hätte bestimmt noch viel zu erzählen gehabt, aber in dem Moment kam ein Gast auf ihren Tisch zu und fragte ziemlich laut: „Mensch, Sie kommen mir so bekannt vor. Sind Sie nicht einer dieser Promiköche aus dem Fernsehen? Dieser Kaiser, aus Berlin?"

„Leider nein. Ich glaube, es gibt in Berlin keinen Kaiser mehr, nur eine Kanzlerin, und was mich betrifft, so bin ich leider nur der König – von Hamburg."

Das schien der Gast ziemlich witzig zu finden, denn er lachte laut und klopfte Lars dabei ausgiebig auf die Schulter. Helga war die Situation etwas unangenehm. Sie warf einen Blick auf Benny, der die Situation auch peinlich zu finden schien, aber Lars sah aus, als würde er sie genießen.

Als der Mann endlich gegangen war, sagte er gut gelaunt: „Apropos Hamburg. Was haltet ihr davon, in der Karwoche nach Hamburg zu kommen?"

„Sightseeing ist nicht so mein Ding. Da fahre ich lieber mit Papa auf Schiurlaub", entgegnete Benny prompt. Offenbar war er der Meinung, für diesmal wäre es genug der Höflichkeiten.

Paul

Grießnockerlsuppe

50 g Butter
130 g Nockerlgrieß = grober Grieß
1 Ei
Salz und geriebene Muskatnuss

Butter schaumig rühren, dann zunächst das Ei, dann Gewürze und zuletzt Grieß zugeben, verrühren und etwas rasten lassen. Dann mittels zweier Löffel (oder mit den Händen) Nockerln formen, auf einen beölten Teller legen, nochmals im Eiskasten rasten lassen, erst dann ins kochende Salzwasser legen und 10 Minuten bei offenem Deckel mehr ziehen als kochen lassen. Die Nockerln aus dem Kochwasser heben und in heißer Rindsuppe servieren.

Für Paul war seit seiner Scheidung jeden Sonntag Muttertag. Das freute nicht nur seine Mutter, auch seine Schwestern waren begeistert, und da Paul nur ungern Geld ausgab, freute es auch ihn.

Daher saß er auch an diesem Sonntag mit Benny im gemütlichen Wohnzimmer seiner Mutter.

„Na, wie war euer Schiurlaub?", wollte die wissen.

„Eh ganz okay."

Paul wusste, dass das eine der besten Noten war, die Benny derzeit zu vergeben hatte, seine Mutter hingegen meinte: „Klingt ja nicht sehr begeistert. Deine Mutter hat sicher eine Menge Geld für diesen Urlaub ausgegeben, da könntest du ruhig ein wenig …"

„… dankbarer sein", ergänzte Benny und fügte seufzend hinzu: „Oma, du nervst."

„In dem Ton sollte der Bub eigentlich nicht reden", dachte Paul, aber er wollte die wenigen Stunden am Wochenende nicht immer nur meckern, den Part erfüllte ohnehin Helga. Also beschloss er, es zu ignorieren und fragte: „Was gibt's denn heute zu essen?"

„Grießnockerlsuppe und faschierten Braten."

„Mit Kartoffelpüree?", wollte Benny wissen.

„Bei uns heißt das immer noch Erdäpfelpüree", konterte Oma. „Es gibt Erdäpfelpüree und Salat. Jessas na, den Salat muss ich noch marinieren."

Während seine Mutter sich wieder in der Küche zu schaffen machte, fragte Paul: „Jetzt erzähl mal. Wie und wo hat dieser Lars dich am Mittwoch denn dann gefunden?"

„Also das war so: Du kennst doch den steilen Lift, gleich nach der Gondel. Gleich bei der ersten Fahrt sind vor uns zwei Tussis gefahren, eine ist hinausgefallen. Ich bin noch vorbeigekommen, aber Lars musste sich hinausfallen lassen, sonst hätte er die Tante über den Haufen gefahren. Ich hab' ihm noch zugerufen, dass wir uns unten treffen und bin natürlich die schwarze Piste hinunter gedüst, aber Lars hat bei der Abzweigung nicht weitergewusst und ist in die rote abgebogen. Hab's eh gecheckt und bin dann auch gleich wieder hinauf. Hab dann auch die rote genommen, aber der Dussel hat ja nicht auf mich gewartet."

„Woher sollte er auch wissen, dass du kommst?", warf Paul ein.

„Jedenfalls haben wir uns erst am Nachmittag wieder gefunden, kurz davor habe ich dir die SMS geschrieben, weil ich gar keine Handynummer von ihm hatte."

„Und Mama hat ihm nicht den Kopf abgerissen? Erstaunlich."

„Die weiß es doch nicht! Schien mir sicherer – sollte auch so bleiben."

Vorsicht, Zwickmühle! Paul wollte Benny zwar prinzipiell nicht dazu ermuntern, seiner Mutter etwas zu verschweigen, aber er kannte Helga und ihre Ängstlichkeit nur zur Genüge. Zu seiner Erleichterung kam in dem Moment seine Mutter mit der dampfenden Suppenterrine, sodass er vorerst einer Antwort enthoben war. Was sollte er auch sagen? Helga hätte den Jungen doch kein zweites Mal mit dem Mann auf die Piste gelassen. Verehrer hin oder her.

Nach dem Mittagessen – zum Dessert hatte es noch Schokopudding mit eingelegten Kirschen gegeben – erzählte Benny von einem gewissen Florian, den er im Schiurlaub kennengelernt hatte. Besagter Florian war ein sensationeller Schifahrer und besuchte ein Schigymnasium, da wollte er jetzt auch hin.

„Hast du schon mit Mama darüber geredet?"

Benny schüttelte den Kopf: „Lars meint, das hätte noch Zeit, geht ja ohnehin erst ab der Oberstufe."

„Schau, schau", dachte Paul ohne besonderes Vergnügen. Dieser Lars scheint sich ja ganz geschickt eingeführt zu haben. Der würde doch nicht ernsthaft glauben, dass …

„Wohin fahren wir eigentlich zu Ostern?", unterbrach Benny seine Gedanken.

Paul hatte diese Frage befürchtet. Da er aber immer noch nicht wusste, wie er Benny beibringen sollte, dass sie diesmal keinen Oster-Schiurlaub machen würden, versuchte er überrascht zu sein: „Wie kommst du darauf, dass wir zu Ostern Schifahren gehen?"

„Weil wir zu Ostern immer Schifahren gehen?"

Der Bub hatte ja recht. Dennoch erwiderte Paul: „Was heißt schon immer? Außerdem ist Ostern diesmal ziemlich spät."

„Papa! Das ist jetzt aber nicht dein Ernst. Sag, dass das nicht wahr ist!"

Paul zuckte die Schultern und fühlte sich beschissen. Er wusste doch, wie gern Benny Schifahren ging. Aber diesmal hatte er sich von seinen Motorradfreunden dazu überreden lassen, mit ihnen an den Gardasee zu fahren – diese Daniela wollte auch mitkommen. Sollte er Benny besser gleich reinen Wein einschenken? Na ja, man musste es auch nicht übertreiben. Immerhin hatte er heute schon einmal anklingen lassen, dass es diesmal anders sein würde. Sie könnten doch stattdessen im Mai ein gemeinsames Wochenende einlegen. Vielleicht sogar mit dem Motorrad? Er musste da mal drüber nachdenken. Jetzt klopfte er Benny aufmunternd auf die Schulter. „Was ist, wollen wir bis abends bei Oma herumkugeln oder gehen wir noch Billard spielen?"

„Billard", rief Benny und sauste ins Vorzimmer.

Na bitte, ging doch.

Hätte er sich ja denken können, dass er so einfach nicht davonkam! Natürlich hatte Benny in Sachen Osterschiurlaub nicht locker gelassen. Jetzt hatte er den Salat!

Benny war sauer auf ihn gewesen. Das hatte er nachvollziehen können. Um die Sache wieder auszubügeln, hatte er eine gemeinsame Motorradtour vorgeschlagen, gleich Anfang Mai.

Zugegeben, er hätte vorher mit Helga darüber reden sollen. Schließlich kannte er sie lang genug, um zu wissen, wie sie tickte. Helga war, von Höhenangst und Spinnenphobie einmal abgesehen, eine ganz patente Person, nur wenn es um ihren Sohn ging, wurde sie überängstlich, aber echt. Jetzt war sie sauer auf ihn, weil Benny seinerseits auf Helga sauer war, die eine solche Fahrt strikt verboten hatte.

Eben hatte Benny ihm verklickert, dass er in der Karwoche ohnehin keine Zeit gehabt hätte, weil er doch mit Mama nach Hamburg fliegen würde. Dieser Lars hätte ihm eine Hafenrundfahrt versprochen. Außerdem wollte er mit ihnen zum Museumshafen fahren und dort die historischen Segelboote besichtigen. Der Mann legte sich ja ordentlich ins Zeug. Jetzt war Paul auch sauer, aber richtig.

Hoffentlich waren die Fahrt zum Garda-See und diese Daniela den ganzen Ärger überhaupt wert!

Lars

Apfeltarte „Tarte Tatin"

125 g Butter
225 g Kristallzucker
½ kg Äpfel
1 Pkg. Blätterteig
Gehackte Nüsse

Rumsauce:
150 g Schlagobers
150 g Creme double
25 g Staubzucker
20 ml Rum (oder ein paar Tropfen Rumaroma)

Weiter benötigen Sie 1 Pfanne aus Gusseisen, emailiertem Gusseisen oder Kupfer, 20 cm Durchmesser. Die Äpfel schälen, entkernen und vierteln. Backrohr auf 220° vorheizen. Die Hälfte der Butter in der Pfanne schmelzen und 150 g Zucker darin karamellisieren und die Apfelstücke in den heißen Karamell legen und die Pfanne für etwa 5 Minuten auf den Boden des Backofens stellen. Dann die restliche Butter und den restlichen Zucker auf den Äpfeln verteilen. Den Blätterteig ausrollen – er sollte etwas größer sein als die Pfanne –, über die Äpfel legen und mehrfach mit der Gabel einstechen. Die Tarte etwa 20 Minuten backen, anschließend aus dem Ofen nehmen und mit einem Teller beschwert auskühlen lassen. Anschließend die Pfanne auf eine leicht erwärmte Herdplatte stellen, damit sich der Karamell vom Topfboden lösen kann, und die Tarte stürzen. Mit den gehackten Nüssen bestreuen. Die Tarte entweder mit Schlagobers, oder mit Vanilleeis und/oder Rumsauce servieren. Für die Rumsauce Obers und Creme double aufschlagen und mit Zucker und Rum aromatisieren.

Während Lars, sichtlich schlecht gelaunt, an einer Tasse Tee nippte, schwärmte Silke: „Weißt du eigentlich schon, dass Carsten mir zu Weihnachten einen Besuch am Wiener Opernball geschenkt hat? Was sagst du dazu? Ach, es wird einfach himmlisch werden! Er hat sogar eine Suite im Hotel Sacher für uns gebucht." Dann trank sie genussvoll den erlesenen Tee, den Lars für sie zubereitet hatte.

„Wie schön für dich."

„Begeisterung klingt aber anders. Was ist los?"

„Ich weiß auch nicht, im Moment läuft nichts wie es soll. Meine neue Sous-Chefin hat sich krank gemeldet, der Azubi hat sich in den Finger geschnitten, aber richtig, und meine Mutter sucht seit Stunden ihre Perlenohrringe. Jetzt vermutet sie, dass Ramona sie gestohlen hat. Ich konnte sie gerade noch davon abhalten, zur Polizei gehen."

„Ramona? Die putzt doch seit Jahren bei euch. Hältst du das für möglich?"

„Ach Quatsch. Sicher hat Mutter die Ohrringe wieder irgendwo verräumt. Sie sucht ja neuerdings ständig irgendetwas."

„War sie eigentlich schon bei Carsten?"

Lars zuckte die Achseln. „Zumindest behauptet sie es. Sie hat es ja strikt abgelehnt, dass ich sie hinbringe. Schließlich sei sie nicht senil."

„Wenn es dir recht ist, rede ich mit Carsten."

„Ja, bitte, mach das. Ich muss leider gleich in die Küche, aber wenn du willst, kann ich dir einen Tisch reservieren lassen."

„Das ist sehr lieb von dir, aber ich muss nach Hause: Carsten will später noch vorbeikommen. Sag mir doch bitte noch rasch, was ich auf die Schnelle kochen könnte."

„Du willst kochen? Armer Professor. Hast du das schon öfter gemacht?"

„Sicher."

„Jetzt begreife ich langsam, warum der Mann sich nicht scheiden lassen will", ätzte Lars. „Kleiner Tipp von mir: Wenn du etwas für eure gemeinsame Zukunft tun willst, lass doch Sushi kommen."

Vorhin hatte Lars der Sache mit dem Opernball keinerlei Aufmerksamkeit geschenkt, aber während er nun das Kalbsfilet vorbereitete, überlegte er, wie es sich anfühlen würde, mit Helga über das glatte Parkett der Wiener Staatsoper zu schweben. Er wäre nicht der erste Promikoch, der dort zu Gast war, vielleicht würde man ihn sogar interviewen. Dass er nicht selber darauf gekommen war! Gleich nachher würde er versuchen, an Karten zu kommen.

Achtundvierzig Stunden später musste er einsehen, dass für heuer nichts mehr zu machen war. Er hatte wirklich nichts unversucht gelassen und Himmel und Hölle in Bewegung gesetzt. Keine Chance. Sogar Susanne hatte er angerufen.

„Muss es denn unbedingt der Opernball sein?", hatte die nur gefragt. „Es gibt in Wien eine Menge schöner Bälle, allerdings ist die Saison schon ziemlich weit fortgeschritten. Zur Not könnt ihr ja am Faschingssamstag zu unserem Hausball kommen."

Nichts gegen Susanne und ihr Rosenschlösschen, aber nach Hausball war ihm nun gar nicht zumute. Er hatte sich schon in den herrlichsten Farben ausgemalt, wie schön das alles wäre und wie begeistert Helga sein würde! Während er darüber nachsann, was er noch unternehmen könnte, stürmte Ramona in die Küche.

„Bitte Chef, müssen mir helfen! Ihre Mutter will rufen Polizei."

„Doch nicht schon wieder wegen dieser dämlichen Ohrringe?"

Ramona nickte heftig: „Wegen Ohrringe, aber ich nix nehmen Ohrringe."

„Ich weiß. Kommen Sie mit, wir gehen jetzt diese verdammten Ohrringe suchen."

Mit Riesenschritten eilte er in die Wohnung seiner Mutter, die sich im Hoftrakt befand. Genau genommen bewohnte sie den gesamten Hoftrakt, dementsprechend vielfältig waren die Möglichkeiten, Ohrringe zu verlegen.

Als sie kamen, war seine Mutter gerade damit beschäftigt, Tee zu machen.

„Möchtet ihr auch eine Tasse?"

Lars bejahte und warf Ramona einen fragend Blick zu. Die zuckte nur die Schultern, während seine Mutter zwei weitere Teeschalen aus dem Schrank holte. „Wie schön, dass Sie da sind, Ramona, dann können Sie gleich das Tablett in den Salon tragen", meinte sie freundlich, nahm eine Dose mit Keksen und verließ die Küche.

„Sind Sie sicher, dass sie die Polizei rufen wollte?", flüsterte Lars.

„Ganz sicher."

Er nickte und folgte seiner Mutter ins Wohnzimmer.

„Sag mal, Mama, hast du eigentlich schon die Polizei gerufen?"

„Ich? Warum sollte ich?"

„Wegen der Perlenohrringe?"

„Meinst du, dass sie mir suchen helfen?", fragte seine Mutter spöttisch.

Die Nachfrage bei Silkes Professor hatte ergeben, dass Lars' Mutter wohl einmal in seiner Praxis gewesen war, den Zweittermin aber nicht wahrgenommen hatte.

„Carsten hat ihr Tabletten verschrieben, die muss sie unbedingt nehmen. Kannst du nicht darauf achten?", fragte Silke am Telefon. Sie klang irgendwie genervt.

„Wie sollte ich? Sie hat mir ja nicht einmal verraten, dass sie welche nehmen muss. Wobei ich nicht sicher bin, ob sie es mir absichtlich verschwiegen hat oder ob sie es gar nicht mehr weiß."

„Wie dem auch sei, Carsten sagt, deine Mutter braucht vor allem Ruhe und jemanden, der sich um sie kümmert. Die Arbeit im Restaurant ist jedenfalls eindeutig zu viel für sie. Kannst du denn nicht jemand einstellen? So schlecht geht dein *Landhaus* doch auch wieder nicht."

„Mein *Landhaus* geht überhaupt nicht schlecht", empörte sich Lars.

„Warum stellst du dann niemanden ein, der deine Mutter ersetzt?"

„Super Idee! Ich schalte morgen eine Annonce, und du erklärst es meiner Mutter!"

„Ich?", rief Silke erstaunt.

„Warum nicht? Du bist ihre Schwiegertochter."

„Ich war ihre Schwiegertochter – Nummer drei, und nicht einmal die liebste."

„Das kommt davon, weil du immer so biestig bist", schnauzte Lars.

„Ich wüsste nicht, wann ich zuletzt biestig gewesen wäre", schnauzte Silke zurück.

„Jetzt eben?"

Silke seufzte hörbar. „Entschuldige, ich bin heute vielleicht nicht ganz so fröhlich wie sonst – aber biestig ist nun wirklich übertrieben."

„Wie kommt's? Ist der Herr Professor schuld? Soll ich ihn zum Duell fordern?"

„Besser nicht, Carsten war in seiner Jugend Sportschütze."

„Ich bin ohnehin Pazifist, ich könnte nur mit spitzer Zunge für dich kämpfen. Was hat er angestellt?"

„Er hat gar nichts angestellt, er hat sich das Bein gebrochen."

„Der Arme! Aber das kannst du ihm doch nicht verübeln, ich meine, er wird es nicht absichtlich getan haben."

„Das nicht, aber damit ist unser Opernball-Besuch natürlich gestorben."

„Och nein, das tut mir aber leid - für dich! Aber, ohne gefühllos erscheinen zu wollen, was macht ihr mit den Karten?"

„Darüber habe ich noch gar nicht nachgedacht, ich denke, Carsten wird sicher jemanden finden …"

„Nicht suchen! Ich nehme sie!"

„Die sind aber nicht ganz billig."

„Egal, was immer sie kosten, ich nehme sie."

„Besitzt du eigentlich einen Frack?"

„Bis jetzt noch nicht."

„Brauchst du aber. Carsten hätte sich in Wien einen geliehen. Ich maile dir die Kontaktdaten. Und was ist mit der Suite im Sacher?"

Lars dachte kurz nach. „Besser nicht. Ich meine, Helga wohnt ja in Wien und ich werde schon ein Plätzchen finden."

„Vielleicht in Helgas Bettchen?"

„Vielleicht. Aber was mache ich jetzt mit Mutter? Wenn ich ihr sage, dass ich jemanden für den Empfang aufnehme, brauche ich keine Ballkarten mehr, die bringt mich um!"

Silke schien das zu bedenken, denn eine Weile war es still. Lars wollte schon fragen, ob sie überhaupt noch dran sei, als Silke bedächtig sagte: „Frauke hat sich doch immer so gut mit ihr verstanden."

„Stimmt, du hast recht, du bist genial! Ich werde sofort Frauke anrufen."

„So schnell kann's gehen, eben war ich noch biestig. Aber was genau kann Frauke denn machen?"

„Na, irgendjemand muss meiner Mutter doch klarmachen, dass ab sofort eine Betreuerin bei ihr einziehen wird und sie darüber hinaus weder mittags noch abends ins Restaurant kommen sollte, weil der Jemand, den ich unter Umständen anstellen könnte, sonst schneller die Fliege macht als wir beide ,Hallo' sagen können."

„Da ist was dran", kicherte Silke. „Lass Frauke grüßen, ich wünsche ihr viel Glück!"

Zwei Tage später stand Lars am Fenster des Salons seiner Mutter und blickte in den winterlich tristen Innenhof. Er hörte Frauke sagen: „Was hältst du davon, wenn du einige Tage bei uns Urlaub machst? Gästezimmer sind derzeit ausreichend vorhanden, und es ist schon fast Frühling im Alten Land. Jens meint, dass die Aprikosenbäume bald zu blühen beginnen."

Das schien Lars eine ziemlich kühne Behauptung, doch seine Mutter hatte ohnehin andere Sorgen: „Die blühen auch ohne mich, aber ich kann hier leider nicht weg. Du weißt doch, ohne mich ist Lars im Lokal vollkommen hilflos."

Lars verdrehte die Augen und war gespannt, wie Frauke argumentieren würde.

„Das kommt davon, weil du ihn immer so verwöhnt hast", hörte er sie sagen. Das war nun nicht ganz die Antwort, die er erwartet hatte, aber wenn sie zum Ziel führte, sollte es ihm recht sein.

„Eines Tages muss er ja doch lernen, auch ohne dich auszukommen", fuhr Frauke fort. „Wir werden ja alle nicht jünger, und wenigstens ein paar Tage solltest du dir wirklich gönnen. Lars macht doch auch immer wieder ein paar Tage Urlaub zwischendurch."

Lars wusste nicht, ob er lachen oder schreien sollte. Die beiden redeten, als ob er überhaupt nicht da wäre. Wobei es natürlich sein konnte, dass seine Mutter, die ihm den Rücken zuwandte, seine Anwesenheit tatsächlich längst vergessen hatte. Frauke hingegen wusste sehr genau, was sie sagte, denn seine spontanen Kurzurlaube waren seiner Mutter seit jeher ein Dorn im Auge gewesen. Frauke schien damit jedenfalls auf Erfolgskurs zu segeln, denn Elsa antwortete:

„Da hast du allerdings nicht ganz unrecht. Vielleicht sollte ich wirklich ein paar Tage bei euch ausspannen."

„Das ist ein Wort! Ich werde gleich morgen meine berühmte Apfeltarte backen, übermorgen könnte ich dich mitnehmen. Lars braucht ohnehin noch Honig und ein paar Gläser von meinem hausgemachten Ajvar."

Als Lars Frauke wenig später zu ihrem Auto begleitete, jubilierte er: „Wir haben gewonnen! Du warst großartig, einfach genial!"

„Ich weiß. Jetzt musst du nur noch darauf achten, dass sie es sich nicht anders überlegt und auch tatsächlich ihren Koffer packt."

„Ich tue mein Bestes und bin dir wirklich sehr dankbar! Hat Jens auch wirklich nichts dagegen? Ich meine, er zählt mich bestimmt nicht zu seinen allerbesten Freunden."

Frauke lachte: „Dich für längere Zeit unterzubringen wäre tatsächlich schwierig, aber gegen deine Mutter hat Jens nichts einzuwenden. Ganz im Gegenteil, ich glaube, er mag sie sogar, und Dora freut sich immer, wenn sie kommt. Außerdem ist es eine Win-win-Situation. Um diese Zeit stehen unsere Gästezimmer ohnehin meist leer, da kann ich mich locker um deine Mutter kümmern – und verdiene noch ein paar Euro dazu."

Helga

Krautfleisch

700 g Schweineschulter
200 g Zwiebel
20 g Paprika edelsüß
½ kg Sauerkraut
1 rohe Kartoffel
Öl zum Anbraten
Knoblauch
Salz, Pfeffer

Gehackte Zwiebel in Öl goldgelb rösten, Paprikapulver darüber streuen, das würfelig geschnittene Fleisch zugeben, mit Salz, Kümmel und Knoblauch würzen, etwas Wasser untergießen und weichdünsten. Nach etwa der halben Kochzeit Sauerkraut und geriebene Kartoffel beigeben. Dazu passen am besten Knödel.

Helga konnte es immer noch nicht glauben. Sie musste mit jemandem darüber reden, sonst würde sie noch verrückt werden. Konnte man eigentlich vor Freude verrückt werden?

Als müsste sie sich vergewissern, nicht geträumt zu haben, las sie noch einmal Lars' Mail, dann wählte sie Susannes Nummer.

„Hallo, Helga", meldete sich Susanne im gewohnt bestimmten Ton.

„Störe ich?"

„Niemals. Lange nichts gehört. Wie geht es dir?"

„Mir geht es gerade fantastisch!"

„Gestehe! Du hast dem jungen Mitterer und seiner Tussi endlich die Leviten gelesen und gekündigt."

„Das nicht", lachte Helga, „aber Lars hat mich zum Opernball eingeladen. Was sagst du dazu?"

„Der alte Schlawiner, hat er also doch noch Karten bekommen. Wie er das wohl angestellt hat?"

„Du wusstest davon?", fragte Helga fassungslos.

„Nur, dass er gerne welche hätte, aber ehrlich gesagt habe ich gedacht, die bekommt er frühestens für den nächsten Ball, wenn nicht für den übernächsten. Ich meine, man geht da nicht einfach hin und kauft zwei Karten. Man muss sich dafür anmelden – mindestens ein Jahr zuvor. Aber wie auch immer: Bist du einigermaßen ausgestattet oder sollen wir einkaufen gehen?"

„Ehrlich gesagt habe ich mir darüber noch gar keine Gedanken gemacht."

„Solltest du aber!"

„Du hast natürlich recht, aber das kommt alles so plötzlich. Warst du schon einmal auf dem Opernball?"

„Einmal. Ist gut zehn Jahre her. Wir hatten ein besonders gutes Jahr und mein Ex-Chef hatte eine Loge gemietet."

„Erzähl! Wie war's?"

„Heiß und anstrengend, aber ein Erlebnis war es schon. Ich konnte zwar den ganzen Abend kaum atmen, weil das Kleid, das ich mir extra habe anfertigen lassen, so eng war, aber es war dennoch ein unvergesslicher Abend. Bei Licht besehen ist das Ganze natürlich ein riesiger Almauftrieb von überwiegend Möchtegern-Promis, garniert mit ein paar echten Promis, um die sich eh alles dreht. Mein Rat: Kauf dir ein Kleid, das nicht so eng sitzt und zieh um Gottes Willen keine allzu hochhackigen Schuhe an. Wichtig ist einzig und allein, dass du dich wohl fühlst."

Susanne hatte noch eine Menge guter Tipps, aber Helga hörte gar nicht mehr so richtig hin, denn sie überlegte fieberhaft, ob das Ballkleid von damals noch passen würde.

„Damals" war schon eine ganze Zeit her. Es war das erste und einzige Mal, dass sie mit Paul einen großen Ball besucht hatte. Paul hatte zwar mit sechzehn eine Tanzschule besucht, allerdings nur unter Protest. Dementsprechend bescheiden waren die Ergebnisse gewesen. Er beherrschte ein paar Grundschritte, die er dann aber auch gern durchgezogen hätte, was auf einem vollen Parkett nur selten möglich war. Da brauchte man Gefühl und Improvisationstalent. Paul konnte wunderbar improvisieren – wenn es darum ging, eine Maschine wieder zum Laufen zu bringen oder ein elektronisches Gerät zu überlisten. Auf dem Tanzparkett fehlte es ihm an derartiger Raffinesse, vor allem aber an der Lust zu tanzen.

Sie selbst war hingegen immer eine leidenschaftliche Tänzerin gewesen, der es nie an Tanzpartnern gemangelt hatte – so auch an jenem Abend. Sie waren mit Freunden auf dem Wirtschaftsbundball gewesen. Paul hatte sich extra einen Smoking gekauft – der hing übrigens immer noch in ihrem Schrank. Bei seinem Auszug hatte er gemeint, den brauche er bestimmt nie wieder. Wenn er nicht bald eine ordentliche Diät machte, stimmte das auf jeden Fall.

Jedenfalls war Helga mächtig froh gewesen, endlich wieder einmal tanzen zu können. So froh, dass ihr gar nicht aufgefallen war, dass Paul immer stiller wurde und plötzlich verschwunden war. Sie fand ihn erst nach längerem Suchen an einer Bar wieder und hatte ziemliche Mühe, ihn einigermaßen aufrecht aus der Hofburg hinaus zu eskortieren. Da er sonst kaum Alkohol trank, hatten die paar Gläser Sekt ihre volle Wirkung entfaltet. Paul ging es am nächsten Tag sauschlecht und Helga war die Lust auf weitere Veranstaltungen dieser Art fürs erste ebenfalls vergangen. Wenige Monate später war sie schwanger geworden.

Jedenfalls hatte Helga sich damals in Unkosten gestürzt und ein schwarzes Kleid mit einem weitschwingenden Rock erstanden, das zum Saum hin von immer mehr Silberfäden durchzogen war. Ob es noch passte?

Die Anprobe verlief zum Glück erfolgreich, eine teure, neue Ballrobe hätte ihr Budget zurzeit überstrapaziert. Die langen Ohrgehänge, die sie dazu getragen hatte, waren auch noch vorhanden, nur neue Schuhe würde sie sich leisten. Susanne hatte recht, an den Schuhen durfte man wirklich nicht sparen!

Als Helga später im Bett lag und noch lange nicht schlafen konnte, gestattete sie sich erstmals den Gedanken, ob ihre Beziehung zu Lars vielleicht doch größeres Potenzial haben könnte als sie bisher gedacht hatte.

Damals, bei Susannes Kochkurs, wollte sie, nach all den Problemen rund um die Scheidung, einfach nur ein paar unbeschwerte Stunden verbringen. Auch als er sie nach Hamburg eingeladen hatte, hätte sie nie daran gedacht, dass er mehr suchte als ein flüchtiges Abenteuer. Dass sie trotzdem gefahren war, hatte sie im Grunde selbst nicht verstanden. Sie war keine Frau für ein flüchtiges Abenteuer, und sie hatte ihre Prinzipien.

Aber es war ganz anders gekommen. Sie hatte erwartet, dass er sie zu einer Affäre drängen würde und war, trotz aller Prinzipien, halb dazu bereit gewesen. Aber Lars hatte ihr Zögern ohne mit der Wimper zu zucken akzeptiert.

Erst seit dem Schiurlaub waren sie ein Liebespaar. Da hatte es sich richtig angefühlt. Dennoch hatte Helga den Gedanken, dass ihre Affäre mehr als eine nette Abwechslung sein könnte, energisch von sich gewiesen. Sie waren beide erwachsen und auf der Suche nach einem kleinen Stück vom Glück. Besser ein paar Monate glücklich sein als gar nicht, hatte sie gedacht.

Jetzt kam der Mann extra angeflogen, um sie auf den Opernball zu führen. Sie konnte sich nicht daran erinnern, dass sich je ein Mensch ihretwegen derart viel Mühe gegeben hätte. Ihre Eltern ganz bestimmt nicht – und Paul auch nicht.

Für ihre Mutter war sie die Tochter, die ihrer wissenschaftlichen Karriere im Wege gestanden war und die ihr, trotz aller Bemühungen, intellektuell nie das Wasser reichen konnte, und Papa war so damit beschäftigt, seiner Traumfrau alles recht zu machen, dass für Helga nicht allzu viel an Aufmerksamkeit übriggeblieben war. Nicht dass man sie schlecht behandelt hätte, aber wirklich wichtig war sie auch nie gewesen.

Für Paul war sie erst ein Kumpel, später die Mutter seines Sohnes, und wenn er ihren Geburtstag nicht vergessen hatte, war sie schon recht zufrieden gewesen.

Die Aufmerksamkeit, die sie jetzt von Lars erfuhr, war eine ganz neue Erfahrung. Sie fühlte sich jünger, schöner, zufriedener – und schlief, mit einem Lächeln auf den Lippen, endlich ein.

Der Opernball fand wie jedes Jahr am Donnerstag vor dem Faschingswochenende statt. In Anbetracht der notwendigen Frack-Anprobe kam Lars schon am Mittwoch mit der Frühmaschine. Helga hatte sich die drei Tage frei genommen und holte ihn vom Flughafen ab, um ihn unverzüglich zum Kostümverleih zu bringen.

Dort herrschte Hochbetrieb. Lars war nicht der Einzige, der im geliehenen Frack auf den Opernball ging, und hatte nicht dazu beigetragen, die Hektik zu verringern. Er hatte sich offenbar gut in die Materie eingelesen, denn er hinterfragte einfach alles. Ob die Frackschöße nicht zu kurz oder eventuell doch zu lang seien? Ob es keine durchgehende Frackweste gäbe und ob er den letzten Knopf der Weste nicht doch offen tragen könnte?

Sein Berater blieb ebenso ruhig wie unbeugsam. Die Frackweste werde am Rücken mit einem Satinband gebunden und auch der unterste Knopf sei zu schließen. Der klassische Frack biete eben keinen Platz für individuelle Vorlieben. Ob Lars über eine Taschenuhr verfüge? Armbanduhr zum Frack sei nämlich ganz und gar unmöglich. Lars versprach ernsthaft sich um eine Taschenuhr zu kümmern, dann waren sie entlassen – es war bereits Mittag.

„Wohin gehen wir jetzt?", fragte er unternehmungslustig und fügte rasch hinzu: „Ich habe Hunger und hätte Lust auf so ein typisches Wiener Beisel."

Helga überlegte. Benny war von Lars' Besuch ohnehin nicht sonderlich begeistert. Sie hatte ihn zwar angefleht, sich ordentlich zu benehmen, aber je weniger Zeit die beiden miteinander verbringen würden, desto besser. Sie würde ihm eine SMS schreiben, er dürfe sich ausnahmsweise einen seiner geliebten Burger kaufen, vielleicht würde ihn das mit dem Besuch ein wenig versöhnen. Zu Lars sagte sie: „Bist du mutig?"

„Immer."

„Na, dann komm. Nicht weit von hier ist ein Weinhaus, ich war früher mit meinem Vater manchmal dort, wenn Mutter nicht zu Hause war. Nicht vornehm, aber mit typischer Wiener Küche."

„Gute Küche?"

„Papa und mir hat's immer geschmeckt, ob es natürlich vor deinem Gaumen Gnade finden wird, kann ich nicht versprechen."

„Lassen wir's drauf ankommen!", sagte Lars fröhlich und bot ihr seinen Arm.

Das Essen im Weinhaus hatte bei Lars nicht gerade Begeisterungsstürme hervorgerufen. Sie hatte ihm zu Krautfleisch geraten. Lars fand den Knödel zu hart und das Kraut zu weich, immerhin lobte er die Zartheit der Fleischstücke und meinte abschließend, der Besuch sei jedenfalls interessant gewesen.

Der Rest des Tages verlief ohne besondere Vorkommnisse, auch Benny hatte sich durchaus erträglich benommen. Vor dem Abendessen hatten sie noch einen Spaziergang gemacht, danach ein paar Brote gegessen und den Abend mit ruhigem Geplauder ausklingen lassen. Schließlich wollten sie morgen fit sein.

Lars

Lammrückenfilet an Brokkoliröschen

1000 g Lammrückenfilets (inklusive Knochen)
Drei Scheiben entrindetes Toastbrot
Petersilie
Senf
Öl
Rosmarin, Thymian, Knoblauch, Pfeffer
1 Wurzelwerk
1 große Rose Brokkoli

Lammfilets auslösen. Wurzelwerk putzen und in große Stücke schneiden. Knochen mit dem Wurzelgemüse in Öl anbraten, Kräuter zugeben und eine Sauce (Lammglace) daraus kochen. Das Lammfilet salzen, pfeffern und kurz in heißem Öl anbraten. Weißbrot im Mixer zerkleinern und mit den in der Sauce gekochten Kräutern vermischen. Lammfilets mit Senf bestreichen, in den Bröseln wälzen und gemeinsam mit den restlichen Kräutern bei 200° 12-15 Minuten ins Rohr stellen. Brokkoli in Röschen zerteilen und in Salzwasser bissfest kochen, in Butter schwenken und evtl. mit einigen Kartoffeln (als Sättigungsbeilage, je nach Umfang des Menüs) zum Lammfilet servieren.

„So einen Frack anzuziehen, ist wirklich nicht ganz einfach", stellte Lars fest. Trotz der zahlreichen Tipps, die man ihm gestern mit auf den Weg gegeben hatte, wäre er ohne Helgas Hilfe noch lang nicht fertig.

„Du untertreibst", meinte Helga spöttisch. „Immerhin, das Ergebnis kann sich sehen lassen."

Das hörte er gern und besah sich noch einmal im Spiegel. Helga sah in ihrem schwarzen Abendkleid übrigens auch ganz fantastisch aus!

„So richtig bequem ist das Ding allerdings nicht."

„Wer will es schon bequem haben, wenn er schön sein kann", konterte Helga lachend.

„Schön und bequem geht nicht?"

„Definitiv nicht."

„Na denn", er bot ihr seinen Arm, „meine schöne Chouchou, unser Abend kann beginnen."

Wenn Lars schon nicht die Suite im Hotel Sacher gebucht hatte, so hatte er doch die Tisch-Reservierung für das Opernballmenü beibehalten.

Jetzt saß er Helga im plüschigen Restaurant gegenüber und prostete ihr zu. Das Essen war ohne Fehl und Tadel – da hatten die Kollegen sich ordentlich ins Zeug gelegt. Ja gut, das Lammrückenfilet hätte vielleicht einen Hauch weniger durch und die Brokkoliröschen etwas knackiger sein können, aber an einem Abend wie diesem wollte er nicht kleinlich sein. Jedenfalls war die Sauce ordentlich cremig, wie sich das gehörte, nicht so wässrig, wie Beatrix sie gern machen würde – wenn er sie ließe. Natürlich hätte Beatrix' Variante weniger Kalorien. Aber kam man hierher oder zu ihm ins Lokal, um Kalorien zu zählen? Lächerlich.

Rasch noch einen Mokka, dann machten sie sich auf den Weg.

Susanne hatte ihnen dazu geraten, die Oper über einen der Seiteneingänge zu betreten, weil das Gedränge auf der Feststiege unmenschlich sei. Lars wäre zwar gern über den Roten Teppich geschritten, vielleicht hätte ihn jemand erkannt, aber nachdem sie sich das Gewurschtel eine Weile angesehen hatten, waren sie dann doch zu einem der Seiteneingänge gegangen und ohne größere Schwierigkeiten an ihren Tisch gelangt.

Das Opernhaus war über und über mit Blumen in den Farbtönen rosa bis orange geschmückt und sah prachtvoll aus. Einige der Damen schienen es darauf angelegt zu haben, den Blumenschmuck in den Schatten zu stellen, andere hingegen sahen wirklich elegant aus.

Gleich nach der Eröffnung begaben sie sich auf die Tanzfläche. Sie tanzten ganz hervorragend zusammen, aber das Gedränge war wirklich einzigartig, so dass sie bald genug davon hatten und beschlossen, vorerst einmal durch die Gänge zu promenieren.

Sie waren ein ansehnliches Paar und zogen einige bewundernde Blicke auf sich – aber konnte es sein, dass keiner Lars erkannte? Erst als sie eine gute Stunde später in der Sektbar landeten – Lars hatte Helga eben von seinen Aussichten auf einen dritten Stern und eine eigene Fernseh-Kochshow erzählt – klopfte ihm jemand auf die Schulter. Er brauchte einen Moment, bis er Gisela in der stark geschminkten Lady mit dem erstaunlichen Kopfschmuck erkannte.

„Lars König beim Opernball, was für eine Freude!", flötete sie.

„Gisela, Liebste, was machst du denn hier? Chouchou, darf ich dir Gisela vorstellen, sie ist eine der wichtigsten Frauen im Leben eines deutschen Kochs."

Die beiden Damen gaben einander die Hand – ohne besondere Begeisterung, wie ihm schien.

„Bist du alleine hier?"

„Natürlich nicht! Mein Begleiter ist im Moment nur kurz … du verstehst. Ah, da kommt er ja!"

Das durfte ja nicht wahr sein! Gernot von Bach? Heute war Lars' Glückstag! Gisela, von deren Kopfnicken sein dritter Stern abhing, war tatsächlich mit Gernot von Bach hier, dem Chef jenes Privatsenders, der ihn in die engere Auswahl für diese Kochshow gebracht hatte. Das konnte kein Zufall sein, das war Schicksal! Was war er doch für ein Glückspilz! Mit der schönsten Frau von Wien auf dem Opernball zu sein und dann noch die für seine Karriere wichtigsten Menschen zu treffen.

„Herr von Bach, das freut mich aber! So ein Zusammentreffen muss gefeiert werden. Darf ich Sie und Gisela auf ein Glas Champagner einladen?"

Ach, was war das Leben schön! Er hätte die ganze Welt umarmen können.

Helga

Pastatorte

500 g Spaghetti
200 g Gouda
200 g Cocktailtomaten
200 g Erbsen (TK-Ware)
250 g Schlagobers
200 g Schmand
6 Eier
Gehackte Petersilie
Öl
Salz, Pfeffer

Spaghetti in Salzwasser kochen und kalt abschrecken. Käse reiben, Tomaten in Stücke schneiden, Erbsen kochen und gemeinsam mit Käse und Tomaten zu den Spaghetti geben und vermischen. Eier mit Obers und Schmand verrühren, salzen, pfeffern. Spaghettimischung in eine Springform (Durchmesser 26 cm, außen mit Alufolie ummanteln, damit nichts ausläuft) füllen und mit der Eiermischung übergießen, danach bei 200° im vorgeheizten Backrohr etwa 60 Minuten backen. Die Pastatorte am besten mit einem elektrischen Messer aufschneiden, mit gehackter Petersilie und Tomatenstücken garnieren und entweder mit Blattsalat oder mit Tomatensauce servieren.

Es war noch ein sehr langer Abend geworden. So lang, dass Helga gleich aufgeblieben war, um Benny das Frühstück zu machen, obwohl sie wirklich hundemüde war. Erst nachdem er das Haus verlassen hatte, war sie zu Bett gegangen – endlich! Dennoch hatte sie lange nicht einschlafen können, so aufgewühlt war sie von all dem Erlebten.

Dieser Gernot von Bach schien ja die halbe Welt zu kennen. Unfasslich, wie vielen Promis sie in dieser Nacht die Hände geschüttelt hatte. Eigentlich war das so gar nicht ihre Welt, aber an Lars' Arm hatte sie sich sicher und geborgen gefühlt. Für eine Nacht hatte sie einfach dazu gehört!

Nur diese Gisela war schon sehr speziell … sie musste Lars später fragen … Dann schlief sie ein.

Es war schon Mittag vorbei, als sie Lars in der Küche hantieren hörte. Bald darauf zog herrlicher Kaffeeduft ins Schlafzimmer. Sie beschloss aufzustehen, schließlich sollte sie für Benny wenigstens etwas kochen, wenn sie schon einmal daheim war. Doch Lars durchkreuzte ihre Pläne, indem er mit einem Tablett in der Hand schwungvoll die Tür öffnete und rief: „Frühstücksservice, die Dame!"

Behutsam stellte er das Tablett ab und nahm auf ihrem Bettrand Platz.

Helga beäugte das Tablett, auf dem nicht nur Kaffee, sondern auch Orangensaft, gekochte Eier, goldgelb getoastetes Weißbrot, Butter und Marmelade zu finden waren.

„Das ist ja wie im Film", lachte sie und ließ sich Kaffee einschenken. „Dabei sollte ich aufstehen, um für Benny etwas zu kochen."

„Erst wird einmal in Ruhe gefrühstückt, wir können ihm nachher ein Omelett machen", beschied Lars sie, bestrich einen Toast mit reichlich Butter und reichte ihn ihr.

„Warum ist diese Gisela eigentlich so wichtig für dich?"

„Weil in letzter Konsequenz sie über Stern oder nicht Stern entscheidet, auch wenn ihr Exmann der Herausgeber des Guides ist. Aber der hat sich noch nie etwas aus gutem Essen gemacht, der macht sich nur etwas aus Geld."

„Aber du hast doch schon zwei Sterne."

„Richtig, aber erst drei machen einen Koch unsterblich!"

Helga kicherte. „Netter Gedanke. Trotzdem muss ich jetzt unter die Dusche, Benny wird gleich hier sein."

Als Benny aus der Schule kam und mit gutem Appetit das mächtige Schinkenomelett verdrückte, das Lars zubereitet hatte, sagte Helga ganz en passant: „Benny und ich müssen heute noch auf einen Sprung zu meinen Eltern fahren."

„Darf ich nicht mitkommen?", fragte Lars mit einem Dackelblick, der Helga schmunzeln ließ.

„Schon, aber …"

„Er könnte doch statt mir gehen", schlug Benny vor.

„Da wäre Oma aber sehr gekränkt."

„Eh klar, weil sie dann nicht an mir herummeckern kann."

„Wie dem auch sei, du kommst mit", gab Helga sich unnachgiebig. Und an Lars gewandt: „Du kannst natürlich gerne mitkommen, aber ich warne dich: Es gibt selbstgekauften Kakaokuchen und mittelmäßigen Filterkaffee. Abfahrt in einer Stunde."

„Jeden Freitag dasselbe Theater", maulte Benny und verzog sich in sein Zimmer.

„Ich komme gerne mit!", rief Lars ihm nach.

„Selber schuld", hörten sie ihn noch sagen, dann schloss er die Kinderzimmertür so nachdrücklich, dass auch Helga in der nächsten Stunde keinen Versuch unternahm, ihm zu folgen. Schließlich war Freitag, kein Grund, sich vor Lars mit ihm über Hausaufgaben zu streiten.

„Ich hätte es wissen müssen!", dachte Helga verzweifelt.

War ja klar gewesen, dass ihre Mutter an Lars kein gutes Haar lassen würde, aber dass sie ihn derart frontal anging, hätte sie nun auch nicht erwartet. Allerdings schlug Lars sich nicht schlecht.

„Was machen Sie beruflich?", hatte ihre Mutter honigsüß gefragt, kaum dass Lars Platz genommen hatte. Dabei wusste sie doch, wer er war. Außerdem war Helga ziemlich sicher, dass sie ihn längst gegoogelt hatte. Mutter liebte das Internet.

„Ich bin Koch", hatte Lars erst schlicht geantwortet. Ja gut, es hatte sich eher angehört wie: „Gestatten, ich bin der Kaiser von China."

Ihre Mutter maß ihn mit strengem Blick: „Koch, ach so, na ja. Sicher ist das ein sehr anstrengender Beruf."

„Kaum anstrengender, als unwilligen Schülern Mathematik einzutrichtern", hatte Lars lächelnd geantwortet.

„Das lässt sich wohl kaum vergleichen", schnappte ihre Mutter.

„Da haben Sie bestimmt recht. In meinem Beruf geht es darum, den Menschen Genuss und Freude zu bereiten."

„Ich dachte immer, es ginge darum, Mahlzeiten zuzubereiten. Schließlich bedeutet essen nichts anderes, als dem Körper jene Nährstoffe zuzuführen, die er benötigt, um gesund und leistungsfähig zu bleiben."

„Ich glaube allerdings kaum, dass die Mehrheit meiner Gäste diese Definition unterschreiben würde", entgegnete Lars mit einem maliziösen Lächeln, das ihre Mutter erst recht anfeuerte.

„Das sollten Sie aber! Jeder vernunftbegabte Mensch sollte es so sehen. Ich weiß ja nicht, für wen Sie kochen, aber ..."

An dieser Stelle unterbrach Helgas Vater, der sich bisher mit Kommentaren zurückgehalten hatte, und bot Lars noch ein Stück Kuchen an, das Lars jedoch dankend ablehnte. Auch Kaffee mochte er sich nicht nachschenken lassen, dafür bat er, mit Hinweis auf die vergangene Nacht und den vielen Champagner, um ein Glas Wasser.

Das Ablenkungsmanöver half wenig, denn sobald sich Helgas Vater auf den Weg in die Küche gemacht hatte, nahm ihre Mutter den Gesprächsfaden wieder auf.

„Jedenfalls scheint man als Koch in Hamburg gut zu verdienen. Der Champagner wird auf dem Opernball nicht ganz billig gewesen sein."

„Nun, ich betreibe ein nicht ganz unbekanntes Restaurant."

„Verstehe, da sind Sie an überteuerte Preise natürlich gewöhnt", gab Helgas Mutter zurück.

Lars sandte ein überhebliches Lächeln in ihre Richtung: „Alles im Leben ist eine Frage der Perspektive."

„Da werden Sie allerdings recht haben", räumte Helgas Mutter ein. „Wissen Sie, ich habe mich schon als Kind mehr für Fragen der Wissenschaft und Mathematik interessiert als für Gulasch und Apfelkompott."

„Schade, dabei können sowohl Gulasch als auch Apfelkompott durchaus spannende Gerichte sein, wenn man sie richtig zuzubereiten versteht."

Helgas Mutter schnaufte verächtlich. „Mein Interesse wie mein Talent gelten eher der Mathematik. Leider habe ich es nicht vererbt." Sie warf

Benny dabei einen beredten Blick zu und ergänzte zu allem Überfluss: „Auch Helga war immer eine erbärmliche Mathematikerin."

Helga brachte sich schon in Position, doch Lars erwiderte salbungsvoll: „Ich kann verstehen, dass Sie darunter leiden müssen. Für mich hingegen wäre es höchst unangenehm, wenn Helga dieses Talent geerbt hätte, wo ich doch selbst in der Mathematik nur höchst durchschnittlich bin."

„Na ja, als Koch wird das nicht weiter auffallen."

„Wie recht Sie doch haben. Ein paar simple Schlussrechnungen und Geld zählen ist alles, was mir abverlangt wird."

Langsam begann Helga die Sache Spaß zu machen, sogar Benny hatte das Herumtippen auf seinem Smartphone vorübergehend eingestellt.

„Meine Mutter war einfach unmöglich!", empörte sich Helga am nächsten Tag, als sie bei Kaffee und Apfelstrudel im Rosenschlösschen saßen.

Da Benny das Wochenende ohnehin bei seinem Vater verbringen würde und Lars' Rückflug erst für Sonntagabend gebucht war, hatten sie sich spontan entschlossen, Susannes Einladung zum Hausball doch anzunehmen.

„Ich fand deine Mutter eigentlich recht amüsant", sagte Lars und nahm noch ein Stück Apfelstrudel. „Nur der Kuchen, den sie uns kredenzt hat, schmeckte etwas eigenwillig, und der Kaffee war auch nicht ganz mein Geschmack. Dafür ist dieser hier ganz ausgezeichnet. Hättest du noch ein Tässchen für mich?", wandte er sich an Susanne.

„Na klar, aber dann müssen Nina, meine treue Helferin, und ich wirklich in die Küche." Susanne machte sich an der Kaffeemaschine zu schaffen.

„Was steht denn auf dem Speiseplan?"

„Wurstsalat, Nudelsalat, kalter Braten, so ähnlich wie im Vorjahr. Erinnerst du dich?"

„Dunkel."

„Das klingt aber nicht sehr begeistert", lachte Susanne. „Was hast du denn gedacht, was wir für 30 Personen so kochen?", fragte Nina, die bereits aufgestanden war, angriffslustig. „Gefüllte Wachtelbrüstchen an getrüffelten Hummersalat?"

„Hummer und Trüffel sollte man niemals kombinieren", antwortete Lars hochmütig. Doch dann sprang er auf, legte seinen Arm um Ninas Schulter und sagte gut gelaunt: „Jetzt komm, lass mal sehen, was uns außer Wurstsalat noch einfällt. Ich hab da schon so eine Idee. Habt ihr Gelatine im Haus?"

„Ihr wisst aber schon, dass in fünf Stunden die Gäste kommen", rief Suanne ihnen noch nach, dann wandte sie sich an Werner, der das Treiben mit stoischer Ruhe beobachtet hatte. „Schatz, wolltest du nicht noch nach den Weinen sehen?"

„Die sind doch längst …", begann Werner, doch mitten im Satz hielt er inne, erhob sich lächelnd und sagte: „Ach, die Weine, ja natürlich!"

Susanne nickte zufrieden und belohnte seine rasche Auffassungsgabe im Vorbeigehen mit einem Küsschen. Dann setzte sie sich neben Helga. „Und jetzt erzähl! Wie war's? Ich will alles wissen, einfach alles!"

„Musst du denn nicht in die Küche?", fragte Helga, die nicht recht wusste, ob sich Susannes Wissbegierde nur auf den Opernball oder doch eher auf ihr Verhältnis zu Lars bezog.

„Um Zwiebeln zu hacken? Das hat Zeit. Du glaubst doch nicht, dass ich heute in meiner Küche noch irgendetwas zu sagen habe. Bin bloß gespannt, was er aus dem Zeug machen wird. Jedenfalls nicht das, was ich geplant hatte, so viel steht fest. Mehr als Hilfsarbeiten habe ich heute nicht mehr zu erwarten."

„Ich hätte nie gedacht, dass du dich so schnell geschlagen gibst", amüsierte sich Helga.

„Hast du schon einmal versucht, mit ihm zu kochen?"

„Eigentlich nicht. Das heißt, gestern wollte ich Benny zu Mittag ein Omelett machen …"

„… aber das ist dir nicht gelungen, weil Lars dir den Kochlöffel aus der Hand genommen hat. Stimmt's?"

Das konnte Helga nur bestätigen. In der Zwischenzeit hatte sie sich so weit gefasst, dass sie Susanne eine detailreiche Schilderung des Opernballabends bot – mehr aber auch nicht.

Wie Susanne richtig vermutet hatte, gab es an diesem Abend weder Wurst- noch Nudelsalat, dafür eine ganz hervorragende Pasta-Torte, köstlichen Gemüsesalat, ein kaltes Gurkenschaumsüppchen und Wiener Gabelbissen, ebenfalls köstlich und wunderschön anzusehen. Zum kalten Braten reichte man nicht einfach nur Senf und Kren, sondern ein feines Sößchen, aus dem Nussbrot waren Nussbrotchips geworden und die Käseplatte war ein wahrer Augenschmaus.

„Jetzt habe ich fast ein schlechtes Gewissen", sagte Susanne, als sie das fertig aufgebaute Buffet bewunderte.

„Doch nicht meinetwegen", wehrte Lars gönnerisch ab.

„Aber vielleicht meinetwegen", stöhnte Nina, doch es war ihr anzusehen, dass sie auf das Ergebnis ebenso stolz war wie Lars selbst.

Weniger begeistert über den unerwarteten Besuch schien Susannes Freundin Doris, die im Laufe des Nachmittags gekommen war. Als sie Lars in der Küche herumkommandieren hörte, hatte sie nur gemurmelte: „Der schon wieder!"

Helga

Fischgulasch

800 g Kabeljau (Dorsch, Goldbarsch)
1 Zwiebel
1 rote, 1 gelbe Paprika
3 Tomaten
3–4 Knoblauchzehen
1 TL Paprikapulver, edelsüß
1 EL Tomatenmark
Gehackte Petersilie
¼ l Fischfonds (oder Gemüsefonds)
Öl
Salz, Zitronensaft

Fischfilet waschen, trockentupfen, in gefällige Stücke schneiden und mit Zitronensaft beträufeln. Zwiebel hacken, Paprika in Streifen schneiden, Tomaten würfeln. Zwiebel und Paprika in etwas Öl anlaufen lassen, Fischstücke salzen, vorsichtig darauflegen und kurz mitschmoren. Fischstücke in eine feuerfeste Form geben, zum verbleibenden Gemüse Knoblauch, Tomatenmark und Paprikapulver geben, mit Fischfonds auffüllen, zu einer sämigen Sauce kochen und mit Salz und Zitronensaft abschmecken. Im Backrohr etwa 10 Minuten schmoren. Dazu passen junge Kartoffeln ebenso gut wie Reis.

Als Helga mit raschen Schritten das Flughafengebäude verließ und sich auf die Suche nach ihrem Auto machte, hatte sie Tränen in den Augen. Es war einfach zu schön gewesen, doch nun war wieder Alltag eingekehrt – und sie würde Lars erst zu Ostern wiedersehen.

Sie atmete tief durch und versuchte, sich auf das Naheliegende zu konzentrieren, das half schließlich immer. Wo stand das blöde Auto denn jetzt?

Sie hätte Lars' Vorschlag, ihn nur aussteigen zu lassen und gleich weiterzufahren, doch annehmen sollen. Aber sie hatte eben auf keine gemeinsame Minute verzichten wollen. Jetzt war sie allerdings knapp dran, in einer halben Stunde sollte sie Benny abholen. Das wäre kein Problem, wenn sie bloß gewusst hätte, wo ihr Auto stand. War das vielleicht auf dem Parkschein zu sehen? Fehlanzeige. Ihr Handy klingelte. Lars?

Auch das noch.

„Na, meine kleine Chouchou, sitzt du schon im Auto?"

„Leider nein … Um ehrlich zu sein, ich habe keine Ahnung, wo es steht."

„Deshalb rufe ich an. Parkhaus A, 4. Etage, Platz 427."

„Du bist meine Rettung. Wieso weißt du das so genau?"

„Weil es mir auch schon öfter so gegangen ist. Seither tippe ich mir diese Info immer gleich ins Handy. Also dann, mach's gut. Ich melde mich, wenn ich daheim bin."

„Ja, mach das. Bis später – und danke!"

Der Mann war einfach ihr Retter! Wenig später verließ Helga das Parkhaus, der Sonntagabendverkehr war dicht, aber flüssig, so dass sie rechtzeitig bei Pauls Haus ankam. Da Benny noch nicht zu sehen war und sich auch auf dem Handy nicht meldete, rief sie Paul an.

„Hast du einen Parkplatz?", fragte er.

„Ja, warum?"

„Dann komm doch einen Sprung herauf, Benny ist noch nicht ganz fertig. 3. Stock, Tür 15."

Zack, aufgelegt.

Unmutig stieg sie aus und machte sich auf den Weg. Was war das denn? Sie war noch nie in Pauls Wohnung gewesen. Bisher hatte entweder Paul den Jungen nach Hause gebracht oder die beiden hatten sie schon auf dem Gehsteig erwartet.

„Was heißt nicht fertig?", fragte sie anstelle einer Begrüßung.

„Komm rein, leg ab, wir sind gleich so weit."

„Womit denn?"

„Mit unserer Schachpartie. Komm weiter."

Helga war zwar ärgerlich über die Verspätung, aber auch ein wenig neugierig auf Pauls Wohnung. Sie ließ die Neugierde siegen, schlüpfte aus ihrer Jacke und sah sich um. Im Vorzimmer standen etliche Paar Schuhe, sie bezweifelte, ob er überhaupt noch welche im Schrank hatte. Dafür sah die Küchenzeile, die Teil des Wohnraumes war, durchaus ordentlich aus. Vermutlich ein Schaustück, dachte sie amüsiert. Sie konnte sich nicht erinnern, dass Paul je etwas anderes als eine Tasse Tee zustande gebracht hätte.

Der Wohnraum verfügte über eine Wohnlandschaft und eine Arbeitsecke, in der Paul und Benny nun saßen und auf einen ziemlich großen Bildschirm starrten. Sie vermutete, dass der Computer das teuerste Stück der ganzen Wohnung war, denn sonst sah alles nach einem großen Möbelhaus aus, das für günstige Preise bekannt war. Hatte sie etwa angenommen, dass Paul sein Geld für teure Möbel ausgeben würde? Dafür war sein Handy vermutlich das neueste Modell.

In der Zwischenzeit war sie hinter Benny getreten, der bislang noch kaum Notiz von ihr genommen hatte. Sie hatte den Impuls, ihm übers Haar zu fahren, heroisch unterdrückt und nur gesagt: „Hallo, mein Großer! Wie lang dauert das denn noch?"

Benny gab lediglich einen Knurrlaut von sich. Die Partie schien ja ziemlich spannend zu sein.

„Möchtest du etwas trinken? Eine heiße Schokolade vielleicht?", fragte Paul. Wollte er sie so bei Laune halten?

„Lass mich raten: Falls ja, könnte ich mir eine Tasse kochen und für euch auch gleich eine mitmachen."

„Gute Idee, die Schokolade ist im Schrank neben dem Herd und die Milch …"

„… hoffentlich im Kühlschrank", vervollständigte Helga seinen Satz und machte sich seufzend auf den Weg in die Küche.

Es war schon neun Uhr vorbei, als Benny endlich im Bett lag. Immerhin hatten Paul und Helga diesmal nicht gestritten. Benny schien das gefallen zu haben. Aus lauter Begeisterung wollte er sie gleich dazu überreden, am nächsten Wochenende mit ihnen eislaufen zu gehen.

Paul hatte dem nicht widersprochen. Feigling. Es konnte ja wohl nicht in seinem Sinne sein, auf heile Familie zu machen, wo er es doch war, der sich scheiden lassen wollte. Wenn es nach Helga gegangen wäre, wären sie heute noch eine Familie. Allerdings hätte sie dann dieses wundervolle Wochenende nicht erlebt. Was für ein verwirrender Gedanke.

Sie würde sich ein Glas Wein einschenken und sich ihren Träumen und Erinnerungen hingeben. Die letzten Tage waren einfach himmlisch gewesen, jeder auf seine ganz besondere Art. Langsam musste sie sich wohl eingestehen, dass sie sich ernsthaft in Lars verliebt hatte – und er sich in sie. Aber was sollte daraus werden? Lars hatte sein Leben in Hamburg, ein sehr erfolgreiches Leben, eines, das er niemals aufgeben würde. Warum auch? Es war seine Existenz.

Sie hatte ihr Leben hier in Wien. Hier hatte sie ihre Wohnung, ihren Job – na gut, auf den könnte sie notfalls verzichten -, aber hier ging Benny zur Schule, hier lebten Bennys Vater, ihre Eltern, die wenigen Freunde und Bekannten.

In der Volksschule hatte Helga eine richtig gute Freundin gehabt, Lore. Aber Lore war mit ihren Eltern nach München gezogen. Eine Zeit lang hatten sie noch Briefe geschrieben, dann war der Kontakt abgerissen. Erst seit dem letzten Klassentreffen waren sie wieder per Mail verbunden.

Als sie aufs Gymnasium ging, hatte ihre Mutter so mache Freundschaft verhindert, ohne auch nur ein Wort gesagt zu haben. Wer wollte schon mit der Tochter der gefürchtetsten Mathematikprofessorin der ganzen Schule befreundet sein?

Auch deshalb hatte sie mit vierzehn die Schule gewechselt. Dennoch war es nicht einfacher für sie geworden, denn ihre Mutter war mit den Ausgehzeiten nicht sehr freizügig gewesen und Helga hatte nicht einmal daran gedacht, dagegen zu opponieren.

Erst auf der Fachhochschule hatte sie dann einige Freundschaften geschlossen, aber kaum hatte sie Paul kennengelernt, hatte sie diese Beziehungen schleifen lassen. Und als Benny geboren wurde, gab es ohnehin nur noch zwei Menschen für sie: Benny und Paul.

Damals war ihr das ganz selbstverständlich erschienen, erst nach der Scheidung war ihr aufgefallen, wie einsam sie im Grunde war. Sie hatte sich vorgenommen, einige der Kontakte wieder aufzufrischen, war aber einfach nicht initiativ genug dafür. Zum Glück hatte sie sich mit einigen Müttern von Bennys Klassenkameraden angefreundet. Seit Kurzem war da noch Susanne, die sie nun ebenfalls zu ihren Freundinnen zählen durfte - dennoch hatte sie es nicht über sich gebracht, ihr von ihrer Beziehung zu Lars zu erzählen. Sie hatte einfach keine Übung in Sachen bester Freundin.

Sie hatte allerdings auch keine Übung als Geliebte.

Die nächste Woche zog sich dahin und Helga fand einmal mehr, dass es Zeit war, sich nach einem neuen Job umzusehen. Frau Mitterer kam in der Zwischenzeit täglich und blieb oft den ganzen Tag. Außerdem hatte sie davon gesprochen, für Prinzesschen ein Au-pair-Mädchen zu suchen - das Mädel war nicht zu beneiden. Sie hatte es zwar nicht explizit gesagt, aber Helga hatte die Botschaft schon verstanden. Sobald das Au-pair da war, würde Frau Mitterer wieder voll einsteigen.

Auch gut. Helga würde das Wochenende dazu nutzen, ihre Jobchancen zu sondieren. Vielleicht sollte sie es diesmal doch wieder in ihrem Fach versuchen. Wochenenddienste wären kaum mehr ein Problem. Benny war ohnehin fast jedes Wochenende bei seinem Vater – obwohl das ganz anders vereinbart gewesen war. Aber was sollte sie machen? Einmal gingen sie Schifahren, ein andermal Eislaufen, dann zu einem Eishockeymatch – lauter Sachen, für die sie nicht das geringste Interesse aufbrachte. Nicht dass sie es nicht versucht hätte, aber Paul war ihr in diesen Dingen einfach überlegen. Wenn Benny einmal nicht bei seinem Vater war, wollte er sich mit Freunden treffen. Das musste man natürlich verstehen – wenn es auch wehtat. Was war er für ein knuddeliger kleiner Bursche gewesen, jetzt durfte sie ihn nicht einmal mehr drücken, wenn sie allein waren. Aber dass sie am Sonntag mit ihnen eislaufen ging, schien ihm doch wichtig zu sein. Das gefiel ihr, dennoch hatte sie bisher noch nicht zugesagt. Sie wollte einfach nicht heile Familie spielen, nicht jetzt! War ja nicht ihre Schuld, dass sie keine mehr waren.

Natürlich hatte Helga sich dann doch wieder breitschlagen lassen – wie immer. Aber sie bereute es nicht, wenn sie jetzt auch todmüde war und morgen bestimmt furchtbaren Muskelkater haben würde – es war ein netter Tag gewesen.

Paul hatte sie am Samstag, als er Benny abholte, einfach überrumpelt.

„Wann sollen wir dich abholen?", hatte er gefragt.

„Habe ich gesagt, dass ich mitkomme?"

„Klar kommst du mit, und nachher gehen wir essen."

„Zu deiner Mutter?"

Er lachte sein vertrautes Lausbubenlachen. „Ausnahmsweise nicht. Ich habe im *Stern-Bräu* einen Tisch für uns bestellt. 14 Uhr. Wenn wir dich um 11 Uhr abholen, reicht das locker. Also dann, bis morgen!"

Dann war er einfach ins Auto gestiegen und abgebraust. Stern-Bräu? War das nicht das Lokal, das für seine Gulasch-Variationen so berühmt war?

Erst hatte sie ja noch mit sich gehadert. Wie kam er dazu, über sie zu bestimmen? „Scheint, als ob Susanne doch einen gewissen Einfluss auf mich hat", dachte sie amüsiert, dann ging sie in den Keller und holte ihre Schlittschuhe. Eislaufen verlernt man schließlich nicht, dachte sie.

Verlernt hatte sie es nicht, aber zu Beginn war sie schrecklich verkrampft gewesen. Gut, dass Paul sie festgehalten hatte, und mit der Zeit hatte es richtig Spaß gemacht.

Auch das gemeinsame Essen war erstaunlich friedlich verlaufen. Sie hatten unterschiedliche Gulaschgerichte bestellt und untereinander getauscht. Alles war so harmonisch gewesen, dass sie nicht widersprach, als Paul zum Abschied vorschlug, das gelegentlich zu wiederholen.

Doch als sie Lars beim abendlichen Telefonat davon erzählte, schien der etwas irritiert.

„Hat dein Ex denn keine Freundin?"

„Keine Ahnung. Vielleicht will er sie Benny nicht vorstellen oder sie kann nicht eislaufen. Ist mir auch herzlich egal. Benny hat es jedenfalls großen Spaß gemacht."

Als Helga später unter der Dusche stand und ihre geschundenen Muskeln sich im warmen Wasser langsam entspannten, fragte sie sich, ob Lars vielleicht eifersüchtig sein könnte. Lächerlicher Gedanke. Ein Mann wie er – und dann noch auf Paul! Das war ja zum Lachen. Sicher, Paul war ein hervorragender Chemiker und trotz seiner pyknischen Statur ein erstaunlich guter Sportler, aber alles in allem mehr der Alltagstyp. Lars schien hingegen wie ein Paradiesvogel. Allerdings – was wusste er schon von Paul?

Und was wusste sie von Lars, außer dass er ein begnadeter Koch war, der sich ein wenig in sie verliebt hatte? Wie lang würde er eine Beziehung leben wollen, bei der sie sich höchstens ein paar Mal im Jahr sehen konnten? Besser nicht darüber nachdenken, nicht jetzt! Jedenfalls würde sie zu Ostern nach Hamburg fliegen, mit Benny! Sie freute sich mächtig darauf, zählte insgeheim die Tage und hoffte inständig, dass nichts dazwischen kam.

Zum ersten Mal in ihrem Leben war es ihr egal, was die anderen sagten.

Ihre Mutter hatte Lars übrigens einen eingebildeten Gockel genannt.

Lars

Sauce Bernaise (für Profis)

4 Eidotter
350 g Butter
½ EL Estragon
1 TL gehackte Petersilie

Für die Reduktion:
50 g feingeschnittene Schalotten (notfalls Zwiebel)
6 zerdrückte Pfefferkörner
Stängel von Estragon und Petersilie
1 Lorbeerblatt
3 EL heller Balsamico
⅛ l Wasser
Etwas Thymian

Aus den angegebenen Zutaten eine Reduktion bereiten (einkochen) und abkühlen lassen. Die Butter zerlassen, aufkochen und beiseite stellen. Die Eidotter mit der Reduktion, Salz, etwas Zitronensaft in einen Schneekessel geben und über Dunst so lang aufschlagen, bis eine dickliche Creme entsteht. Vom Dunst nehmen und die Butter in einem dünnen Strahl einmixen – wie zur Mayonnaise. Abschmecken und servieren.

Lars verstand sich selbst nicht mehr, was seine Laune kaum verbesserte. Er war doch wirklich weder kleinlich noch neigte er zur Eifersucht, aber dass Helga ausgerechnet jetzt mit ihrem Ex auf heile Welt machte, verdarb ihm sogar den Appetit. Dabei war dieses Gemüsecurry wirklich nicht schlecht, zumindest als Beilage zu einem ordentlichen Kalbsfilet. Zu einem schön gebratenen Wildlachs konnte er es sich auch gut vorstellen.

Beatrix war allerdings der Meinung, man sollte es mit edlem Basmati-Reis als veganen Hauptgang auf die Karte setzen. Man könnte unter Umständen auch einen Zopf aus veganen Würstchen dazu reichen. Also nee, wirklich nicht. Auf besonderen Wunsch machten sie sowieso das Unmögliche möglich, kochten auch vegane Menüs, aber auf die Karte würde er so etwas nie setzen. Und damit basta.

Nicht dass noch ein Journalist auf die Idee käme, ihn für seine veganen Gerichte zu loben. Dann kämen noch mehr Gäste, die gefüllte Wachteln ohne Wachtel und pochiertes Ei ohne Ei verlangten. Er war Koch, kein Zauberer.

Vegan sei aber der absolute Megatrend, hatte Beatrix ihn belehrt und auch gleich angeregt, eine kleine, aber feine vegane Karte zu machen.

Möglich, aber nicht bei ihm. Er hasste es, belehrt zu werden, und vegane Würstchen kamen ihm auch nicht in die Küche. Wenn jemand auf Fleisch verzichten wollte, bitte sehr, dann aber richtig. Außerdem passte es nicht zu seinem Image.

Wie hatte Gernot von Bach vorige Woche beim Casting gesagt: „Du wirst unser Vertreter der opulenten Küche. Ein Koch, der es sich von keinem Zeitgeist nehmen lässt, nur die edelsten Fisch- und Fleischteile zu verarbeiten."

Das stimmte – und auch wieder nicht. Natürlich gab es bei ihm Gänseleber, Rehrücken und Hummer; aber eben auch mal eine Kalbshaxe, und seine geschmorte Kalbsbrust mit Morcheln konnte es mit jedem, aber wirklich mit jedem anderen Fleischgericht aufnehmen. Aber gut, das musste Gernot von Bach vielleicht nicht wissen.

Jedenfalls kam vegan jetzt einmal gar nicht infrage. Lustlos wandte Lars sich wieder dem Lammrücken zu.

Gisela hatte sich auch noch nicht gemeldet, obwohl sie es auf dem Opernball versprochen hatte. Ob das noch etwas werden würde mit seinem dritten Stern?

Apropos Opernball. So wundervoll die wenigen Tage auch gewesen waren, seit er wieder daheim war, schien ihm alles grau und trostlos. Er fand das trübe Wetter enervierend, er fand diese Beatrix anstrengend, obwohl sie ausnehmend hübsch war, und dass Helga mit ihrem Ex eislaufen ging, fand er total überflüssig.

Was konnte er dagegen tun? Nichts konnte er dagegen tun.

Helga war weit weg, und er saß hier in Hamburg und musste sich mit diesen Tussis herumärgern. Beatrix war hübsch und nervig, zumindest aber nicht blöd, doch bei dieser Pamela, die er anstelle seiner Mutter am Empfang installiert hatte, überwogen ganz eindeutig die optischen Vorteile. Erst hatte er gedacht, das könnte am Empfang nur von Vorteil sein, aber so viel Chaos wie Pamela hatte seine Mutter nicht einmal in den letzten Wochen verursacht, in denen ihre Verwirrtheit kaum noch zu leugnen gewesen war. Er hoffte inständig, dass unter all den falschen Reservierungen nicht auch der eine oder andere von Giselas Testern gewesen war. Seine Kellner waren zwar ziemlich sicher, noch keinen gesichtet zu haben, aber ganz genau konnte man das natürlich nie wissen.

Das einzige, was Pamela wirklich beherrschte war, sich auf die Schnelle ein paar kleine Lügengeschichten auszudenken und dazu bezaubernd zu lächeln. Trotzdem, wenn sich das Chaos bei den Reservierungen nicht bald legte, würde ihr auch das nichts nützen. Er hasste es, Mitarbeiter zu kündigen, vor allem wenn sie so hübsche Augen hatten. Bisher hatte er derartige Dinge gern seiner Mutter überlassen – aber das war wohl Geschichte.

Seine Mutter schien sich im Alten Land ausgesprochen wohlzufühlen und auf die Medikamente, die Silkes Professor ihr verordnet hatte, gut anzusprechen. Frauke achtete allerdings auch darauf, dass sie sie einnahm.

Als er das letzte Mal draußen war, hatte Mutter nicht einmal mehr gefragt, wann er sie wieder mit nach Hause nehmen würde. Das konnte gern so bleiben – dennoch hatte es ihn ein wenig gekränkt. Die ersten Gäste kamen.

„Einmal die Wachtelessenz, zweimal Thunfischcarpaccio und einmal lauwarmes Bries. Danach einmal den Lammrücken, …"

Na dann, an die Arbeit!

„Es sind doch nur vierzig Tage", hatte Helga damals zum Abschied gesagt und dabei Tränen in den Augen gehabt. Er hatte gar nicht gewusst, dass vierzig Tage so lang sein konnten.

Warum wusste sie das eigentlich so genau? Egal, wie viele Tage es auch immer waren, jetzt waren sie vorbei. Gespannt stand er in der Ankunftshalle und wartete auf sie. Diesmal kam sie mit ihrem Sohn. Wenn das mal gut ging!

Ah, da waren sie ja schon! Lars winkte mit dem bunten Blumenstrauß, den er zur Begrüßung mitgebracht hatte.

Jetzt hatte Helga ihn entdeckt und winkte fröhlich zurück. Der Junge schien weniger fröhlich zu sein und schlenderte betont lässig hinter seiner Mutter her. Lars holte tief Luft. Er war gut vorbereitet, schließlich wollte er Helga für sich gewinnen - und Helga allein gab es nun einmal nicht.

Frauke hatte ihm, gemeinsam mit der letzten Lieferung, einen Schnellkurs in der Behandlung pubertierender Jugendlicher gegeben. Die wichtigsten Regeln lauteten: nichts persönlich nehmen, kleine Gehässigkeiten nach Möglichkeit ignorieren. Na denn.

„Hallo ihr Lieben, willkommen in Hamburg!", rief er. Erst drückte er Helga kurz an sich, dann reichte er Benny die Hand. „Schön, dass ihr endlich da seid. Ich habe die Stunden gezählt."

„Ich nicht", kam es von Benny.

Das fing ja gut an. Helga sagte nichts, warf dem Jungen nur einen besorgten Blick zu.

Ignorieren hieß die Devise. Also gut. Er tat, als hätte er nichts gehört, schnappte sich Helgas Trolley und sagte betont gut gelaunt: „Alles mir nach!"

Als sie endlich bei seinem Auto angekommen waren, bemerkte er kurz so etwas wie Anerkennung in Bennys Blick. Zumindest sein Auto schien Gnade vor dessen Augen zu finden.

Da die Wohnung seiner Mutter leer stand und über zwei unbenutzte Gästezimmer verfügte, hatte Lars die beiden kurzerhand dort einquartiert. War doch viel praktischer. Wie sonst sollte es ihm gelingen, Helga das ein oder andere Stündchen für sich allein zu haben. Ja, er hatte nichts dem Zufall überlassen und sogar seinen ehemaligen Sous-Chef Oskar für die Osterwoche engagiert, um mehr Zeit für die beiden zu haben. Seit Oskar in Pension war, die er einmal so herbeigesehnt hatte, war er immer heilfroh, wenn er dem süßen Nichtstun entrinnen konnte.

Während Helga nun die Koffer auspackte und Benny auf seinem Tablet herumspielte, beschloss Lars, doch einen Sprung in die Küche zu machen.

Schon von Weitem hörte er die aufgeregten Stimmen von Oskar und Beatrix. Wie er befürchtet hatte, gab es Ärger.

„Was heißt, die Sauce ist zu fett? Natürlich ist sie fett, die Bernaise ist eine Buttersauce - und Butter ist fett", hörte er Oskar sagen.

„Das ist mir bekannt, aber man muss sie doch nicht ganz so fett machen. 200 Gramm Butter für zwei Eidotter! Ich nehme für drei Dotter nur 125 Gramm."

Lars kannte das. Derartige Diskussionen hatte sie auch mit ihm schon geführt. Vielleicht sollten sie einmal eines ihrer Rezepte ausprobieren. Natürlich nicht im Restaurant, aber im kleinen Kreis.

„Machen Sie doch, was Sie wollen", rief Oskar. „Ich habe die Bernaise immer so gemacht, und das zur vollsten Zufriedenheit unserer Gäste und des Chefs. Ich werde sie auch weiter so machen. Konzentrieren Sie sich lieber auf das Chateaubriand, bevor Sie auch das noch verderben."

„Ich habe noch nie ein Chateaubriand verdorben!"

„Dann wollen wir doch hoffen, dass das so bleibt", fuhr Lars dazwischen, zog die Pfanne mit dem Fleischstück vom Herd und nahm er es kurz zwischen Daumen und Mittelfinger. Ging gerade noch.

Beatrix warf ihm einen vernichtenden Blick zu, aber zumindest hielt sie diesmal den Mund.

Während die beiden Streithähne sich auf ihre Arbeitsplätze zurückgezogen, stürzte Jan, der Oberkellner, in die Küche.

„Ich fasse es nicht. Pamela hat schon wieder eine Reservierung versch…", dann sah er Lars und beendete seinen Satz mit „verschlampt".

Lars seufzte. Vielleicht hätte er sich von Pamelas herzerweichender Geschichte doch nicht einlullen lassen sollen. Er solle ihr doch noch eine Chance geben, hatte sie erst gestern mit flehendem Blick gesagt, schließlich brauche sie den Job, weil sie doch nun ganz allein auf sich gestellt sei. Das war zwar nicht sonderlich originell, aber ihrem Augenaufschlag hatte er einfach nicht widerstehen können. Chance vertan. Heute würde er Nägel mit Köpfen machen. Zu Jan sagte er: „Lassen Sie einen Tisch im Mittelgang aufstellen."

„Steht schon. Wir könnten ihn gleich stehen lassen, morgen haben wir sowieso dasselbe Theater."

„Haben wir nicht!"

„Was macht Sie so sicher, Chef?"

„Weil ich jetzt hinausgehe und diese Dame nach Hause schicke."

„Gute Idee, prinzipiell, aber jetzt vor den Feiertagen? Ich meine, wir sind faktisch ausreserviert. Zumindest sollte die dumme Tussi ihre Blödheiten noch ausbaden."

„Und dabei ganz nebenbei neue machen? Nee!"

Helga

Eier Benedikt

4 Eier in Essigwasser pochieren
4 Scheiben Toastbrot
4 Scheiben Schinken (in der Größe des Toastbrotes)
30 g Butter
¼ l Sauce Hollandaise (siehe Rezept Sauce Bernaise)

Toastbrot in Butter goldgelb braten, danach den Schinken kurz sautieren und auf die Toastscheiben legen. Die pochierten Eier vorsichtig daraufsetzen, mit der Sauce übergießen und mit Schinkenstreifen bestreuen.

Helga war ausnahmsweise sogar froh, dass Benny sich nach dem Abendessen zum Fernseher verzog, obwohl sie sonst darauf achtete, dass er nur ausgewählte Sendungen sah und auch davon nicht zu viele.

„Wieso ist er denn diesmal so biestig?", fragte Lars, während er ihr ein Glas Wein einschenkte.

„Entschuldige, ich fürchte, Benny war heute ein wenig unhöflich, aber wir hatten vor unserem Abflug einen furchtbaren Streit."

„Meinetwegen?"

Helga schüttelte den Kopf. „Ganz und gar nicht. Paul war schuld – wie immer! Er hat ihm zum dreizehnten Geburtstag einen Motorradhelm geschenkt."

Lars sah sie erst fragend an, dann sagte er lächelnd: „Lass mich raten. Dein Ex hat ein Motorrad, und du möchtest nicht, dass Benny mit ihm fährt."

„Was für ein kluger Mann du doch bist!"

„Fährt er denn so schlecht?"

„Das ist doch nicht der Punkt!"

„Na ja, irgendwie schon", antwortete Lars. Er schien auch noch amüsiert. Das durfte doch nicht wahr sein! Seit Tagen war der Gedanke an ihn ihr rettender Anker - und nun so etwas. Sie bemühte sich, ihre Enttäuschung nicht zu zeigen und zuckte kühl die Schultern.

„Oje, jetzt habe ich etwas Falsches gesagt", hörte sie ihn sagen. Auch das klang nicht nach Bedauern, eher nach Belustigung. Demgemäß spitz fragte sie: „Wie kommst du darauf?"

„Ich sehe es dir an der Nasenspitze an, meine kleine Chouchou. Aber schau, auf die Dauer wirst du es sowieso nicht verhindern können."

„Das wäre ja noch schöner. Ich bin schließlich seine Mutter!"

„Hast du deiner Mutter denn nie etwas verheimlicht?"

„Du meinst, er würde mich notfalls belügen?"

Lars ließ sich neben ihr auf die weiche Ledercouch sinken. „So drastisch würde ich es nicht formulieren. Aber es könnte doch sein, dass er nicht immer alles haarklein erzählt. Also, ich würde es jedenfalls so machen."

Als sie nicht antwortete, fuhr er weiter fort: „Wenn ich daran denke, was ich in Bennys Alter für Unsinn angestellt habe, und ich glaube mich erinnern zu können, dass ich meinen Eltern nur einen Bruchteil davon erzählt habe."

„Das kann ich mir zwar gut vorstellen, aber Benny ist ganz anders."

Lars legte einen Arm um sie und neckte: „Glauben das nicht alle Mütter? Fakt ist, er ist in einem schwierigen Alter."

Das musste sie sich wirklich langsam eingestehen. Dennoch beharrte sie: „Paul hätte das mit mir besprechen müssen."

„Sicher, aber vielleicht ahnte er, wie du reagieren würdest."

Helga sah ihn überrascht an. „Warum nimmst ausgerechnet du die beiden in Schutz?"

„Mache ich doch gar nicht, ich versuche lediglich, dir den männlichen Standpunkt zu verdeutlichen." Er rückte noch etwas näher. „Komm, lass uns anstoßen. Auf die wenigen, kostbaren Tage!"

Kostbar waren sie, die Tage mit Lars, nicht nur weil die Zeit, die sie miteinander hatten, so begrenzt war, dachte Helga, während sie neben ihm lag und seinen regelmäßigen Atemzügen lauschte. Es war ihr gar nicht bewusst gewesen, wie sehr ihr Zärtlichkeit und Nähe gefehlt hatten.

Aber vielleicht hatte gerade das ihr die Kraft gegeben, sich diesmal gegen alle Vorbehalte zu stemmen, sogar Bennys Unwillen hatte sie auf sich genommen. Dabei war Benny, seitdem er wusste, dass Paul diese Motorradtour machen würde, gar nicht abgeneigt gewesen, mit ihr nach Hamburg zu kommen. Erst nach der Geschichte mit dem Helm wollte er „lieber daheim verschimmeln als mit Mami zu ihrem Lover fahren".

Doch diesmal hatte sie sich durchgesetzt!

Gab es eigentlich irgendjemand in ihrem Umfeld, der ihr Lars nicht ausreden wollte?

Allen voran ihre Mutter, für die kam Lars schon deswegen nicht infrage, weil er kein Akademiker war. Sie hatte ja schon über Paul gewitzelt – Schmalspuringenieur hatte sie ihn genannt.

Aber auch ihre wenigen Bekannten rieten zur Vorsicht – als wäre Lars ein Menschenfresser. Nur Susanne war nach ihrem letzten gemeinsamen Besuch vorsichtig optimistisch. „Vielleicht habe ich ihn doch falsch eingeschätzt", hatte sie neulich am Telefon gesagt.

Dafür hatte Paul eine dämliche Bemerkung gemacht und dann auch noch gefragt, was sie sich von dieser Beziehung denn eigentlich verspreche? Das hatte sie am allermeisten geärgert – vor allem, weil sie keine Antwort darauf wusste.

Das Zusammensein mit Lars war wunderschön, aber ihre Beziehung hatte einfach keine Zukunft. Umso mehr wollte sie genießen, was sie jetzt hatte. Durfte sie nicht auch einmal glücklich sein? Sie hatte doch nur dieses eine Leben! Diesen banalen Gedanken hatte sie seit ihrer Scheidung immer öfter.

Früher hatte sie immer nur ihre Pflichten erfüllt, manches hatte sie gern getan, aber Freude hatte nie im Vordergrund gestanden. Es war einfach darum gegangen, Ziele zu erreichen. Jetzt fragte sie sich mitunter, was sie erreicht hatte und wo sie noch hin wollte.

Ihr wichtigstes Ziel, Benny eine ungetrübte Kindheit in einer glücklichen Familie zu bieten, hatte sie jedenfalls nicht erreicht. Natürlich war er der Mittelpunkt ihres Lebens, um den sich alles drehte, aber immer öfter musste sie daran denken, dass er eines Tages ein eigenes Leben führen würde. Seit einigen Wochen sprach er ja davon, nach der Unterstufe auf ein Schigymnasium zu wechseln. Ihre erste Reaktion war gewesen: „Kommt nicht in Frage!"

Seine Antwort: „Das werden wir ja sehen!"

In der Zwischenzeit hatten sie das Thema mehrfach durchgekaut, auch gemeinsam mit Paul, der den Plan scheinbar auch noch guthieß. Dass der Junge dann hunderte Kilometer weit weg wäre, schien ihn überhaupt nicht zu stören. Im Moment war das Thema zugunsten des Motorradhelms in den Hintergrund getreten, aber sie kannte ihren Sohn – es würde wiederkommen.

Woher er nur diese Zielstrebigkeit und Sturheit hatte? Vermutlich von seiner Großmutter. Die hatte zum Thema Schigymnasium übrigens nur gesagt: „Du glaubst doch nicht, dass die ihn dort nehmen!"

Der Gedanke war irgendwie beruhigend.

Als Helga am nächsten Morgen, gefolgt von Benny, Lars' Wohnküche betrat, hörte sie ihn sagen: „Das ist aber schade. Aber klar, wenn du Gäste hast, da kann man halt nichts machen. Sehe ich dich zu Ostern? … Ah ja … Das ist gut. Tschüssi, bis Sonntag." Dann beendete er das Gespräch und wandte sich ihnen zu.

„Einen wunderschönen guten Morgen, ihr Langschläfer."

„Wenn ich sie nicht geweckt hätte, würde Mama immer noch schlafen!", erklärte Benny und ließ sich am Esstisch nieder, auf dem Orangensaft, Gebäck, Honig und Butter bereitstanden.

Helga bestätigte dies lachend und bot Lars ihre Hilfe an.

„Ihr seid meine Gäste. Nimm Platz! Tee oder Kaffee?"

„Für mich gerne Kaffee, und Benny …"

„… spricht für sich selbst", unterbrach der sie. Dann wandte er sich an Lars: „Kannst du auch Kakao?"

„Selbstverständlich. Ich kann auch weiches Ei, Spiegelei oder Ei Benedikt."

„Gar kein Ei", entschied Benny.

Helga ließ sich zu einem weichen Ei überreden und bot an, sich wenigstens um den Kakao kümmern, aber Lars wollte davon nichts hören. Benny sagte ungeduldig: „Jetzt bleib doch endlich sitzen. Du kannst es doch auch nicht haben, wenn jemand in deiner Küche herumwuselt!"
„Ich wusste gar nicht, dass die Küche mir gehört."
„Wem denn sonst?", fragte Benny.
Das Thema wollte sie im Moment lieber nicht vertiefen. Sie hatte sich oft genug geärgert, dass weder Paul noch Benny je einen Handgriff in der Küche machten. Aber klar, wenn die Küche ihr gehörte.
Lieber fragte sie Lars: „Mit wem hast du denn vorhin telefoniert? Nicht, dass ich neugierig erscheinen möchte, ..."
„... aber wissen möchte sie's halt schon", ergänzte Benny mit vollem Mund, was ihm einen tadelnden Blick von Helga eintrug.
„Mit Annabell. Ich habe gehofft, dass sie mir in den nächsten Tagen am Empfang aushelfen kann, weil Mutter doch immer noch bei Frauke ist und ich gestern ihre Nachfolgerin vor die Tür gesetzt habe."
„Warum das?"
„Wegen Dummheit. Sie war zum Glück noch in der Probezeit."
„Am Empfang, sagst du? Aber das könnte ich doch machen."
„Lieb von dir, Chouchou, aber mach dir keine Gedanken. Du bist hier, um auszuspannen. Das klappt schon, irgendwie."
„Du bist doch abends auch in der Küche, da könnte ich doch am Empfang sein."
„Und Benny?"
„Sieht fern!", ließ der vernehmen, was Helga ausnahmsweise durchgehen ließ. Es waren schließlich nur ein paar Tage und sie wollte Lars wirklich gern helfen.
Wie gut, dass sie ihr dunkelblaues Kostüm eingepackt hatte.

Tagsüber hatten sie die versprochene Hafenrundfahrt gemacht und waren auf einem historischen Segelboot gewesen. Nun war Lars in die Küche geeilt und Helga saß am Empfangstisch, vor sich das große Reservierungsbuch, und versuchte, sich die Namen der Gäste einzuprägen. Jedenfalls hat diese Pamela eine Sauklaue. Die Namen der zu erwartenden Gäste waren kaum zu entziffern. Wahrscheinlich hatte sie selbst nicht mehr lesen können und die Gäste dann einfach irgendwo hingesetzt, überlegte Helga. Sie fand die Sache mit dem Reservierungsbuch überhaupt etwas vorgestrig. So etwas ließ sich doch über jedes Notebook organisieren.

Einige Tische waren bereits besetzt, schon öffnete sich neuerlich die Tür. Den Mann kannte sie! War das nicht dieser Schauspieler, wie hieß er doch nur? Der Gast schien ebenfalls der Meinung zu sein, dass man ihn zu kennen hatte, denn er fragte nur kurz angebunden: „Wo haben Sie uns heute untergebracht? Hoffentlich nicht wieder im Wintergarten. Mausi findet, dort zieht es."

Mist, wenn sie ihn jetzt nach dem Namen fragte, war er sicher gekränkt - und ein gekränkter Gast war ein schlechter Gast. Also fragte sie: „Wo möchten Sie denn gerne sitzen? Im Klavierzimmer hätten wir noch einen schönen Tisch für Zwei."

„Das hilft uns wenig, wir sind heute zehn Personen."

Guter Hinweis, soweit sie sich erinnern konnte, hatten sie heute nur einen Zehnertisch. Trotzdem warf sie einen Blick in ihr Buch, ehe sie sagte. „Entschuldigen Sie, wie konnte ich das vergessen? Wir haben Sie diesmal im Kaminzimmer untergebracht. Wenn Sie mir bitte folgen wollen."

Lächelnd ging sie voran.

Lars kam mit ausgebreiteten Armen auf sie zu. „Chouchou, du bist einfach großartig! Jan hat gesagt, du bist ein Naturtalent", rief er und umarmte sie stürmisch.

Mitternacht war bereits vorbei und die letzten Gäste hatten eben das Lokal verlassen.

„Naturtalent ist etwas übertrieben, schließlich bin ich vom Fach."

„Du bist was?"

„Ich habe in Krems Tourismusmanagement studiert, um von zu Hause wegzukommen. Habe ich dir doch erzählt."

„Schon, aber hast du nicht auch gesagt, du hättest nie in der Branche gearbeitet?"

„Das stimmt schon. Nach dem Diplom habe ich in einem Reisebüro gearbeitet, nach Bennys Geburt einige Jahre gar nicht und später in der Immobilienbrache. Aber während meiner Ausbildung habe ich natürlich einige Praktika gemacht, zumeist irgendwo an der Rezeption. Und so schwirig ist es nun auch wieder nicht, die ankommenden Gäste an den für sie reservierten Tisch zu führen."

„Gab's denn heute gar keine Fehlreservierungen?"

„Nur eine, aber ich habe die Herrschaften einstweilen an einen der freien Tische gesetzt, und bis die letzten Gäste gekommen sind, waren die ersten schon wieder weg, also ist es nicht weiter aufgefallen. Zum Glück war niemand dabei, der auf einem bestimmten Tisch bestanden hat."

„Du bist einfach perfekt!"

Am nächsten Tag zeigte Lars ihnen die alten Kapitänshäuser in Övelgönne, dann fuhren sie weiter nach Blankenese und nahmen die Fähre nach Cranz, um Lars' Mutter und die Jansens zu besuchen.

Bei ihrem ersten Besuch im Alten Land, zu Jahresbeginn, war es grau und regnerisch gewesen. Diesmal hingegen lachte die Sonne, nur ein paar Schäferwölkchen zierten den strahlend blauen Himmel. Helga genoss die Fahrt durch die lieblichen kleinen Städte und bewunderte die alten Häuser mit den romantischen Giebeln. In den winzigen Vorgärten blühten Tulpen und Märzenbecher, es sah einfach entzückend aus.

„Na, was sagst du, Benny, ist das nicht wunderschön!"

Unwirsches Knurren kam vom Rücksitz. Helga drehte sich zu ihm um. Anstatt die Gegend zu bewundern, starrte er auf das Display seines Tablets.

„Was machst du denn da?"

„Wonach sieht's denn aus?", gab Benny unwillig zurück.

„Könntest du bitte das Ding einmal ausmachen?"

Neuerliches Knurren.

„Benny, ich habe dich etwas gefragt!"

„Nein, kann ich nicht!"

„Wie bitte?"

„Mensch, Mama, du nervst!"
Schon war der schönste Streit im Gange.

Lars

Kabeljau im Schinkenmantel

4 Kabeljaufilets je 15–20 dag
8 dünne Scheiben Schwarzwälder Schinken
8 Rosmarinzweige
Zitronensaft
Meersalz
Olivenöl

Fisch waschen, trocken tupfen und mit Zitronensaft beträufeln, ca. ½ Stunde ziehen lassen, abtupfen, nur leicht salzen, pfeffern, Rosmarin darauf legen und mit je einer Schinkenscheibe umwickeln. In der Pfanne kurz anbraten und im vorgeheizten Rohr (100°) etwa 20 Minuten durchziehen lassen. Dazu schmecken Kartoffelgerichte und Salate aller Art.

Lars war heilfroh, als sie wenig später vor dem Haus der Jansens angekommen waren. Bisher hatte er es sich verkniffen, sich in den Streit zwischen Mutter und Sohn einzumischen - da konnte man sich ja nur in die Nesseln setzen. Lang hätte er das allerdings nicht mehr durchgehalten. Er mochte es nicht, wie der Junge mit Helga sprach. Helga wiederum fand er viel zu nachgiebig – war doch klar, dass Benny seine Grenzen auslotete. Vielleicht sollte er nachher mit ihr darüber reden.

Seine Mutter und die Jansens erwarteten sie bereits. Mutter sah gut aus. Sie konnte sich zwar an Helga nicht mehr erinnern, aber darüber hinaus schien sie gut orientiert. Frauke hatte es sich natürlich nicht nehmen lassen, für alle zu kochen, obwohl Lars vorgeschlagen hatte, sie könnten doch im *Alten Anker* einen Fisch essen.

„Fisch könnt ihr bei mir auch haben. So gut wie im *Alten Anker* schmeckt er bei mir allemal."

Da hatte sie natürlich recht.

„Welcher wär dir denn am liebsten?", hatte sie gefragt.

Es wurde dann Kabeljau, den Frauke im Speckmantel briet. Dazu gab es Rosmarinkartoffeln und Salat. Schmeckte eigentlich ganz ordentlich. Obwohl der Fisch vielleicht noch einen Spritzer Zitrone vertragen hätte und einen Hauch von diesem wunderbaren französischen Senf, den Lars neuerdings verwendete. Ob er Frauke sein Geheimnis verraten sollte?

Während er noch darüber nachgrübelte, schwärmte Helga in den höchsten Tönen vom Wiener Opernball. „Man kann diese Atmosphäre kaum beschreiben – man muss es einfach erlebt haben!"

„Siehste, Jens, das wär doch auch mal was für uns", meinte Frauke lachend.

„Klar, da wollte ich immer schon hin", antwortete Jens mit Grabesstimme und setzte, um ja keine Missverständnisse aufkommen zu lassen, rasch noch hinzu: „Ist vermutlich auch nicht viel schlimmer als Zahnarzt."

„Papa hat nämlich Angst vor dem Zahnarzt", klärte Dora die Gäste auf.

„Alte Petze!"

„Papa hat viel mehr Angst als ich!", setzte Dora noch eins drauf.

Ihr Vater hatte dafür nur ein Lächeln über, doch Frauke sagte: „Jetzt hau mal nicht so auf den Tisch, mein Fräulein!", was ihr einen bösen Blick ihrer Tochter eintrug, die sich umgehend in ihr Zimmer zurückzog.

„Jetzt hast du sie aber beleidigt", stellte Helga fest.

„Das geht ganz schnell", meinte Frauke ungerührt, „aber gar so flunkern muss sie auch wieder nicht. Wenn ich an das Theater denke, das sie vor dem letzten Zahnarztbesuch veranstaltet hat …"

„Ein wenig flunkern stärkt das Selbstvertrauen."

„Um ihr Selbstvertrauen mach ich mir eh keine Sorgen."

Nachdem auch Elsa König sich zu einem Mittagsschläfchen zurückgezogen hatte, beschlossen sie, einen Verdauungsspaziergang zu machen. Als Frauke ihnen ihren Garten und die Obstplantagen zeigte, kam Helga ins Schwärmen: „Ich beneide dich um den riesigen Garten. Ich hätte immer gerne einen richtigen Nutzgarten gehabt, mit Obstbäumen und Gemüsebeeten, aber zu mehr als einer begrünten Terrasse und einem Kräuterbeet hat's leider nie gereicht."

„Sei froh, macht eine Menge Arbeit. Außerdem wohnst du mitten in der Stadt", meinte Frauke, „das hat entschieden seine Vorteile. Weiß ich übrigens auch erst, seit ich auf dem Land lebe."

„Du fährst doch eh dauernd nach Hamburg", warf Jens ein. Es klang irgendwie beleidigt.

„Ja, um Obst und Gemüse zu liefern. Ich vermisse ja auch nicht die schlechte Luft und den tägliche Stau, aber ich würde halt gern mal Bummeln gehen oder abends ins Kino."

Lars vernahm einen gewissen Vorwurf in ihrer Stimme, und da Jens sich eilend verabschiedete, weil ihm gerade eingefallen war, dass er eine Verabredung mit einem Nachbar hatte, vermutete er, dass es sich um ein Reizthema handelte.

Der Rest der Truppe ging zurück ins Haus, um vor der Rückfahrt noch eine Tasse Tee zu trinken.

Als Frauke die Teetassen auf den Tisch stellte, öffnete Elsa die Tür: „Oh, entschuldige, meine Liebe, ich wusste nicht, dass du Besuch hast!"

„Aber Oma Elsa, das ist doch nur Onkel Lars und …", versuchte Dora zu erklären.

„Ich kenne keinen Onkel Lars. Mein Onkel heißt Wilhelm, aber der kommt mich schon lange nicht mehr besuchen", antwortete Elsa mit Vorwurf in der Stimme und zog sich zurück.

„Aber … aber, der ist doch schon lange tot!", stotterte Lars.

„Deswegen kommt er ja nicht", meinte Frauke pragmatisch, doch dann fügte sie mit einem schuldbewusstes Lächeln hinzu: „Ich fürchte, wir haben im Trubel der Ereignisse heute ihre Tabletten vergessen. Aber keine Panik. Wenn sie die Medikamente am Abend wieder richtig einnimmt und gut schläft, ist sie morgen wieder fit."

„Von dem kleinen Irrtum abgesehen, scheint deine Mutter sich ausnehmend wohl zu fühlen", sagte Helga tröstend, als sie am Abend noch ein Glas Wein tranken.

Lars nickte. „Ich bin ja auch froh darüber, aber dass sie nicht einmal danach fragt, was im Restaurant los ist, oder erwähnt, wann sie wieder nach Hause möchte, macht mich schon nachdenklich. Meine Mutter hat nie länger als eine Woche Urlaub gemacht, wenn überhaupt. Das Restaurant war ihr Leben."

Helga legte ihre Hand auf die seine. „So ist das eben, alles verändert sich."

„Sagte ich neulich nicht etwas Ähnliches, als du dich darüber beschwert hast, dass Benny sich so sehr verändert?", fragte er grinsend.

Als sie darauf nicht antwortete, und nur verträumt in ihr Weinglas blickte, fand er den Augenblick passend, gleich noch etwas loswerden. „Apropos Benny. Wenn du mich fragst, müsstest du in deinen Ansagen einfach klarer sein."

Augenblicklich veränderte sich ihr Gesichtsausdruck von verträumt zu kämpferisch.

„Warum glauben eigentlich *alle,* mir sagen zu müssen, wie ich meinen Sohn behandeln soll?"

„Vielleicht weil *alle* sehen, dass du einfach zu nachgiebig bist?"

„Das verstehst du nicht. Benny ist ein sehr empfindsames Kind, auch wenn er das nach außen hin nicht zeigt."

„Ach Quatsch! Benny ist ein ganz normaler Junge, der täglich mehrfach seine Grenzen austestet, und wenn du ihn fragst, ob er nicht eventuell, vielleicht, unter Umständen sein Tablet abschalten könnte, ist ja klar, dass er erstmal nein sagt."

„Erziehungsexperte?", fragte sie spitz.

„Chouchou, ich meine es doch nur gut. Ich bilde seit Jahren Lehrlinge aus. Was meinst du, was in meiner Küche los wäre, wenn ich die fragen würde, ob sie vielleicht so nett sein könnten, die Kräuter zu hacken?"

„Benny ist aber nicht einer deiner Kochlehrlinge! Im Übrigen bin ich ziemlich müde und möchte jetzt schlafen gehen –alleine!"

Das hatte er ja wieder hervorragend hinbekommen!

Helga

Scampi in Camparisauce

20 Scampi oder Riesengarnelen
2 Zitronen
1 Bund Schnittlauch oder andere Kräuter (Petersilie, Basilikum)
200 g wilder Reis
100 g Butter
100 g Schalotten (Jungzwiebel)
¼ l Schlagobers
0,3 l Fischfonds
1/16 l Campari
1/16 l Weißwein
1/16 l Olivenöl
Salz, Pfeffer

Scampi aus der Schale brechen, Köpfe entsorgen, Schalen mit gehackten Schalotten in etwas Olivenöl anschwitzen, mit Weißwein ablöschen, mit Fischfonds und Obers aufgießen und etwa 30 Minuten köcheln lassen. Abseihen, mit Butter montieren, mit Campari abschmecken – besser nach und nach zugeben - und würzen. Den Reis zubereiten, die Garnelen anbraten und auf den Reis setzen, mit der Sauce teilweise übergießen und mit Kräutern dekorieren.

Zugegeben, Lars hatte sich redlich bemüht, seinen Lapsus wieder auszubügeln, dennoch konnte Helga seine Bemerkung nicht einfach vergessen. Mochte ja sein, dass er in sie verliebt war, aber das gab ihm noch lange nicht das Recht, sich in die Erziehung ihres Sohnes einzumischen!

Sie kaute noch den ganzen Samstag daran, und am Ostersonntag drohte schon neues Ungemach in Gestalt seiner Exfrauen Nummer eins und drei.

Dass Annabell mit ihrer Familie am Ostersonntag kommen würde, wusste sie, aber jetzt hatte auch noch Silke wissen wollen, ob noch ein Tisch frei wäre. Obwohl alles ausgebucht war, bestand Lars darauf, dass für Silke immer ein Platz frei sei.

Bitte sehr. Warum hatte er sich eigentlich scheiden lassen?

Noch dazu kam Silke mit diesem Professor, der es offenbar vorzog, den Ostersonntag mit seiner Geliebten zu verbringen. Vermutlich saß die arme Ehefrau allein daheim und weinte sich die Augen aus.

Lars bemerkte nur das sei nicht sein Problem, und der Professor hätte sich ebenso persönlich wie erfolgreich um seine Mutter gekümmert. Dann war er singend in der Küche verschwunden.

Was waren das nur für seltsame Verhältnisse?

„Wollen die vielleicht noch alle an einem Tisch sitzen?", rief Helga ihm hinterher. Die Spitze kam offenbar nicht an, denn Lars' Antwort war: „Diesmal nicht, Annabell kommt doch mit ihrem ganzen Tross."

Außerdem schien er ganz selbstverständlich davon auszugehen, dass sie sich auch noch freute, die beiden kennenzulernen. Warum sollte sie? Genau genommen empfand sie es als Zumutung. Jawohl!

Dieses „Jeder liebt jeden" war ihr fremd - und auch zuwider. Ja gut, Frauke war eine patente Person, die musste man einfach mögen. Aber alle anderen? Wie konnte das sein? Entweder man führte eine Ehe oder eben nicht! Allerdings musste sie zugeben, dass sie in den letzten Wochen auch zweimal mit Paul und Benny eislaufen gewesen war. Aber das war doch etwas ganz anderes! Sie hatte es Benny zuliebe getan.

Dazu kam, dass es ihr peinlich war, den beiden vorgestellt zu werden. Als was denn? Als Lars' Geliebte? Als künftige Frau König die Vierte? Lächerlich!

Was hatte Lars ihnen eigentlich erzählt?

Während sie noch darüber grübelte, warf sie einen routinierten Blick in die Galleräume, zupfte hier an einem Vorhang, rückte da eine Kerze zurecht, mehr war nicht zu tun.

Kaum war sie an ihren Platz in der Lobby zurückgekehrt, stand eine mollige Blondine in einem knallroten Kostüm vor ihr, streckte ihr die

Hand entgegen und sagte: „Annabell König, ich nehme an, Sie sind Helga."

Das sollte die schöne Annabell sein? Obwohl, niemand hatte sie so genannt, Lars hatte lediglich davon gesprochen, dass sie ein Workaholic und ziemlich erfolgreich war. Hatte Jens sie nicht „die wunderbare Annabell" genannt? Daraufhin war in Helgas Vorstellung das Bild einer schlanken, rassigen Frau mit schwarzem Haar entstanden. Warum eigentlich? Weil sie einen so klingenden Namen hatte?

Helga riss sich zusammen und antwortete in geschäftsmäßigen Ton: „Frau König, sehr erfreut. Mein Name ist Helga Wagner. Darf ich Sie an Ihren Tisch bringen?"

„Ist mein Bruder schon da?"

„Nein, es ist noch niemand da."

Annabell warf einen raschen Blick auf ihre Uhr. „Das ist gut. Dann rauche ich hier bei Ihnen noch schnell eine Zigarette. Man darf doch noch in der Lobby rauchen? Da sie zu diesem Zweck extra einen Tisch aufgestellt hatten, konnte Helga schlecht nein sagen.

„Selbstverständlich, aber wollen Sie nicht lieber auf die Terrasse gehen?"

„Nee, ich möchte lieber mit Ihnen plaudern."

Dann hielt sie den nächsten Kellner an und bat ihn, ihr ein Glas Champagner zu bringen.

Was waren das für komische Menschen? Warum interessierte diese Frau sich für sie? Die kühlen Norddeutschen hatte sie sich irgendwie anders vorgestellt. Zum Glück kamen bald die nächsten Gäste, so dass aus der Plauderei nicht viel wurde.

„Heute hast du dich wieder selbst übertroffen, mein Lieber! Diese Scampi in Camparisauce waren ein Gedicht!", schwärmte Annabell, als sie sich endlich verabschiedete. Sie umarmte Lars, drückte der erstaunten Helga einen Kuss auf die Wange und stöckelte hinaus.

Es war schon dunkel. Lars winkte ihr noch nach, dann versperrte er die Tür. Sonn- und Feiertags hatte das Restaurant am Abend geschlossen.

Was für eine aufgeblasene Person, dachte Helga, während sie Hand in Hand über den Hof schlenderten, hielt aber wohlweislich den Mund. Sie wusste ja, dass Lars auf seine Exfrauen nichts kommen ließ. Das war ja prinzipiell in Ordnung, aber man musste es doch nicht übertreiben. Mit Annabell würde sie wohl nicht so bald warm werden. Da war ihr Silke noch lieber. Gegen die war eigentlich wenig zu sagen, außer eben, dass sie in eine bestehende Ehe einbrach. Silke war freundlich, elegant, aber unauffällig gekleidet, sie sprach ruhig und sachlich, ohne jeden Überschwang. Das genaue Gegenteil von Annabell …

„So schweigsam, meine kleine Chouchou?", unterbrach Lars ihre Gedanken.

„Ich habe mir eben überlegt, wie unterschiedlich deine Exfrauen doch sind."

„Ja und nein. Leidenschaftlich sind sie jedenfalls alle."

„So genau wollte ich es gar nicht wissen", antwortete Helga bissig.

Lars sah sie von der Seite lächelnd an, während er das Haustor aufschloss. „Woran du schon wieder denkst! Ich dachte eher daran, dass sie alles, was sie anpacken, mit großer Begeisterung tun, egal ob sie Obst anbauen, Immobilien verkaufen oder stundenlang im OP stehen. Das haben sie übrigens mit dir gemein. Wie du dich in den wenigen Tagen in unseren Betrieb eingefügt hast, war ganz große Klasse. Wir wären ein tolles Team!" Damit zog er sie an sich und gab ihr einen Kuss.

„Manchmal werde ich aus dem Mann einfach nicht schlau", dachte Helga, während sie sich in seine Arme schmiegte.

Auf jeden Fall besaß er mehr Facetten, als sie ihm zugetraut hätte.

Plötzlich fiel ihr auf, wie still es im Haus war. Sie machte sich abrupt los.

„Benny?"

Keine Antwort. Seit er sich mittags mit dem Rad auf den Weg um die Alster gemacht hatte, hatte sie ihn nicht mehr gesehen. Sie hastete in den ersten Stock und riss die Tür zu seinem Zimmer auf. Alles war dunkel. Panisch drückte sie auf den Lichtschalter.

„Licht aus!", kreischte Benny.

Helga war so erleichtert, dass sie widerspruchslos das Licht wieder ausschaltete.

„Warum liegst du denn auf dem Teppich, und warum im Dunkeln?"

„Jetzt halt mal den Ball flach. Ich habe Musik gehört und war total weggebeamt. Außerdem habe ich Hunger, ich habe seit dem Frühstück nichts mehr zu essen bekommen."

Da Helga wusste, dass sie sehr spät und sehr, sehr ausgiebig gefrühstückt hatten, sagte sie nur: „Du Armer! Wir übrigens auch nicht. Deshalb haben wir glacierten Osterschinken und Erbsenmousse mitgebracht."

„Außerdem gibt es noch Entenleberterrine und Mousse au chocolate", fügte Lars im Vorbeigehen hinzu.

„Klingt krass", antwortete Benny und machte sich auf den Weg ins Esszimmer.

„Wieso krass. Das klingt doch gut", rief sie ihm nach.

„Sag ich ja, krass eben."

So angenehm der letzte Abend auch verlaufen war, diese Tage hatten mehr Fragen als Antworten gebracht, ging es Helga durch den Kopf, als sie am nächsten Abend bei strömendem Regen die Haustür aufschloss.

„Ich vermisse dich jetzt schon", hatte Lars ihr zum Abschied ins Ohr geflüstert.

„Trotz aller Meinungsverschiedenheiten?", hatte sie sicherheitshalber wissen wollen.

„Meinungsverschiedenheiten? Ach, Chouchou, das hat doch keine Bedeutung. Ich liebe dich!"

Wenn das gelogen war, musste er schon ein verdammt guter Schauspieler sein. Außerdem hatte er versprochen, bald nach Wien zu kommen. Ob sie sich darauf freue, hatte er später via SMS gefragt. Natürlich freute sie sich darauf – sogar ganz närrisch. Aber was sollte daraus werden?

Paul

Wiener Salonbeuschel

1 Kalbsbeuschel
1 Herz
1 Kalbszunge
1 Wurzelwerk (Sellerie, Karotten, Lauch, Petersilienwurzel)
2 EL Butter
2 EL glattes Mehl
Saft einer Zitrone (oder etwas Essig)
Pfefferkörner
Senfkörner
Knoblauch
Thymian
1 EL Senf
¼ l Sauerrahm

Für das Beuschelkräutel:
Eine kleine Zwiebel
1 Gurke
Etwas Zitronenschale
Kapern
Petersilie
2 Sardellenfilets
Majoran, Thymian

Beuschel von Schlund und Luftröhre befreien, gemeinsam mit Herz und Zunge einige Zeit unter kaltem, fließendem Wasser spülen und in etwa 4 l Wasser zum Kochen bringen. Das geputzte Wurzelwerk und die Gewürze beifügen, zugedeckt bei schwacher Hitze weichkochen. Die Zutaten für das Beuschelkräutel feinhacken. Aus Butter und Mehl eine helle Einbrenn (Mehlschwitze) bereiten, das Beuschelkräutel dazugeben, mit etwas Essig *ablöschen und so viel Kochsud dazugeben, dass eine sämige Sauce entsteht (dauert etwa 10 Minuten). Die gekochten Innereien feinnudelig schneiden, Senf und Sauerrahm in die Sauce geben, durchrühren, Innereien zugeben und mit Salz, Pfeffer, etwas Zucker und Zitronensaft abschmecken. Dazu passen Semmel- oder Serviettenknödel.*

Als Paul am Ostermontag nach Hause kam, war er total durchnässt und hundemüde. Scheiß Regenwetter.

Seit Mittwoch waren sie unterwegs gewesen, seit Donnerstag regnete es immer wieder, seit heute Morgen ununterbrochen. 700 Kilometer mit dem Motorrad, im Regen. Das wünscht man keinem.

Diese Motorradtour an den Gardasee war überhaupt eine Schnapsidee! Früher war er ein begeisterter Biker gewesen, und in den Jahren seiner Ehe hatte er es immer mehr bedauert, dass Helga nicht einmal zu einer kleinen Runde zu überreden war, aber alles hatte scheinbar seine Zeit. Natürlich war es immer noch nett, bei schönem Wetter ins Grüne zu fahren, aber dann war es auch wieder gut. Doch diese Fahrt war etwas ganz anderes gewesen. Das waren Hardcore-Biker, die täglich stundenlang auf dem Motorrad saßen.

Alles nur wegen dieser Daniela.

Flott war sie ja, und mit ihrem Bike konnte sie echt gut umgehen. Sie war auch nett zu ihm gewesen, sehr nett sogar, aber das schien wenig zu sagen, die flirtete anscheinend mit jedem.

Es wäre wirklich klüger gewesen, mit Benny auf Schiurlaub zu fahren. Dann könnte er morgen wenigstens sitzen – und der Bub wäre jetzt nicht sauer auf ihn. Zum Ausgleich hatte er ihm einen Motorradhelm geschenkt. Blöde Idee. Er hätte wissen müssen, wie Helga darauf reagieren würde.

Was soll's. War nicht mehr zu ändern, würde sich alles wieder einrenken. Erst einmal ein heißes Bad nehmen und danach eine Pizza bestellen.

Während sich seine verspannten Glieder im warmen Wasser langsam entkrampften, überlegte er, wie er die Sache mit Benny und Helga wieder ausbügeln könnte. Vielleicht sollten sie am kommenden Wochenende wieder etwas zusammen unternehmen. Erst Billard spielen und dann bei seiner Mutter essen? Keine so gute Idee, da musste ihm etwas Besseres einfallen.

Bernd, einer der Biker, hatte erzählt, dass er mit seiner Frau ein Wellness-Wochenende machen würde, zum Ausgleich für das aus ihrer Sicht verpatzte Osterwochenende. Inklusive Einkauf in der Hotelboutique.

So weit würde er hoffentlich nicht gehen müssen, schließlich war Helga keine von diesen Modepuppen – außerdem waren sie nicht mehr verheiratet.

Allerdings fragte er sich nicht erst seit diesem Wochenende, ob die Scheidung notwendig gewesen war. Warum war er nur so versessen darauf gewesen? So schlecht war ihre Ehe nicht gewesen. Natürlich war ihre Beziehung mit den Jahren nicht mehr so prickelnd gewesen wie zu Beginn, aber das Alleinsein war auch nicht besonders prickelnd – und kostenmäßig definitiv unvorteilhaft.

Was hatte er sich davon versprochen? Freiheit? In den ersten Wochen seines Single-Daseins hatte er sich jung und frei gefühlt, wollte nachholen, was er versäumt hatte.

Was genau hatte er versäumt? Biker-Wochenenden wie dieses?

Für Benny wäre es sicher auch besser, wenn sie wieder als Familie zusammenlebten.

Als er einigermaßen durchwärmt aus der Badewanne kroch, lief beim Pizza-Service nur noch der Anrufbeantworter. Im Eiskasten herrschte gähnende Leere. Nach einigem Suchen fand sich in einem der Schränke noch eine angebrochene Packung Salzgebäck. So etwas wäre ihm bei Helga nicht passiert.

Donnerstagabend rief er Helga an. Mit Benny hatte er zuvor schon geskypt. Der Hamburg-Trip schien ja ein voller Erfolg gewesen zu sein. Schönes Wetter hatten sie auch noch gehabt. Wollte er Helga zurückhaben, musste er Gas geben. Wäre ja noch schöner, wenn dieser überkandidelte Promikoch ihm in die Quere kam. Natürlich hatte er ihn in der Zwischenzeit gegoogelt. War ja einiges über ihn zu finden. Neuerdings wirkte er sogar in einer dieser Fernsehkochshows mit. Nicht, dass Paul sich so etwas üblicherweise ansah, aber Konkurrenzbeobachtung war in seinem Beruf unverzichtbar, also konnte es privat auch nicht falsch sein.

„Hallo, Helga, ich wollte euch für kommenden Sonntag zu einer kleinen Wanderung auf den Guglzipf einladen." Drumherumgerede und weitschweifige Einleitungen waren noch nie seine Sache gewesen.

„Woher der plötzliche Familiensinn?", fragte sie schroff. „Na ja, die Sache mit Bennys Geburtstag ist ja irgendwie danebengegangen. Also dachte ich, wir wiederholen das einfach."

„Tolle Idee. Und den Motorradhelm beerdigen wir unter der Aussichtswarte – oder wie?"

Mein Gott, konnte diese Frau nachtragend sein. Das war ihm immer schon auf den Geist gegangen, aber diesmal blieb er ganz ruhig, schließlich hatte er ein Ziel.

„Ist ja gut, ich weiß in der Zwischenzeit auch, dass die Sache mit dem Helm kein Geniestreich war. Dennoch fände ich es besser, ihn vorerst einmal aufzuheben."

„Um was damit zu tun?"

„Um ihn eines Tages vielleicht doch aufzusetzen?"

„Du gibst wohl nie auf?", fragte sie seufzend.

Das klang gut, irgendwie beinahe versöhnlich.

„Früher hast du das an mir gemocht", legte er nach.

„Tatsächlich? Kann mich nicht mehr erinnern. Ist wohl schon ziemlich lange her."

Das war jetzt nicht ganz die Antwort, auf die er gehofft hatte. Wie auch immer.

„Um auf den Guglzipf zurückzukommen: Benny war nicht abgeneigt, vor allem als ich ihm in Aussicht gestellt habe, wir könnten nachher auf der Sommerrodelbahn vorbeischauen."

„Soll das heißen, du hast alles mit ihm abgemacht, und wenn ich jetzt Nein sage, habe ich den schwarzen Peter?"

„Kannst ja auch Ja sagen", antwortete er leichthin.

„Ich lasse mich von dir aber nicht erpressen!"

Was hatte er denn nun schon wieder falsch gemacht? Der Schuss war jedenfalls nach hinten losgegangen, jetzt war sie ernsthaft sauer.

„Aber Helga, so war das doch nicht gemeint!", versuchte er zu retten, was zu retten war.

Dass Helga letztendlich doch mitgekommen war, verdankte er wahrscheinlich Benny – jedenfalls hatte sie es bis zuletzt spannend gemacht. Vielleicht hatte aber auch das sonnige Frühlingswetter zu ihrem Sinneswandel beigetragen, oder sie war einfach einsam gewesen. Er kannte das schließlich.

Der Aufstieg verlief jedenfalls friedlich, schon deshalb, weil er mit Benny darum gewettet hatte, wer von ihnen den Weg unter einer Stunde schaffen konnte.

Als Helga schnaufend nachkam, hatten sie bereits einen Platz auf der sonnigen Terrasse ergattert und studierten die Speisekarte.

„Danke fürs Warten", schnaufte sie und ließ sich auf die Bank sinken.

„Warum bist du denn so rot im Gesicht?", kicherte Benny.

Helga fächelte sich Luft zu und würdigte ihn keiner Antwort.

„Ich könnte ein Foto von dir machen und es an deinen Lover schicken", schlug er eifrig vor.

„Untersteh dich!", japste sie.

Paul versuchte sich das Lachen zu verkneifen, es schien ihm aber nur unzureichend zu gelingen, denn sie warf ihm einen giftigen Blick zu. Besser den Ball flach halten, wie Benny sagen würde.

Er reichte ihr die Speisekarte. „Was möchtest du essen? Benny und ich haben uns für Cordon bleu entschieden."

„Wie überraschend", war alles, was sie dazu sagte, dann entschied sie sich für Spinatknödel mit grünem Salat. Dazu wählte sie ein Glas vom Welschriesling, wobei sie den Kellner vorher noch fragte, von welchem Winzer der Wein denn komme. Schnickschnack. Früher hatte sie doch auch nur zwischen Rot- und Weißwein unterschieden.

Als Paul am darauffolgenden Sonntag wieder mit Benny zu seiner Mutter kam, sagte die: „Wird aber auch Zeit, dass d' dich wieder einmal anschauen lasst. Wo ward's denn, vorige Woche?"

„Mit Mama auf dem Guglzipf", antwortete Benny unbekümmert.

„So so, auf dem Guglzipf. Da war ich auch schon lange nicht mehr." Es klang anklagend. Paul wusste ja, dass sie gern mitgekommen wäre. Aber mit Helga zusammen, das wäre nicht gutgegangen.

Die beiden hatten sich von Anfang an nicht besonders gut verstanden, aber sie waren miteinander ausgekommen. Doch seit seine Mutter, im Zuge der Scheidungsstreitigkeiten, Helga empfohlen hatte, nicht so ein Getue um Benny zu machen und sich lieber um ihren Mann zu kümmern, war der Ofen vollkommen aus.

Sollte er sich mit Helga nachhaltig aussöhnen, möglicherweise sogar wieder im Reihenhaus einziehen, musste die Sache zwischen den beiden natürlich geklärt werden. Aber so weit war es noch nicht.

Als sie später beim Essen saßen - Mutter hatte ein wunderbares Kalbsbeuschel mit flaumigen Semmelknödeln gemacht, eine seiner Lieblingsspeisen, nirgendwo schmeckte Kalbsbeuschel besser – fragte sie nach ihren Urlaubsplänen.

Die Frage hatte Paul in den letzten Tagen auch schon beschäftigt. Seit Tagen überlegte er, ob sie nicht gemeinsam mit Helga Urlaub machen könnten. So ein gemeinsamer Urlaub wäre eine gute Möglichkeit, einander wieder näher zu kommen.

„Wir sind noch nicht ganz sicher", antwortete er unbestimmt und bediente sich mit einem weiteren Knödel.

„Auf jeden Fall irgendwo, wo es einen Hochseilgarten gibt", erklärte Benny.

Stimmt, das hatten sie besprochen. Er hatte auch schon einen Bauernhof ausfindig gemacht, wo sie günstig wohnen könnten. Benny würde sich dort sicher wohlfühlen. Sollte Helga mitkommen, musste das Programm möglicherweise überarbeitet werden.

Sein Handy spielte „If you don't ride then you don't know", das konnte nur jemand von der Biker-Clique sein.

Daniela. Er spürte, wie sich sein Pulsschlag beschleunigte, dennoch drückte er das Gespräch weg. Er würde sie am Abend zurückrufen.

Frauke

Krustierte Austern auf Meersalz

20 Austern (fine Claires)
200 g Toastbrot (in feine Würfel geschnitten)
200 g Lauch
2 filetierte Grapefruits
50 g fein gehackte Schalotten
Etwa 1/16 l Champagneressig
200 g Butter
Thymian, Salz, Pfeffer

Den Lauch in Streifen schneiden und blanchieren. Die Austern öffnen, das Meerwasser abseihen und auffangen, die Schalotten in etwas Butter anschwitzen, mit Austernwasser und Champagneressig ablöschen und reduzieren, bis die Flüssigkeit fast verdampft ist, danach mit Butter aufschlagen, Gewürze, Brotwürfel und den blanchierten Lauch zugeben, abschmecken, auf den Austern verteilen und gratinieren. Meersalz mit Thymian mischen, Austern auf Meersalz und Grapefruit anrichten.

„Wenn die Apfelbäume blühen, ist es bei uns am schönsten", sagte Frauke und ließ sich neben Elsa auf der Terrasse nieder. Elsa sah von ihrer Illustrierten auf und ließ ihren Blick über die blühenden Obstbäume schweifen.

„Wirklich sehr schön. Wo ist Dora?"

„Die ist heute bei einer Freundin. Jens bringt sie später mit."

„Und wann machen wir Hausaufgaben?"

„Wenn alles gut geht, hat sie die bereits bei ihrer Freundin gemacht. Sie sollten gemeinsam einen Aufsatz schreiben. So eine Art Projektarbeit."

Elsa schüttelte nur verwundert den Kopf und nahm ihre Lektüre wieder auf.

Sie lebte nun seit über zwei Monaten bei ihnen, und weder sie noch Frauke hatten je darüber gesprochen, wie lang ihr Aufenthalt noch dauern sollte.

Mit Lars hatte Frauke natürlich schon darüber geredet. Der war heilfroh, dass er sich im Moment nicht auch noch um seine Mutter kümmern musste. Die Sache mit dieser Helga schien ihn ja mächtig zu beschäftigen.

Ihr sollte es recht sein, und solang Jens und Dora auch nichts dagegen hatten, konnte das Arrangement auf unbestimmte Zeit verlängert werden.

Erstaunlicherweise war Elsa nicht nur ein unkomplizierter, sondern ein äußerst hilfreicher Hausgast – vorausgesetzt, dass sie regelmäßig ihre Medikamente einnahm, worüber Frauke wie ein Zerberus wachte. Dafür wurde sie auch reichlich belohnt, weil Elsa, wenn es ihr gutging, mit einer genialen Mischung aus Geduld und Strenge Doras Schularbeiten überwachte. Jedenfalls war Dora bei Oma Elsa deutlich lerneifriger als bei Frauke.

„Irgendetwas scheine ich falsch zu machen", hatte sie erst vor Kurzem zu Jens gesagt.

Der hatte natürlich wieder einmal die falsche Antwort gegeben. Er hatte genickt und gesagt: „Ich sag ja immer, du hast zu wenig Geduld mit der Lütte", woraufhin Frauke wutschnaubend die Küche verlassen hatte.

Also wirklich, wo sie sich doch immer solche Mühe gab! Natürlich hatte sie nicht den ganzen Nachmittag Zeit, das wusste er doch. Sich selbst um Doras Schularbeiten zu kümmern, schien ihm überhaupt nicht in den Sinn zu kommen. Dann würde sich ja zeigen, wie es um seine Geduld bestellt war. Aber zum Glück hatten sie ja jetzt Oma Elsa.

Nach dem Abendessen setzte sich Jens vor den Fernseher, Elsa hatte Dora dazu gebracht, sie die Projektarbeit lesen zu lassen, die sie am Nachmittag mit ihrer Freundin gemacht hatte, und Frauke bereitete sich eine Tasse Tee und schnappte sich die Zeitung. Sie überblätterte die ersten Seiten mit der Innen- und Außenpolitik, das würde sie sich später in den Nachrichten anhören, und wandte sich dem Lokalteil zu.

Im Nachbarort hatte jemand versucht, die Bankfiliale zu überfallen, war aber vom Kassierer vertrieben worden, in Jork hatte ein neues Lokal aufgemacht, und am kommenden Wochenende wurde die neue Blütenkönigin gekürt.

Sie blätterte weiter. In Buxtehude gab es einen Chanson-Abend. Ob sie versuchen sollte, Jens dorthin zu schleppen? Schließlich hätten sie jetzt einen Babysitter.

Zuletzt warf sie einen Blick auf die Gesellschafts-Seite.

In Hamburg musste eine Theaterpremiere verschoben werden, weil sich einer der Hauptdarsteller eine Fischvergiftung zugezogen hatte. Wie bitte? Er hatte am Abend zuvor im *Landhaus König* gespeist? Das war doch nicht möglich!

Sie wusste, wie sorgfältig Lars die Waren aussuchte. Nur das Beste und Frischeste war für seine Küche gut genug. Jedenfalls war es im Moment nicht mehr als eine Vermutung, dass zwischen dem Restaurantbesuch und der Vergiftung ein Zusammenhang bestand. Sie war überzeugt, dass da etwas nicht stimmen konnte und sah auf die Uhr. Jetzt war Hochbetrieb in der Küche, da wollte sie Lars nicht stören. Was sollte sie ihm auch sagen?

Aber sie musste morgen sowieso nach Hamburg, Spargel liefern. Sie hatten eine Kooperation mit anderen Höfen und belieferten nicht nur Lars, sondern auch einige andere Restaurants, die auf Qualitätsware Wert legten. Mal sehen, was man sich da so erzählte.

„Das ist eine bodenlose Frechheit. Der will mich ruinieren!", rief Lars.

Frauke legte eine Hand auf seinen Arm. „Bleib cool. Bist du sicher, dass dein Kollege Paulsen dahintersteckt?"

„Wer denn sonst? Aber eines sage ich dir: Es wird ihm nicht gelingen. Wenn wir untergehen, dann beide."

Die Sache hatte Lars offenbar mehr zugesetzt als Frauke gedacht hatte, trotzdem fand sie seine dramatischen Prophezeiungen etwas übertrieben.

„Immer mit der Ruhe. Die Sache mit der Fischvergiftung ist eine bösartige Unterstellung, keine Frage, aber es ist nicht das Ende der Welt!", versuchte Frauke ihn zu beschwichtigen.

„Das Ende der Welt ist es vielleicht nicht, aber das Ende des *Landhauses König* könnte es gut sein. Das ist ja auch der Sinn dieser Unterstellung. Aber der wird mich noch kennenlernen!"
„Und was hast du jetzt vor?"
„Zuallererst werde ich meinen Flug umbuchen."
„Muss ich das jetzt verstehen?"
„Habe ich dir nicht erzählt, dass ich dieses Wochenende zu Helga nach Wien wollte?"
„Doch, schon."
„Das muss leider warten, so sehr ich es auch bedaure. Ich fliege nach München, dort werden die Goldenen Löffel verliehen."
„Ein neuer Restaurantguide?"
Er schüttelte den Kopf und wies auf eine sehr vornehm aussehende Einladung auf seinem Schreibtisch. Dunkelrote Schreibschrift auf Büttenpapier.
„Eine Auszeichnung, die heuer erstmals verliehen wird. Was die goldene Kamera für die Künstler des Films ist, sollen die Goldenen Löffel für Künstler der Küche werden. Ich wollte erst nicht hingehen, weil ich nicht nominiert wurde."
„Warum hast du deine Meinung geändert?"
„Weil ich dort die Menschen treffen werde, die ich jetzt brauche – vor allem Gisela."
„Ist das nicht diese aufgetakelte Restauranttesterin, die dir damals so nachgestiegen ist?"
Lars lächelte geschmeichelt: „Gisela hatte eine gewisse Schwäche für mich, das stimmt", antwortete er nicht ohne Stolz.
„Ich erinnere mich", gab Frauke patzig zurück.
„Ach, Chouchou. Immer noch eifersüchtig?"
„Eingebildet bist du wohl gar nicht! Und nenn mich nicht immer Chouchou, wenn Jens das hört, oder gar Helga …"
„Aber … ich habe dich doch immer so genannt."
„Stimmt. Du nennst alle deine Frauen Chouchou. Nicht sehr einfallsreich, wenn du mich fragst, aber nicht mehr mein Problem. Was Helga dazu sagen könnte, übersteigt allerdings mein Vorstellungsvermögen."

„Du meinst, es könnte sie stören?"
„Das halte ich durchaus für möglich. Aber zurück zum Thema. Warum nimmst du Helga nicht einfach mit?"
„Das habe ich auch schon überlegt, aber ich will sie da nicht hineinziehen. Wer weiß, wenn dieser Paulsen auch dort ist ..."
„Willst du dich mit ihm prügeln?"
„Das ist nicht mein Stil, das weißt du. Dennoch halte ich es für klüger, Helga herauszuhalten. Ich werde ihr auch von diesem dummen Gerücht vorerst nichts erzählen."
„Und wenn sie's doch erfährt?"
„Das halte ich für unwahrscheinlich. So prominent ist dieser Schauspieler auch wieder nicht, und Wien ist schließlich nicht um die Ecke. Wen wird in Wien schon interessieren, ob bei uns eine Vorstellung ausfällt?"
„Auch wieder wahr", dachte Frauke.

„Weißt du eigentlich, warum Lars und dieser Paulsen so verfeindet sind?", fragte Frauke, während sie Elsa ihre Medikamente reichte.
„Meinst du Karl-Gustav Paulsen, den Koch?"
„Genau den."
„Wie kommst du denn darauf? Das ist ja eine uralte Geschichte", entgegnete Elsa und spülte die Tabletten mit einem Schluck Wasser hinunter.
Das war gut, an alte Geschichten erinnerte Elsa sich meist besonders detailgenau.
„Lars fürchtet, Paulsen könnte mit dem Goldenen Löffel ausgezeichnet werden", improvisierte Frauke, denn sie waren übereingekommen, Elsa nichts von dem unbewiesenen Vorwurf zu erzählen, dass eine im *Landhaus König* genossene Auster die Fischvergiftung ausgelöst haben könnte. Sie machte es sich auf Elsas Sofa bequem und sagte: „Erzählst du sie mir?"
„Jetzt gleich?"
„Ich hätte Zeit." Das war gelogen, aber man musste Prioritäten setzen.
„Na gut. Also, Lars und Karl-Gustav sind gemeinsam zur Schule gegangen, damals waren sie die besten Freunde. Karl-Gustav stammt aus

einer alten hanseatischen Kaufmannsfamilie, seine Eltern hatten große Pläne mit ihm. Doch nach der mittleren Reife haben die beiden plötzlich beschlossen, von der Schule abzugehen, um Köche zu werden.

Ich gebe zu, mein Mann und ich waren auch nicht besonders begeistert, aber für die Paulsens war es die ganz große Katastrophe, vor allem, weil Karl-Gustav, anders als Lars, ein wirklich guter Schüler gewesen war. Immerhin haben sie den beiden dann einen wirklich hervorragenden Ausbildungsplatz verschafft. Doch anders als in der Schule war in der Küche Lars der, dem alles zuflog: das Handwerk, die Gunst des Küchenchefs und die Gunst der Mädchen. Vor allem eine hatte es den beiden angetan: die schöne Ilona. Ich erinnere mich noch genau an sie. Eine vollbusige Blondine, die im Service gearbeitet hat. Die Jungs bekamen wohl Streit und irgendwie hat Karl-Gustav es geschafft, dass man Lars bald darauf nahe gelegt hat, er möge sich eine neue Lehrstelle suchen. Natürlich wollten wir wissen, was vorgefallen war, aber der Lehrherr hat nur darauf verwiesen, dass man Lars schließlich nur aufgenommen hätte, um der Familie Paulsen einen Gefallen zu tun. Der Bub hat die Lehrstelle dann gewechselt, es schien ihm nicht viel auszumachen. Aber da haben wir uns wohl geirrt, anders ist diese Feindschaft nicht zu erklären."

Da konnte Elsa recht haben. Lars hatte auch Frauke von alldem nichts erzählt und von Paulsen immer nur als einem unliebsamen Mitbewerber gesprochen.

„Nach der Lehrabschlussprüfung ging Karl-Gustav nach Frankreich. Der Name Paulsen dürfte ihm auch dort so manche Tür geöffnet haben, denn er bekam die Möglichkeit, in den besten Häusern zu arbeiten.

Lars wollte ebenfalls ins Ausland, also haben wir ihn zu meinem Bruder nach Italien geschickt, aber die Geschichte kennst du ja. Als Karl-Gustav nach Hamburg zurückkam, stand ein Restaurant in bester Lage für ihn bereit. Seine Eltern hatten es für ihn eingerichtet und schon bald bekam er seinen ersten Stern.

Lars war in der Zwischenzeit ebenfalls wieder zurück. Als er von Karl-Gustavs Erfolg hörte, erwachte sein Ehrgeiz. Er bedrängte seinen Vater, die Küchenlinie zu ändern. Mein Mann war damals schon nicht mehr ganz gesund und hat den Betrieb dann bald ganz übergeben. Den Rest kennst du."

Lars

Geräucherte Jakobsmuschel auf Erbsenmousse und Wildkräutersalat

8 Jakobsmuscheln, frisch oder TK-Ware
Salz, Pfeffer
200 g Erbsen
Etwas Suppe
1 Schalotte, fein gehackt
3 EL Butter
2 EL Crème fraîche
Wildkräuter und Kräuter der Saison (etwa 4 Bund)
Balsamico
Olivenöl
1 EL Honig
1 TL Senf
Salz, Pfeffer
Etwas Zitronensaft

Sollten Sie kein Räuchergerät besitzen, können die Jakobsmuscheln auch frisch verarbeitet werden, indem Sie sie mit etwas Zitronensaft beträufeln. In beiden Fällen die Jakobsmuscheln salzen und pfeffern und in Olivenöl bei mittlerer Hitze anbraten. Erbsen in der Suppe weichkochen, abseihen. Schalottenwürfel in etwas Butter anschwitzen, Erbsen, restliche Butter und Crème fraîche zugeben, mit dem Stabmixer mixen, eventuell einen Löffel Obers zugeben, mit Salz und Pfeffer abschmecken. Die Wildkräuter waschen und in mundgerechte Stücke zupfen. Aus den übrigen Zutaten eine Marinade mixen und darüber verteilen.

Lars hielt sich nicht für besonders zimperlich, aber ein missgünstiger Kollege, der ihn ruinieren wollte, eine renitente Sous-Chefin und eine gekränkte Geliebte, das war in der Tat etwas viel auf einmal. Nachdem er gestern Abend mit seinem Schicksal gehadert und sich, unter Zuhilfenahme von Rotwein, ausgiebig bedauert hatte, atmete er nun tief durch und beschloss, die Dinge der Reihe nach anzugehen.

Sein Flug nach München war jedenfalls gebucht, jetzt würde er erst einmal ein Wörtchen mit seiner Sous-Chefin reden. Wie kam sie dazu, hinter seinem Rücken die Rezepturen zu ändern? Das war ja unerhört!

Demonstrativ schwungvoll betrat er die Küche. „Beatrix, auf ein Wort."

„Später, ich habe zu tun."

Er warf einen Blick auf ihren Arbeitsplatz. Sie war damit beschäftigt, die Wachteln zu zerlegen.

„Es reicht, wenn Sie mir ihr geschätztes Ohr leihen, die zarten Händchen können weiterarbeiten."

Sie gab keine Antwort und entfernte die zierlichen Keulen, bevor sie geschickt die Brüste auslöste.

„Wie ich höre, haben Sie es für notwendig befunden, meine Rezepte abzuändern."

„Nicht alle, …"

„Wie großzügig!"

„… ich habe lediglich nicht notwendiges Fett aus Ihren Rezepten gestrichen."

„Ich fürchte, Sie verkennen die Situation. Was hier notwendig ist und was nicht, entscheide immer noch ich. Ich fliege morgen nach München, zu dieser Gala …"

„… wo Sie doch gar nicht nominiert sind", warf sie rasch ein.

Er hatte jetzt keinen Nerv für weitere Diskussionen und beschloss, diese Bosheit zu überhören. „Bis zu meiner Rückkehr wird hier alles so gekocht wie bisher. Über Ihre Änderungswünsche können wir danach reden. Haben Sie verstanden?"

„Ich bin ja nicht taub."

„Dann ist's ja gut."

Nächster Punkt. Eine Mail an Helga.

Meine geliebte Chouchou, mein Herz blutet.
Nicht genug damit, dass ich nicht zu Dir kommen kann, jetzt bist Du auch noch böse auf mich. Wie soll ich das aushalten? Hast Du einen Tipp für mich?
Tausend Küsse – Dein Lars

Die Antwort kam augenblicklich:

Wer sagt, dass ich böse bin?
H.

Bist Du es nicht? Sag, dass Du es nicht bist! Bitte!!!
Dein L.

Diesmal dauerte es fünf Minuten, dann schrieb Helga:

Ich war enttäuscht, zugegeben, aber doch nicht böse!
Küsschen – H.

Na bitte, ging doch. Jetzt konnte er sich dem nächsten Problem widmen. Er musste herausfinden, wer da versuchte, ihn fertig zu machen. Er würde kämpfen – und er würde gewinnen!

Glück und Unglück liegen manchmal nah beieinander, dachte Lars, während er sich im Spiegel musterte, das Ergebnis für gut befand und sich auf den Weg zur Gala machte.
Er hatte Glück gehabt und noch ein Zimmer im Grand-Hotel bekommen, nun konnte er mit dem Lift zum Gala-Abend fahren.
Doch dann hätte er beinahe seinen Flug versäumt, weil Beatrix nicht rechtzeitig zum Dienst erschienen war. Genauer gesagt, war sie gar nicht gekommen. Gott sei Dank war Oskar eingesprungen. Was bildete diese Tussi sich eigentlich ein? Telefonisch war sie auch nicht erreichbar.

Als Lars den in dezentes Licht getauchten Festsaal betrat, wurde er von eifrigem Geschnatter empfangen.

Gisela hatte versprochen, ihm einen Platz an ihrer Seite freizuhalten, leider hatte sie nicht dazu gesagt, wo sie sitzen würde. Er sah sich nach bekannten Gesichtern um, nickte von weitem einem Kollegen zu, schüttelte die Hand einer Dame, an die er sich nicht mehr erinnern konnte, die ihn aber mit „Lars, wie schön, dich zu sehen" begrüßte, dann sah er Gisela winken.

Als er ihren Tisch erreichte, setzte der Moderator des Abends schon zur Begrüßung an.

„Gisela, wie schön, dich zu sehen!"

Sie hauchte ihm links und rechts einen Kuss auf die Wangen. Ihr Parfum roch angenehm würzig, allerdings schien sie nicht damit gespart zu haben.

„Ich freue mich auch, dich zu sehen. Noch dazu so allein!", flüsterte sie ihm ins Ohr.

Hoppla. Jetzt erst fiel ihm auf, dass auch sie ohne Begleitung war. Von Gernot von Bach war jedenfalls nichts zu sehen. Er nickte den übrigen Tischgenossen zu. Einen kannte er vom Fernsehen, die anderen gar nicht.

Die Eröffnungsreden waren ohne Höhepunkte, zum Glück wurde danach die Vorspeise serviert, Lars hatte Hunger. Es gab geräucherte Jakobsmuschel auf Erbsenmousse und Wildkräutersalat.

„Was sagst du dazu?", wollte Gisela wissen.

„Die Muschel ist hervorragend, die Mousse ausdruckslos, und der Salat zwar köstlich, aber für die geräucherte Muschel hat er zu viel Säure."

„Ich widerspreche einem so prominenten Kollegen nur höchst ungern", meldete sich sein Sitznachbar zu Wort. „Aber ich finde, gerade die Mousse hat einen wunderbar zarten Geschmack, bedauerlicherweise wurde der von der geräucherten Muschel nahezu torpediert."

„Einigen wir uns darauf, dass die beiden kein harmonisches Ganzes ergeben", zog Lars sich aus der Affäre.

„Ich nehme an, Sie sind einer der Nominierten?", fragte sein Sitznachbar.

Lars versuchte die Frage zu überhören, aber da sein Nachbar sie wiederholte, antwortete er nonchalant: „Ehrlich gesagt hat mich nur die Neugierde hergetrieben".

Er hätte sich dann gern Gisela zugewandt, doch der Fremde blieb hartnäckig.

„Wie kam es eigentlich zu diesen Nominierungen? Ich habe vorhin die Liste studiert und fand nur wenige bekannte Namen."

Das hatte Lars auch schon gewundert. Gab er sich eine Blöße, wenn er zugab, dass er es auch nicht wusste? Immerhin wusste der Mann, wer er war.

Zum Glück antwortete Gisela an seiner Stelle. „Die Nominierung der Kandidaten erfolgte online. Wer seine Gäste dazu ermutigt hat, war gut beraten. Erst die eigentliche Wahl erfolgte später durch eine Fachjury."

Deshalb also die vielen jungen Kollegen! Lars fiel ein Stein vom Herzen.

Nach dem Hauptgang wusste er, dass sein Sitznachbar Stefan hieß und ein Lokal im Schwarzwald sein Eigen nannte. Nach dem Dessert waren sie per Du.

Die Stimmung war gut, der Fernsehkoch an ihrem Tisch hatte einen Goldenen Löffel gewonnen und spendierte Champagner. Dadurch stand ihr Tisch noch stärker im Mittelpunkt des Interesses. Zahlreiche Presseleute kamen vorbei, auch Gisela und Lars wurden interviewt und fotografiert.

Es war schon nach Mitternacht, als Lars endlich mit Gisela allein in der Bar saß. Er nippte an seinem Scotch. „Du hast gehört, was mir passiert ist?"

„Klatsch verbreitet sich meist schneller als Feuer", antwortete Gisela. „Was war wirklich los?"

„Gar nichts war los, aber wie soll ich beweisen, dass es nicht an unserem Essen lag? Übrigens hat der Gast das angeblich auch gar nicht behauptet. Als ihn der Arzt gefragt hat, was er am Vortag gegessen hätte, hat er eben erwähnt, dass er bei uns Austern gegessen hat."

Gisela sah ihn aufmerksam an. „Davon kommt man aber doch nicht in die Zeitung."

Lars nickte grimmig. „Ich weiß. Aber das ist alles, was ich in Erfahrung bringen konnte."

„Hast du denn keinerlei Vermutung?"

„Doch, ich nehme an, dass mein Freund Paulsen hinter der Geschichte steckt, aber wie er das bewerkstelligt haben soll, ist mir ein Rätsel."

Gisela schüttelte den Kopf. „Das glaube ich nicht, das hat Paulsen auch gar nicht nötig, sein Laden brummt, wie man so schön sagt. Außerdem, wie sollte er zu diesen Informationen kommen?"

„Das weiß ich ja leider auch noch nicht. Aber zuzutrauen wär's ihm!"

„Ach Lars, vergiss doch mal die alten Geschichten. Du kannst Paulsen nicht ewig für alles verantwortlich machen, was in deinem Leben schiefgeht."

Er sah überrascht auf: „Was weißt du von unseren alten Geschichten?"

„Nur das, was du mir erzählt hast", antwortete sie und rückte ein Stück näher.

„Ich habe dir von Paulsen und mir erzählt? Da muss ich ja ganz schön besoffen gewesen sein."

„Sagen wir, etwas Alkohol hatte deine Zunge gelöst." Gisela legte mit einem verführerischen Lächeln ihre Hand auf die seine.

„Wo ist eigentlich Gernot?", fragte Lars anzüglich.

„Jedenfalls nicht an meiner Seite, da bist ja jetzt du", hauchte Gisela.

„Schon, schon, aber nicht mehr lange, meine Liebe. Ich bin hundemüde und nicht mehr der Jüngste", antwortete er mit einem schiefen Lächeln und winkte dem Kellner.

Auf dem Weg in sein Zimmer überlegte er, dass seine Chancen auf den dritten Stern nicht gestiegen waren. Möglicherweise waren sie ganz ruiniert. Dennoch bereute er seine Entscheidung nicht. Networking hatte schließlich Grenzen.

Als er in sein Zimmer kam, öffnete er die Balkontür und atmete die laue Abendluft ein. Wie sehr sich sein Leben doch verändert hatte, seit er Helga kannte. Früher hätte er Gisela vermutlich keinen Korb gegeben – schon wegen des Sterns.

Helga

Presswurst mit rosa Pfeffer, Kresse und Kürbiskernöl

Pro Person 1-2 Scheiben Presskopf
Kresse (1 Schachtel für 2 Personen)
Balsamico
Kürbiskernöl
Rosa Pfefferkörner

Den Presskopf auf den Teller legen, mit Balsamico und Kürbiskernöl beträufeln, die gewaschene Kresse und die zerdrückten rosa Pfefferkörner darüber streuen, etwas Salz aus der Mühle – fertig.

„Nicht schon wieder eine schlechte Nachricht!", dachte Helga, als sie sich auf den Weg zu ihrem Chef machte. Sie hatte Lars' Absage noch immer nicht so recht verdaut, sich mit Paul gestritten, und mit Benny wurde es auch jeden Tag schwieriger.

„Meine liebe Frau Wagner, nehmen Sie Platz", begrüßte ihr Chef sie in ungewohntem Überschwang. Sie war ja nun schon einige Zeit hier. „Meine liebe Frau Wagner" hatte er sie noch nie genannt. Er sortierte seine Unterlagen. Das bevorstehende Gespräch schien ihm unangenehm zu sein.

„Meine liebe Frau Wagner, wie Sie ja schon gehört haben, ist es meiner Frau gelungen, ein sehr nettes Au-pair-Mädchen für unsere Prinzessin zu finden, sodass sie … sodass sie sich in wenigen Tagen wieder … um ihren Bereich kümmern kann."

Er räusperte sich. Helga atmete durch.

Er sah sie erwartungsvoll an, Helga schwieg.

Was sollte sie auch sagen? Sie hatte damals den unbefristeten Vertrag kommentarlos akzeptiert. Jetzt war sie jederzeit kündbar. Ein Fehler, wie sich zeigte.

„Wir haben einen unbefristeten Vertrag abgeschlossen", sagte er etwas provozierend.

„Ich weiß."

Die Antwort schien ihn zu verwirren. Hielt er sie etwa für dämlich?

„Dennoch erinnere ich mich, dass wir damals von drei Jahren gesprochen haben. Deshalb biete ich Ihnen an, die restliche Zeit in der Buchhaltung ... mitzuhelfen."

Buchhaltung, na prima. Das hatte sie noch nie interessiert. Außerdem hatte er zwar mithelfen gesagt, aber es klang eher wie absitzen.

„Das ist sehr ... großzügig. Ich werde mich bemühen, Ihr freundliches Angebot nicht allzu lange in Anspruch nehmen zu müssen", antwortete Helga, dann stand sie auf und ging.

Wenn sie nicht wahnsinnig werden wollte, musste sie jetzt mit jemandem reden, der ihre Situation verstehen konnte. Sie eilte an ihren Schreibtisch und wählte Susannes Nummer.

Susanne hörte sich die Neuigkeit schweigend an, dann sagte sie: „Hast du am Wochenende schon etwas vor?"

„Nicht wirklich. Benny ..."

„Hervorragend. Wir erwarten dich am Samstag, sagen wir um die Mittagszeit. Passt das für dich?"

„Ja, schon. Das ist ganz lieb von dir, aber ich möchte euch wirklich nicht stören."

„Am Samstag störst du kein Bisschen, aber jetzt muss ich weiter. Also, bis Samstagmittag, ich freu mich!"

Schon war die Verbindung unterbrochen. Typisch Susanne.

Als Helga am Samstag in ihr Auto stieg, war prachtvolles Frühlingswetter. Sie war wirklich froh, Susannes Einladung angenommen zu haben. Paul war mit Benny auf die Rax gefahren, zum Klettern. Allein der Gedanke daran verursachte ihr Bauchschmerzen. Natürlich hatten die beiden im Winter in der Kletterhalle geübt. Trotzdem fand sie es unverantwortlich von Paul, den Jungen einer derartigen Gefahr auszusetzen.

„Unverantwortlich wäre, ihn allein gehen zu lassen", hatte Paul gekontert. Das Argument hatte bei ihr nicht gestochen. Mit Paul wäre sie auch fertig geworden, aber Bennys schlechte Laune war mehr, als sie ertragen konnte.

Also schickte sie ein Stoßgebet zum Himmel und hoffte, dass nichts passieren würde.

Zum Glück war sie nun beschäftigt und musste nicht untätig zuhause herumsitzen. Susanne und Werner begrüßten sie mit großer Herzlichkeit, aber ohne jeden Überschwang. Was für eine wohltuende Mischung, dachte Helga und ließ sich unter dem großen Sonnenschirm nieder. Um die Mittagszeit war die Sonne schon sehr kräftig.

„Ein Glas Prosecco?", fragte Susanne.

„So früh?"

„Willst du heute noch Autofahren?"

„Eigentlich nicht."

„Na bitte!" Susanne schenkte ein und reichte ihr ein Glas. „Auf das, was wir nicht ändern können!"

Helga prostete ihnen zu und nahm einen kleinen Schluck. Sie war es nicht gewohnt, um diese Zeit Alkohol zu trinken, doch der leichte Schaumwein hatte eine ebenso belebende wie entspannende Wirkung auf sie.

Nach dem Mittagsimbiss - Susanne hatte eine köstliche Presswurst mit rosa Pfeffer, Kresse und Kürbiskernöl serviert - zog Werner sich zu einem Mittagsschläfchen zurück, und Susanne ermunterte Helga, ihr noch einmal ausführlich von den Ereignissen in der Hausverwaltung zu erzählen.

Das tat Helga nur zu gern und beendete ihren Bericht mit den Worten: „Im Grunde muss ich noch froh sein, er hätte mich auch kündigen können."

„Das sieht er bestimmt genauso und wird sich jetzt für einen mächtig liebenswerten Burschen halten", ätzte Susanne. „Willst du in der Immobilienbranche bleiben? Ich könnte mich ja ein wenig umhören."

„Das ist sehr lieb von dir, aber seit ich zu Ostern bei Lars im Restaurant ausgeholfen habe, spiele ich mit dem Gedanken, mir vielleicht doch einen Job in einem Hotel zu suchen. Wenn die mich nicht haben wollen, komme ich gerne auf dein Angebot zurück."

„Abgemacht. Eine Frage noch, bevor Werner wieder zu uns stößt. Wie wird es denn jetzt mit dir und Lars weitergehen?"

Helga seufzte. Sie hatte diese Frage befürchtet.

„Als Tochter einer Mathematikerin kann ich darauf nur antworten: Das ist die Quadratur des Kreises. Wenn wir zusammen sind, ist es wunderbar, aber du weißt ja, wie es ist. Ich habe mein Leben hier, er hat das seine in Hamburg. Außerdem gehört zu meinem Leben auch Benny."

„Verstehen die beiden sich nicht? Ich dachte, Lars war da anfangs recht geschickt."

„Ja, er bemüht sich, aber wir haben diesbezüglich durchaus unterschiedliche Auffassungen."

„Ist das ein Problem?"

Helga lachte. „Nicht für Lars. Für ihn ist scheinbar nichts ein Problem. Dieses Wochenende wollte er nach Wien kommen. Doch dann musste er zu einer Gala-Veranstaltung nach München. Auch das war kein Problem für ihn."

Susanne grinste. „Für dich aber schon!"

Nachdem Helga darauf nicht antwortete, fragte sie weiter: „Und warum bist du nicht einfach mitgegangen zu dieser Gala?"

„Das stand irgendwie gar nicht zur Diskussion. Er hat sich zwar wortreich entschuldigt, du kennst ihn ja, aber die Gala war ihm einfach wichtiger."

Susanne verscheuchte eine Fliege von ihrem Limonadenglas, ehe sie antwortete: „Erst gefühlvoll dahinreden, aber dann vernunftmäßig handeln. Ich würde sagen, das ist typisch Lars. Wenn du ihn liebst, wirst du dich daran gewöhnen müssen."

Der Rest des Wochenendes verlief in freundschaftlicher Geselligkeit. Nachdem Benny gesund und munter zurückgekommen war und Lars ihr eine ebenso detailreiche wie humoristische Schilderung des Gala-Abends geliefert hatte, war Helga mit sich und der Welt wieder zufrieden.

Die Arbeit in der Buchhaltungsabteilung war zwar nicht besonders anspruchsvoll, aber immerhin wurde sie hier nett aufgenommen. Frau Mitterer hatte sich offenbar auch schon vor der Geburt ihrer Prinzessin wenig Freunde in der Firma gemacht. Außerdem hatte Helga immer wieder Zeit, zwischendurch einen Blick in die diversen Jobbörsen zu werfen.

Erst als sie am darauffolgenden Freitag zum wöchentlichen Jausenbesuch bei ihren Eltern antrat und ihre Mutter ihr eine bunt bebilderte Zeitschrift mit Fotos von der „Kochgala des Jahres", wie die Verleihung der Goldenen Löffel genannt wurde, unter die Nase hielt, kam das Thema Gala-Abend wieder in ihr Bewusstsein.

„Ist das nicht dein Promikoch?"

Tatsächlich. Lars war auf mehreren Fotos zu sehen. Einmal mit der Tischrunde, da saß diese Gisela schon neben ihm, einmal im Gespräch mit einem Mann, den Helga nicht kannte, ein andermal hielt er Gisela eng umschlungen. Darunter stand: „Lars König mit charmanter Begleitung".

Pah, charmant. Für Helgas Empfinden war sie aufgedonnert wie ein Pfau. Wie damals auf dem Opernball war sie ziemlich stark geschminkt und der geblümte Neckholder, den sie trug, hätte an einer Zwanzigjährigen deutlich besser ausgesehen.

Helga kam es vor, als hätte ihr jemand einen Boxhieb versetzt. Sie wäre jetzt gern allein gewesen, aber daran war in den nächsten zwei Stunden nicht zu denken. Ihre Mutter erwartete, dass sie so lang blieb – allerdings auch nicht viel länger.

Sie beschloss, sich ihre Irritation nicht anmerken zu lassen, und sagte lässig: „Ja, das ist Lars", ehe sie in überheblichem Ton hinzufügte: „Ich hätte allerdings nicht gedacht, dass gerade du derartige Zeitungen liest."

„Derartige Zeitungen lese ich ausschließlich beim Friseur", gab ihre Mutter zurück. „Ich habe sie mir ausgeliehen und bringe sie morgen Vormittag wieder zurück."

Trotz des Schocks, den die Fotos ihr versetzt hatten, musste Helga grinsen. Wie hatte sie nur annehmen können, dass ihre Mutter für ein derartiges Machwerk auch nur einen Euro bezahlt hatte?

„Und wer ist diese Person neben deinem Lars?"

„Diese Person ist eine ziemlich einflussreiche Restaurant-Testerin, die möglicherweise auch darüber entscheidet, ob er einen dritten Stern bekommt."

„Du kennst sie?"

„Allerdings", entgegnete Helga mit Würde, während sie innerlich kochte. Das würde Lars ihr erklären müssen. Er hatte zwar erwähnt, Gisela getroffen zu haben, davon, dass sie seine Tischdame war, war allerdings nicht die Rede gewesen.

„Wie's aussieht, wird er den Stern wohl bekommen", meldete sich nun auch noch ihr Vater zu Wort.

„Wenn du meinst", erwiderte sie kühl, dann brachte sie das Gespräch auf die Weltpolitik. Das Thema kam bei ihrem Vater immer gut an.

Kaum war sie daheim, schrieb sie eine für ihre Verhältnisse gepfefferte Mail an Lars:

Hallo,
wie ich heute der Yellow Press entnehmen durfte, scheint die Münchener Kochgala ja eine mächtig amüsante Sache gewesen zu sein. Verständlich, dass du es einem mäßig vergnüglichen Wochenende in Wien vorgezogen hast.
H

Es war schon fast Mitternacht, als er anrief.

„Chouchou, Liebste, was ist denn los?"

„Das wollte ich eben dich fragen."

„Bisher habe ich nur verstanden, dass du in einem dieser Gesellschaftsblätter Fotos von mir gesehen hast. War ich so schlecht getroffen?"

„Aber ganz im Gegenteil, du scheinst dich ja hervorragend amüsiert zu haben."

„Ist das verboten?"

„Keineswegs, auch Gisela war sehr gut getroffen. Etwas schrill für ihr Alter, findest du nicht?"

„Nö, fand ich eigentlich nicht."

„Deine Sache. Ich hätte dir wirklich einen besseren Geschmack zugebilligt. Aber du bist mir selbstverständlich keine Rechenschaft schuldig. Und jetzt möchte ich gerne schlafen."

Er hatte wortlos eingehängt. Offenbar war der Herr auch noch beleidigt. Erschöpft ließ sie sich in die Kissen fallen.

Lars

Quarksoufflé mit Limettensauce

2 Eidotter
40 g Zucker
80 g Quark (20%)
Etwas abgeriebene Zitronenschale
3 Eiweiß
30 g Zucker

Für die Sauce:
80 g Zucker
Saft von zwei Limetten
Abgeriebene Schale einer unbehandelten Limette
⅛ l Weißwein
Frisch geriebener Ingwer

Für das Soufflé Eigelb mit Zucker und Zitronenschale cremig rühren, den Quark durch ein feines Sieb streichen und zur Eimasse geben. Das Eiweiß aufschlagen, Zucker langsam zugeben, bis der Schnee fest ist, dann langsam zur Soufflémasse rühren. 4 Förmchen mit Butter ausstreichen und mit Zucker bestreuen, Soufflémasse einfüllen und im Wasserbad bei 180° 15–20 Minuten backen. Für die Sauce Zucker karamellisieren und mit dem Limettensaft ablöschen, Weißwein, geriebene Limettenschale und geriebenen Ingwer zugeben und zu einer sämigen Sauce einkochen. Die Sauce auf Teller verteilen, Soufflé darauf setzen und mit Beeren und Minzblättern verzieren, evtl. mit Staubzucker bestreuen.

Am Freitagabend war Lars wütend gewesen. Wie kam Helga dazu, ihm ein Verhältnis mit Gisela zu unterstellen? Darauf lief es ja offenbar hinaus. Dabei hatte er genau das nicht, was ihn vermutlich seinen dritten Stern kosten würde.

In der Zwischenzeit war es Dienstag, und obwohl er eingesehen hatte, dass Helga gar nicht wissen konnte, wie heroisch er Gisela widerstanden hatte, hatte er sie immer noch nicht angerufen. Warum? Er wusste es nicht. Er hatte einfach schlechte Laune.

Jetzt bellte er ins Telefon: „Wie bitte? Sie können das Kopiergerät nicht warten, weil Sie kein Ticket haben? Junger Mann, Sie sollen nicht wegfliegen, Sie sollen meinen Kopierer reinigen."

Es half alles nichts. Sein Gesprächspartner bestand auf einem Ticket – was immer das auch sein sollte. Heiliger Himmel, wo sollte er ein Ticket für dieses Ungetüm von einem Kopierer hernehmen? Solche Dinge hatte doch immer seine Mutter erledigt. Ob sie sich noch erinnern konnte? Einen Versuch war es wert.

Der Versuch scheiterte. Seine Mutter meinte, es wäre besser, das alte Ding endlich verschrotten zu lassen.

„Ich glaube, ich hör nicht recht! Du warst doch immer dagegen, irgendetwas zu erneuern, weil du dich nicht an neue Geräte gewöhnen wolltest!", rief er.

„Das hat sich nun ja erledigt", hörte er Frauke sagen. Offenbar hatte seine Mutter das Gespräch für beendet erachtet und das Telefon weitergegeben.

„Ja, scheint so. Bei euch alles gut?"

„Alles bestens."

Wenigstens etwas.

Nun musste er sich also nicht nur nach einem neuen Sous-Chef umsehen – er war fest entschlossen, diesmal wieder einen Mann einzustellen –, sondern auch einen neuen Kopierer kaufen. Scheibenkleister.

In den letzten Tagen war aber auch alles schief gegangen. Erst hatte Beatrix gekündigt, weil er sich erlaubt hatte ihr Vorhaltungen zu machen, dass sie am Samstag nicht zum Dienst erschienen war. Sie hätte am Samstag keinen Dienst gehabt. Lächerlich. Als er dann darauf hingewiesen hatte, dass er ohne Oskars Hilfe nicht nach München hätte fliegen können, hatte sie patzig geantwortet: „Davon wäre die Welt auch nicht untergegangen."

Na ja, ein Wort hatte das andere gegeben, und am Ende hatte er sie sofort freigestellt. Die hätte es glatt fertig gebracht, ihn um seinen guten Ruf zu bringen.

Dann hatte er auch noch Krach mit Helga gehabt. Wegen eines Fotos! Bisher hatte sich keiner von ihnen gemeldet – aber das konnte so nicht bleiben.

Womit beginnen? Der Sous-Chef war wichtiger, der Kopierer leichter zu bekommen. Er begann mit dem Kopierer. Die Auswahl in den einschlägigen Internetshops war verwirrend, also setzte er sich ins Auto und fuhr zum nächsten Elektromarkt.

Auch hier gab es eine Vielzahl unterschiedlicher Geräte, deren Unterschiedlichkeit sich ihm leider nicht erschloss. Also machte er sich auf die Suche nach einem Verkäufer. Schien eine aussterbende Spezies in diesem Laden zu sein. Er ging weiter zu den Haushaltsgeräten, dort traf er zwar auch keinen Verkäufer, dafür aber Silke.

„Was machst du denn hier?", fragte er überrascht.

„Ich muss meinen Haushalt etwas aufrüsten. Carsten scheint es ernst zu sein. Nach dem Abschlussball seiner Jüngsten will er reinen Tisch machen und anschließend zu mir ziehen."

Lars sah sie ungläubig an. „Dein Professor lässt sich wirklich scheiden? Ich glaub's nicht."

„Ist aber so", sagte Silke nur und wies auf die vor ihr stehenden Mixer. „Welchen würdest du mir empfehlen?"

„Ich weiß nicht, kommt ganz darauf an, was du damit machen willst. Aber vergiss den blöden Mixer. Komm, da oben ist ein Restaurant, darauf müssen wir anstoßen!"

„Geht nicht, ich muss nachher gleich in die Klinik."

„Nachher. Aber vorher wirst du ja wohl noch einen Kaffee mit mir trinken können."

Als sie dann vor ihren Tassen saßen, bemerkte Lars: „Also, Begeisterung sieht irgendwie anders aus."

Silke rührte gedankenverloren in ihrer Teetasse.

„Ist etwas nicht in Ordnung?", fragte er verwundert.

„Nein, nein, alles gut, nur … ich weiß nicht … jetzt, wo es ernst wird, habe ich … wie soll ich sagen …"

„Angst vor der eigenen Courage?"

„So ähnlich. Weißt du, bisher hatten wir nur unsere Arbeit und die wenigen gestohlenen Stunden. Die waren immer etwas ganz Besonderes. Wenn Carsten jetzt zu mir zieht, dann haben wir Alltag. Das ist etwas ganz anderes. Ich weiß nicht, ob ich das kann. Mit dir habe ich es doch auch nicht geschafft."

„Aber Chouchou, das ist doch Unsinn!", sagte Lars und legte seine Hand auf die ihre. „Natürlich kannst du das."

Nach einer kurzen Pause fragte er: „Meinst du, dein Carsten hätte etwas dagegen, wenn ich dich immer noch Chouchou nenne?"

Sie lächelte. „Das glaube ich allerdings. Wie kommst du darauf?"

„Frauke hatte letztens so etwas anklingen lassen. Sie meinte, Jens könnte etwas dagegen haben – und Helga auch."

„Da muss ich Frauke absolut zustimmen. Wie geht es dir eigentlich mit dieser Helga?"

Lars grinste. „Ich glaube, sie liebt mich!"

„Ach nee. Und wie kommst du darauf?"

Er zwinkerte. „Sie ist eifersüchtig."

Sie hatten dann doch noch einen Mixer für Silke ausgesucht und Lars hatte sich für ein Multifunktionsgerät entschieden, das so ziemlich alles konnte außer Kekse backen.

Beschwingt fuhr er nach Hause. Das Gespräch mit Silke hatte ihn auf eine Idee gebracht. Sobald Oskar ihn vertreten konnte, würde er nach Wien fliegen und Helga mit einem Strauß roter Rosen überraschen. Er musste sofort Oskar anrufen!

Doch Oskar musste leider mit seiner Frau auf Urlaub fahren, wie er ihm mitteilte. Das Wort „leider" schien nicht nur so dahin gesagt.

Scheibenkleister! Natürlich konnte er Helga auch anrufen, aber das war einfach nicht dasselbe! Ein Sous-Chef musste her! Sofort.

Diesmal schien das Glück auf seiner Seite. Im Internet fand er tatsächlich einen jungen Mann mit ausgezeichneten Referenzen, der nichts dagegen hatte, nach Hamburg zu kommen.

„Hamburg, ja bärig!", hatte er gesagt, was so viel hieß wie „Ich komme sehr gerne nach Hamburg". Sie vereinbarten einen Termin für ein Probekochen am Donnerstagabend.

Lars hatte ein ziemlich anspruchsvolles Menü zusammengestellt. Es sollte Hummerravioli auf Spargelsalat geben, danach Rotwein-Risotto mit Rotbarbe, ein pochiertes Kalbsfilet mit Sommergemüse und Quarksoufflè mit Limettensauce.

Als am Donnerstag ein ziemlich dunkler Typ vor ihm stand, ihm die Hand reichte und sagte: „Ich bin der Hans, aus Innschbruck", hatte Lars erst einmal geschluckt. Ein schwarzer Tiroler. Na ja, warum nicht.

Hans legte los. Lars achtete auf jedes Detail, aber er fand nichts zu meckern. Noch am gleich Abend fragte er: „Sind Sie in der Lage, mich hier am Wochenende zu vertreten?"

„Ich hoff schon."

„Hoffnung ist der Tod des Profis. Beweisen Sie es mir."

Lars streckte ihm seine Hand entgegen. Der junge Mann schlug freudig ein. Der Handschlag war schon mal in Ordnung.

Helga

Rindfleisch mit Krensauce

Gekochtes Rindfleisch ist aus der Wiener Küche nicht wegzudenken. Das berühmteste Stück ist der Tafelspitz. Wer aber ein saftiges Stück Fleisch schätzt, ist mit dem Schulterscherzel noch besser beraten. Das Fleisch soll langsam in einem Wurzelsud, bestehend aus

1 Scheibe Sellerie,
1 Stück Lauch
2-3 Karotten,
1 gelben Rübe
1 Petersilienwurzel
1 Tomate
1 Stück Zwiebel, mit 2-3 Gewürznelken gespickt,
sowie Salz und Pfefferkörnern

gekocht werden (dauert etwa 3-4 Stunden).

Krensauce:
30 g Butter
15 g glattes Mehl
¼ l Milch
⅛ l Schlagobers
Frisch geriebener Kren (nach Geschmack)
Salz, Muskatnuss und etwas Zitronensaft

Butter schmelzen, Mehl zugeben und eine helle Einmach (Mehlschwitze) bereiten, von der Kochstelle ziehen, mit kalter Milch aufgießen, rühren, etwa 5 Minuten leicht köcheln lassen, immer wieder umrühren. Dann das Obers zugießen, mit geriebenem Kren und den Gewürzen pikant abschmecken.

Als es am Samstagmittag an der Tür läutete, war Helga zwar nicht bester Laune, aber immerhin startbereit. Wie hatte sie nur so dämlich sein können, sich dazu überreden zu lassen, ausgerechnet mit ihrer Schwiegermutter Geburtstag zu feiern?

Als sie unbekümmert die Tür öffnete, weil sie vermutete, Benny hätte mal wieder seinen Schlüssel vergessen, sah sie erst nur einen riesigen Strauß roter Rosen, dahinter kam langsam Lars zum Vorschein.

„Lars?", fragte sie. Zugegeben, die Frage war nicht besonders intelligent. Die nächste war auch nicht viel besser: „Was machst du denn hier?"

„Ich hoffe, ich mache dir eine kleine Freude", sagte er mit diesem typischen Lars-Schalk in den Augen und eilte an ihr vorbei auf direktem Weg in die Küche, wo er sich erstmal von seinem Gebinde befreite, bevor er sie in seine Arme zog.

Der überdimensionale Strauß steckte auch noch in einer ebenso chicen wie schweren Glasvase.

„Das kommt ziemlich überraschend ... und ist sehr lieb von dir ... aber leider im Moment ..."

Weiterer Stotterei wurde sie enthoben, weil in diesem Moment Benny und Paul die Küche betraten. Sieh an, die beiden hatten sich ja geburtstagsfein gemacht.

„Lars?", fragte Benny. Der Apfel fiel scheinbar doch nicht weit vom Stamm. Genauso verdattert musste sie vorhin auch ausgesehen haben.

Lars reichte ihm die Hand und grinste: „Ihr schaut ja drein, als käme ich vom Mars. Leute, ich komm' doch nur aus Hamburg, da gehen täglich mehrere Flieger hin und her."

„Das trifft sich ja gut", konterte Benny, „wir drei müssen jetzt nämlich zu einer Geburtstagsfeier!"

Erst Bennys Unfreundlichkeit ließ Helga aus ihrer Erstarrung erwachen. „Benny, sei doch nicht so unhöflich!", tadelte sie, dann wandte sie sich an Paul: „Es tut mir leid, aber unter diesen Umständen kann ich natürlich nicht mitkommen."

„Das kannst du nicht machen! Mutter und Greta freuen sich doch schon so auf dich."

Helga bezweifelte das zwar, wollte aber hier und jetzt nicht darüber diskutieren.

„Wie lange kannst du denn bleiben?", wandte sie sich an Lars.

„Mein Rückflug ist für Morgenabend gebucht. Wo geht ihr denn hin?"

„Bennys Oma, also Pauls Mutter, meine Ex-Schwiegermutter, feiert ihren siebzigsten Geburtstag und hat uns zum Essen eingeladen. Sie kocht sich ihr Geburtstags-Essen sozusagen selbst", fügte Helga mit einem nervösen Lachen hinzu, als würde dieser Zusatz alles erklären.

Alle warteten gespannt auf ihre Entscheidung. Was sollte sie nur machen? Einerseits war der Besuch bei Pauls Mutter sowieso eine Schnapsidee gewesen, sie hätte nichts dagegen gehabt, ihn abzusagen. Anderseits wollte sie auch nicht den Eindruck erwecken, Lars müsste nur vor ihr stehen, schon änderte sie alle ihre Pläne. Am liebsten hätte sie die drei hier stehen lassen und wäre davongerannt – aber so etwas würde sie natürlich nie tun.

„Vielleicht können wir es ja so machen: Wir fahren jetzt alle zu Pauls Mutter, gratulieren zum Geburtstag, stoßen mit ihr an und dann verschwinden Lars und ich einfach wieder."

„Blöde Idee", murmelte Paul.

Lars hingegen, der Pauls Bemerkung entweder nicht gehört oder elegant überhört hatte, rief: „Na bitte, das ist doch eine hervorragende Idee. Dann kaufe ich unterwegs rasch noch ein paar Blümchen."

Helga warf Benny vorsichtshalber einen drohenden Blick zu, ehe sie sich an Paul wandte: „Lars und ich nehmen meinen Wagen. Wir treffen uns bei deiner Mutter."

Dann nahm sie ihre Handtasche und das hübsch dekorierte Päckchen mit den Liebesromanen, die Pauls Mutter so gern las, und stöckelte zur Tür. Die drei Männer folgten ihr schweigend.

Während Helga versuchte, sich in den Fließverkehr einzuordnen, fragte Lars: „Was erwartet uns jetzt? Große Familienfeier?"

„Kleine Familienfeier", antwortete sie. „Außer uns kommen nur noch Greta, Pauls jüngere Schwester, und ihr neuer Lover."

„Wenn dein Ex eine jüngere Schwester hat, müsste er wohl auch eine ältere Schwester haben."

„Hervorragend kombiniert. Aber Greta und Maria verstehen einander nicht besonders. Also feiert die Mitzi heute mit uns und morgen mit Maria und ihrer Sippe."

„Und die Mitzi ist deine Ex-Schwiegermutter", stellte Lars fest. „Du verstehst dich wohl gut mit ihr?"

Helga lächelte. „Das zu behaupten wäre übertrieben. Aber solange sie sich aufs Kochen beschränkt und mir keine guten Ratschläge gibt, kann man ja zum Siebziger einmal einen Besuch machen."

Pauls Mutter mochte über den Überraschungsgast nicht besonders erbaut sein, aber der prächtige Blumenstrauß, den Lars ihr überreichte, verfehlte seine Wirkung nicht. Die übrigen Sträuße wirkten daneben etwas mickrig.

Während Paul die Sektgläser füllte, erklärte Helga vage, wie es zu dieser „Terminüberschneidung" gekommen war.

„Aber keine Angst, wir wollen nicht bleiben. Ich wollte nur mit dir anstoßen, dann werden Lars und ich uns wieder verabschieden", meinte Helga leichthin.

„Unsinn", entgegnete ihre Schwiegermutter. „Das Essen reicht auch für sieben. Mindestens", fügte sie hinzu. Dann sagte sie zu Lars: „Ich war nämlich früher Wirtin und koche lieber in größeren Mengen."

„Dann sind wir ja Kollegen", gab Lars sich leutselig.

Somit war die Sache beschlossen. Pauls Mutter legte ein weiteres Gedeck auf, dann ging sie in die Küche, um die Suppe zu holen.

Im Esszimmer quälte sich das Gespräch dahin. Greta, sonst eine lebenslustige Person, schien heute seltsam entrückt, ihr Begleiter, ein langhaariger Journalist, fühlte sich in der bürgerlich angestaubten Atmosphäre scheinbar auch nicht besonders wohl. Paul schien das entweder nicht zu stören oder er bemerkte es nicht. Beides war ihm zuzutrauen. Jedenfalls unternahm er keinen Versuch, die Atmosphäre etwas aufzulockern. Helga hätte gern eine Konversation in Gang gebracht, bedauerlicherweise fiel ihr auf die Schnelle kein passendes Thema ein.

Sie hatte es bereits mit dem Wetter versucht, aber da es alle Anwesenden für diese Jahreszeit zu heiß fanden, war auch dieses Thema bald abgehandelt.

Zumindest war die Suppe gut.

„Es geht halt nichts über Mutters Rindsuppe", bemerkte Paul. „Dafür lass ich jedes getrüffelte Schaumsüppchen stehen."

Helga fand, den Zusatz hätte er sich sparen können. Die Rindsuppe ihrer Schwiegermutter war allerdings wirklich gut. Heute gab es als Einlage flaumige Leberknödel.

„Trüffel sind nicht jedermanns Sache", entgegnete Lars. Es klang ein wenig arrogant, so, als hätte er sagen wollen: „Dazu braucht man schon einen besonderen Gaumen."

„Und außerdem sauteuer", setze Helgas Schwiegermutter hinzu.

„Das ist Teil ihres Charmes", antwortete Lars. „Die Trüffel ist ja nicht nur ihres Geschmackes wegen so begehrt. Da sie im Verborgenen wächst und sich bisher allen Zuchtversuchen widersetzt hat, ist ihr Preis enorm, aber gerade das macht sie nur umso begehrter."

„Wer's braucht", meinte Paul. Es klang gereizt.

Zum Glück kam an dieser Stelle der Tafelspitz samt unzähliger Beilagen.

„Auch noch Meerrettichsauce! Ach Gott, ich liebe Meerrettichsauce, und diese Röstkartoffeln schmecken ganz vorzüglich!", lobte Lars.

Paul verdrehte die Augen, doch seiner Mutter, die in der Zwischenzeit wusste, dass Lars nicht irgendein Koch war, war anzusehen, dass dieses Lob sie mehr freute, als sie je zugeben würde.

„Bei uns heißt das immer noch Krensauce und Erdäpfelschmarren", bemerkte Paul bissig.

„Nichts trennt uns eben mehr als die gemeinsame Sprache", konterte Lars geschmeidig.

„Wie wahr", bemerkte Gretas Begleiter. Es war seine erste Wortmeldung, dafür lieferte er gleich einige Beispiele sprachlicher Missverständnisse. Die trafen zwar nicht ganz den Kern der Sache, aber immerhin ergab sich endlich so etwas Ähnliches wie ein Gespräch – jedem fiel plötzlich ein Beispiel ein –, nur Benny gähnte.

Später gab es noch Schneenockerl in Vanillesauce, auch die waren ohne Fehl und Tadel, und nach dem gemeinsamen Kaffee waren Helga und Lars endlich entlassen.

„Deine Schwiegermutter kocht reichlich – aber nicht schlecht", meinte Lars anerkennend, als sie später durch den Augarten schlenderten. Es duftete nach Frühling und frisch gemähtem Gras.
„Eine ihrer positiven Seiten", entgegnete Helga.
„Warum bist du zu ihrem Geburtstagsfest gegangen, wenn du sie nicht besonders magst?"
Das fragte sie sich auch schon die längste Zeit. Vermutlich, weil sie sich einsam gefühlt hatte. Aber darüber wollte sie jetzt ebenso wenig nachdenken wie über Pauls Vorschlag, gemeinsam Urlaub zu machen.
Zwar hatte sie Lars halb verziehen, dennoch brannte ihr da noch einiges auf der Seele: „Apropos Feste. Wolltest du mir nicht noch etwas erzählen?"
„Ach, Chouchou, was willst du denn wissen?" „Alles."
Lars seufzte tief. „Na gut, dann also alles." Er deutete auf eine der Bänke, die soeben frei geworden war. „Wollen wir uns setzen?"
Sie nickte, nahm in einigem Abstand Platz und verschränkte die Arme vor der Brust wie ein bockiges Kind. Er rückte näher, legte seinen Arm um ihre Schulter und begann zu erzählen: „Alles begann mit einer unbedeutenden Zeitungsnotiz ..."
Als er geendet hatte, sagte sie: „Trotzdem verstehe ich die Aufregung nicht ganz. Nichts ist älter als die Zeitung von gestern. So ein dummes Gerücht kann deinem Lokal doch nichts anhaben."
„In den ersten Wochen haben wir es schon gespürt, und ich wollte einfach wissen, wer dahinter steckt."
„Aber in der Zwischenzeit ist das doch sicher längst vergessen."
„Das könnte es sein, gäbe es nicht neue Gerüchte. Gisela verspricht mir zwar keinen dritten Stern mehr, sie hätte wohl etwas mehr Entgegenkommen meinerseits erwartet, aber immerhin hat sie mich vorgewarnt, dass die nächste Gerüchtewelle bereits rollt. Angeblich verkoche ich minderwertige Produkte, bedränge meine weiblichen

Mitarbeiter und bin überhaupt der schlechteste Küchenmensch an der Alster."

„Warum hast du mir das nicht schon früher erzählt?"

„Erst wollte ich dich nicht auch noch mit meinem Kram belasten, dann war ich gekränkt, und zum Schluss war alles so verfahren, dass ich es dir auf keinen Fall am Telefon erzählen wollte."

„Und du glaubst immer noch, dass dein ehemaliger Jugendfreund dahintersteckt?"

Lars zuckte die Achseln und sah in den Himmel.

„Nicht, dass ich es ihm nicht zutrauen würde. Aber Gisela hat recht, es gibt eigentlich keinen Grund dafür. Vielleicht sollte ich doch mit ihm reden."

„Mach das!", sagte Helga und gab endlich ihre starre Haltung auf. Während sie näher rückte, dachte sie: „Armer Lars! Da hat der Mann in Hamburg jede Menge Probleme und ist dennoch zu mir gekommen! Ich könnte heulen vor Glück!"

„Lass uns heimgehen", flüsterte sie ihm ins Ohr. „Benny bleibt bei Paul."

„Tja dann", zwinkerte Lars ihr zu und zog sie hoch. Übermütig wie zwei Teenager machten sie sich auf den Heimweg.

Sie verbrachten einen harmonischen Abend, eine wundervolle Nacht und auch am Sonntag hielt die gute Stimmung zwischen ihnen an. Da es in den letzten Tagen schon sommerlich warm geworden war, fuhren sie an die Alte Donau zum Baden und gönnten sich anschließend einen serbischen Karpfen.

Erst als sie Hand in Hand zu ihrem Wagen spazierten, machte die ausgelassene Heiterkeit einer gewissen Melancholie Platz. Die wenigen Stunden waren allzu rasch vergangen. Morgen war wieder jeder auf sich allein gestellt. Wie gern hätte sie ihn an ihrer Seite gehabt!

Lars

Gegrillte Hühnerkeulen

8 Hühnerkeulen
1 Zwiebel
4 EL Marillenmarmelade
⅛ l trockener Weißwein
2 EL Öl
1 TL Tabasco
1 TL Majoran (getrocknet)
1 TL Thymian (getrocknet)

Alle Zutaten vermischen, die Hühnerkeulen waschen, trockentupfen und zugeben. In der Marinade aufkochen und bei schwacher Hitze etwa 15 Minuten köcheln lassen (je nach Größe, Bio-Hühner brauchen etwas länger). Dann die Hühnerkeulen aus dem Sud heben, abtupfen, in eine Grillschale legen und knusprig grillen, dabei ab und zu mit der verbliebenen Marinade bestreichen. Dazu passen Weißbrot oder Reis und Blattsalate.

Der Montagmorgen war regnerisch und kühl. Lars fand, das passte ganz hervorragend zu seiner Stimmung und machte sich auf den Weg in die Küche. Heute Abend hatten sie eine größere Geburtstagsfeier, es gab einiges vorzubereiten.

Zu seiner Überraschung war auch Hans bereits in der Küche.

„Na, wie ist es gelaufen?"

„Bei mir ganz gut", antwortete Hans mit einem schelmischen Seitenblick. Da Lars nicht darauf einging, fuhr er fort: „Trotz dieser etwas zweifelhaften Propaganda hatten wir gut zu tun", und legte einen Zeitungsausschnitt auf den Arbeitstisch, auf dem zu lesen stand:

Koch-König unter Dauerbeschuss

Nachdem erst vor Kurzem darüber berichtet wurde, dass sich der bekannte Schauspieler Torsten S. in Königs Landhaus mit einem Fischgericht vergiftet hat, folgt nun neues Ungemach für den Möchtegern-Society-Koch. Wie von üblicherweise gut informierter Quelle zu hören ist, soll in der „Königs-Küche" nicht ausschließlich königliche Qualität verkocht werden und auch Gehälter und Arbeitsbedingungen seiner Angestellten seien keineswegs königlich zu nennen.

Lars schluckte und deutete auf den Zeitungsausschnitt. „Kann ich das behalten?"

„Sicher."

„Danke. Eigentlich wollte ich mich mit Ihnen über die weitere Form unserer Zusammenarbeit unterhalten, aber das muss bedauerlicherweise ein wenig warten. Könnten Sie noch einmal übernehmen? Es soll ein Grillabend werden. Geht das?"

„Grillen ischt meine Königsdisziplin, sozusagen", meinte Hans.

Lars nickte ihm zu und stürzte davon, wild entschlossen, den Stier bei den Hörnern zu packen. Er eilte in sein Büro, rief die Website des *Paulsen* auf, wühlte in alten Unterlagen nach einer privaten Telefonnummer von Karl-Gustav, fand aber nur eine uralte. Er war nicht wenig erstaunt, als sich Karl Gustav tatsächlich meldete.

„Paulsen."

Die Stimme hätte er unter hundert anderen erkannt.

„König. Ich lese auf deiner Homepage, du suchst einen Koch. Versuchst du deshalb, mich in den Ruin zu treiben, damit ich bei dir anheuere?"

„Lars?", fragte Paulsen.

„Wer sonst?"

„Bist du jetzt endgültig übergeschnappt?"

„Das wollte ich gerade dich fragen."

„Du bist ja noch verrückter, als ich vermutet habe. Aber wenn du mit mir streiten willst, dann komm doch her. Ich habe nichts dagegen. Ich wollte dir schon lange …"

„In zwanzig Minuten im Paulsen?"

„Von mir aus auch in zehn", hörte er Karl-Gustav noch sagen, bevor er zu seinem Wagen eilte.

„Er wird noch wünschen, er wäre nie geboren worden", murmelte Lars vor sich hin. Es war weniger eine Drohung, vielmehr der Versuch, sich selbst Mut zu machen, denn irgendwie hatte er plötzlich kein besonders gutes Gefühl bei der Sache.

Das *Paulsen* lag in einem riesigen Park an der Elbchaussee. Erst auf dem Weg dorthin überlegte Lars, was genau er seinen ehemaligen Freund vorwerfen sollte. Bei dem schlossähnlichen Gebäude angekommen, wusste er es immer noch nicht, und als er dann Karl-Gustav gegenüberstand, zum ersten Mal seit weiß Gott wie vielen Jahren, kostete es ihn etwas Überwindung, seine Vorwürfe an den Mann zu bringen.

Daheim im stillen Kämmerlein mit Paulsen abzurechnen war das eine, ihm seine unbewiesenen Behauptungen ins Gesicht zu schleudern, das andere. Er schluckte, ehe er mit bebender Stimme sagte: „Warum willst du mich ruinieren?"

Paulsen sah ihn fragend an. „Säufst du neuerdings?"

Lars hatte mit allem Möglichen gerechnet, aber nicht mit einer solchen Frage. Etwas aus dem Konzept gebracht sagte er: „Natürlich nicht, aber du darfst mir einen Kaffee anbieten."

„Keine Angst, dass ich ihn mit Arsen verfeinere?" Paulsen machte sich an der Kaffeemaschine zu schaffen.

„Gift ist nicht so dein Ding. Du arbeitest doch viel lieber mit Unterstellungen."

„Vorsicht, mein Freund, noch hast du deinen Kaffee nicht getrunken. Gib Acht, dass ich ihn dir nicht über die gegelten Locken schütte."

„Das würdest du tun?"

„Das und noch viel mehr", antwortete Paulsen, während er die Kaffeetasse vor Lars hinstellte. „Aber das hat ja keinen Sinn, du würdest doch nur wieder heulen."

„Ich und heulen? Leidest du generell an Wahrnehmungsstörungen oder hast du nur Erinnerungslücken? Du warst es doch, der heulend zu Mami gelaufen ist, nur weil er sich das Knie aufgeschlagen hat."

„Damals war ich acht Jahre alt und du hast mich vom Roller gestoßen. Bist du deswegen gekommen?"

„Ich bin gekommen, weil ich wissen will, was ich dir eigentlich getan habe!"

„Der Reihe nach? Also gut. Erst hast du mich dazu überredet, die Schule zu schmeißen, dann hast du den Lehrherren gegen mich aufgebracht und mir die Freundin ausgespannt. Später hast du nichts unversucht gelassen, meine Kunden abzuwerben. Beispiele gefällig?"

Lars traute seinen Ohren nicht. Da war er hergekommen, um endlich mit Paulsen abzurechnen, und jetzt machte der *ihm* Vorwürfe?

„Das kann ja wohl nicht wahr sein!", donnerte Lars. „Erstens hattest du selbst die Schnauze voll von der Schule. Zweitens habe ich unseren Chef nicht gegen dich aufgebracht, du warst einfach zu langsam! Dir hätte man beim Gehen ja die Hosen flicken können. Drittens war die schöne Ilona nie deine Freundin, davon hast du bloß geträumt, und später waren wir eben Konkurrenten. Du warst es doch, der mit einer Intrige dafür gesorgt hat, dass ich meine Lehrstelle verloren habe! Was hast du denen eigentlich erzählt?"

„Nur die Wahrheit!"

„Ich höre."

„Dass du dich an die weiblichen Gäste herangemacht hast."

„Ich? Als Küchen-Azubi? Wie hätte ich das denn machen sollen?"

„Bist du etwa nicht mit dieser ... wie hieß sie gleich ... mit dieser blondgelockten Schönheit unterwegs gewesen?"

Lars sah ihn verdattert an: „Keine Ahnung. Ich war mit mehr als einer Schönheit unterwegs. Wann soll denn das gewesen sein? Vor oder nach Ilona?"

„Das war zur gleichen Zeit! Das hat mich ja so geärgert!" Dann fügte Paulsen in ruhigerem Ton hinzu: „Im Übrigen ist das bald vierzig Jahre her."

„Siebenunddreißig", korrigierte Lars.

„Ja, und? Deswegen wirst du ja nicht gekommen sein."

„Du hast recht, kommen wir zur Gegenwart." Lars zog die Zeitungsnotiz heraus und knallte sie vor Paulsen auf den Tisch. „Habe ich diesen netten kleinen Artikel vielleicht auch dir zu verdanken?"

„Bin ich seit Neuestem Journalist, oder wie?"

„Du wirst schon deine Möglichkeiten haben. Angeblich speist ja eine ziemlich einflussreiche Gesellschaft hier."

„Bei dir etwa nicht?"

Hoppla, falsche Richtung.

Lars atmete durch, dann sagte er in nahezu versöhnlichem Tonfall: „Wenn du es nicht warst, wer war es dann?"

„Gute Frage. Du hast mir doch diese Beatrix abgeworben …"

„Abgeworben kann man nicht sagen", unterbrach Lars.

Paulsen machte eine wegwerfende Handbewegung. „Geschenkt. Sie ist mir eh auf den Geist gegangen."

„Dir auch?"

Paulsen nickte, dann fragte er: „Warst du mit ihr im Bett?"

„Natürlich nicht!"

Paulsen überlegte: „So natürlich ist das auch wieder nicht. Angeblich lässt du ja nichts anbrennen. Aber vielleicht war es diesmal ein Fehler. Soviel ich gehört habe, war die schöne Beatrix nicht nur auf der Suche nach einem Job."

„Sondern?"

„Ich nehme an, es war dieses Dreiergespann: Job-Mann-Restaurant."

Lars überlegte. Der Gedanke, dass Beatrix hinter diesen Gerüchten stecken könnte, war ihm noch gar nicht gekommen. Aber, na ja, zutrauen würde er es ihr durchaus, und wenn Paulsen es nicht war …

Je länger Lars darüber nachdachte, desto überzeugter war er, dass Beatrix hinter all den Intrigen steckte.

Doch wenn sie es war, wie hatte sie es angestellt? Im Grunde war er es leid, darüber nachzudenken. Fürs erste hatte er sein Pulver verschossen und beschloss, vorerst abzuwarten. Konnte es sein, dass sie sich für ihn interessiert hatte, ohne dass es ihm aufgefallen war? Frauke hatte schon einmal etwas Ähnliches angedeutet. Hatte er sich denn so verändert? Hatte Helga ihn so verändert?

Ach Helga, er hätte sie so gern im Arm gehalten, aber da musste er sich wohl noch ein paar Wochen gedulden.

Immerhin, der Arbeitsvertrag mit Hans war geschlossen, Anfang Juli würde er seinen Dienst antreten, dann hatte er wieder etwas mehr Bewegungsfreiheit.

Der Geschäftsgang war im Moment eher flau, das konnte allerdings auch am Wetter liegen. Hamburg erlebte in diesen Tagen die erste Hitzewelle des Jahres.

Dennoch fühlte Lars sich rastlos. Was kam als Nächstes? Diese Ungewissheit nagte mächtig an ihm. Da es ohnehin nicht viel zu tun gab, machte er sich daran herauszufinden, wo Beatrix zurzeit arbeitete. Doch keiner seiner Kollegen wusste etwas von ihr. Seltsam.

Der entscheidende Hinweis kam einmal mehr von Gisela. Eine Beatrix von Walden arbeitete angeblich am Timmendorfer Strand. Wo genau, wusste ihr Informant leider auch nicht. Wieso eigentlich „von Walden"? Bei ihm hatte sie einfach nur Walden geheißen. Na gut, das war nicht mehr sein Problem.

„Möchtest du sie besuchen?", hatte Gisela spöttisch gefragt.

„Würdest du mitkommen?"

„Möglich."

Sieh an, sieh an. Aber derzeit kam eine Fahrt an den Timmendorfer Strand ohnehin nicht infrage. Er würde sich nicht noch einmal mit unbewiesenen Behauptungen blamieren.

Beatrix von Walden. Irgendetwas klingelte da – aber was?

Paul

Hamburger Royal

80 dag Faschiertes vom Rind (Hackfleisch)
2 Zwiebeln, gehackt
2 Eier
50 g Weißbrotbrösel
1 TL Koriandersamen
1 EL Dijon-Senf
Etwas Kümmel
1 Semmel
Einige Salatblätter, Gurken- und Tomatenscheiben
Evtl. 1 EL Remoulade (oder Sauce Tartar, Trüffelmayonnaise etc.)

Koriandersamen und Kümmel mörsern, Ofen auf 230° vorheizen. Das Faschierte mit den gehackten Zwiebeln, den Eiern, Gewürzen und Bröseln vermengen, mit Salz und Pfeffer würzen, mit feuchten Händen in 4 gleich große Bällchen formen und flach drücken. Im Ofen 20-25 Minuten braten. Die Semmel durchschneiden, trockene Salatblätter, Faschiertes und Gemüse darauflegen und mit der Mayonnaise verfeinern.

Wie kam dieser Hamburger eigentlich dazu, Helga Chouchou zu nennen? Helga meinte, das ginge ihn nichts mehr an.

Seit dieser Laffe so unerwartet bei ihr aufgetaucht war, hatte Paul das Gefühl, wenn er nicht bald Nägel mit Köpfen machte, konnte er sich die Idee, wieder im Reihenhaus einzuziehen, endgültig abschminken.

Also tauschte er das bequeme Shirt gegen ein Hemd und die ebenso bequemen Jeans gegen eine graue Stoffhose. Pah, saß die eng. Aber Helga stand nun einmal auf so etwas.

Nun saß er ihr auf der Terrasse gegenüber, lobte eifrig ihren Apfel-Dinkelkuchen und sagte: „Helga, ich bitte dich, denk doch wenigstens noch einmal darüber nach!"

„Ich habe darüber nachgedacht, meine Antwort ist Nein."

„Ach Mama", assistierte Benny nach Kräften. „Der Urlaub wird bestimmt urcool!"

„Für euch beide wird er vermutlich urcool. Ich hingegen werde in diesem Klettergarten entweder vor Angst sterben oder mich zu Tode langweilen. Glaub mir, Benny, es ist bestimmt besser, ihr macht diesen Abenteuer-Urlaub ohne mich."

„Wir würden deinetwegen sogar ins Hotel gehen", fügte Paul heroisch hinzu. „Obwohl wir beide es auf dem Bauernhof sicher bequemer fänden."

Helga stand auf und begann den Kaffeetisch abzuräumen.

„Dann bleibt ihr auf eurem Bauernhof und ich bleibe daheim. Wenn ihr zurückkommt, können Benny und ich ja noch ein paar Tage Urlaub machen."

„Urlaub mit Mami, voll peinlich", murrte Benny.

„Wir können, wir müssen nicht!", konterte Helga.

Erstaunlich, dachte Paul. Früher wäre ihr Bennys Wunsch Befehl gewesen. Das hatte er ihr oft genug zum Vorwurf gemacht.

„Und damit du's nur weißt, nach Hamburg fahre ich jedenfalls nicht", rief Benny zornig. Paul bedeutete ihm, sie alleine zu lassen. Sobald Benny abgeschwirrt war, sagte er: „Schau, Helga, wir wissen doch beide, was wir einander bedeuten."

„Ach ja? Ich erinnere mich an nicht allzu ferne Zeiten, wo du das nicht so genau gewusst hast."

„Ich gebe ja zu, das war ein Fehler! Was soll ich denn jetzt machen? Soll ich vor dir auf die Knie gehen?"

„Hast du Benny deswegen auf sein Zimmer geschickt? Damit er nicht Zeuge dieser absolut erniedrigenden Szene wird?", fragte sie spitz.

Heiliger Himmel! Was war aus der Frau nur geworden? Sie war doch früher nicht so zickig. Auch nicht so stur. Heute schien sie ihm nahezu unabhängig. Helga und unabhängig? Er musste sich täuschen, das konnte nicht sein.

„Helga, ich habe meinen Fehler eingesehen und möchte wieder mit dir und Benny zusammen sein. Ist das so abwegig?", rief er ihr nach, denn sie war in der Zwischenzeit in die Küche gegangen.

„Magst du ein Glas Wein?", fragte sie, als sie wiederkam.

Er schüttelte den Kopf. Er mochte keinen Wein, das wusste sie doch! Sie schenkte sich ein Glas ein. „Auf dich!"

Sie sollte nicht auf ihn trinken, sie sollte endlich wieder Vernunft annehmen. Er stand auf, ging zur Brüstung, kam zurück und stellte sich hinter Helgas Korbsessel.

„Ich weiß, ich habe dich mit meinem Auszug sehr verletzt. Ich weiß auch nicht, was damals über mich kam."

„Midlife-Crisis?", half sie aus.

„Möglich. In der Zwischenzeit habe ich eingesehen, dass das Blödsinn war. Lass uns wieder zusammenziehen!"

„Zusammenziehen?", rief Helga. „Ich dachte, wir sprechen von Urlaub."

Er lief rot an. Verdammt, das hätte er nicht sagen sollen! Noch nicht. Jetzt war die Katze aus dem Sack. Er spürte ihre Abwehr beinahe körperlich. Vielleicht sollte er jetzt besser gehen, damit sie Zeit hatte, darüber nachzudenken.

Als Paul nach Hause kam, zog er zuerst die viel zu enge Hose aus. Eindeutig Sauerstoffmangel. Wahrscheinlich hatte er deshalb so viel Blödsinn geredet. Er ging in die Küche und holte den Schnaps, den einer seiner Biker-Freunde beim letzten Kartenabend mitgebracht hatte. Er schenkte eines der Stamperl voll, die seine Mutter ihm beim Einzug in seine Junggesellenbude gebracht hatte, und stürzte den Schnaps in einem Zug hinunter.

Puh, grauslich.

Wie konnte jemand nur nach diesem Gebräu süchtig werden? Er verschloss die Flasche und stellte sie in den Küchenschrank zurück. Dann schaltet er den CD-Player ein und stierte vor sich hin.

Paul schreckte auf, als das Telefon läutete. Er hätte nicht sagen können, wieviel Zeit seit dem ungewöhnlichen Alkoholkonsum vergangen war.

Daniela.

Er atmete tief durch und meldete sich mit klarer Stimme, doch schon beim nächsten Satz spürte er gewisse Artikulationsprobleme. Morgenabend in der *Alten Brauerei?* Die ganze Clique? Ja, gut!

Besser das Gespräch kurz halten. Geredet hatte er heute ohnehin schon zu viel.

Bevor Paul am Sonntagabend zu seiner Verabredung aufbrach, rief er noch einmal Helga an. Er hätte eine Option auf das Hotelzimmer für zwei Wochen. Wenn sie wollte, könne sie es sich noch einmal überlegen. Mehr konnte er nicht tun, jetzt war sie am Zug.

Als er später das Bierlokal betrat, nahm er zuerst den Geruch von gebratenem Fleisch wahr. Das begann schon mal nicht schlecht. Ein Kellner trug ein Riesending von einem Hamburger mit einer ordentlichen Portion Pommes frites an ihm vorbei. Wenn das so schmeckte, wie es aussah, könnte die *Alte Brauerei* sein neues Stammlokal werden.

Daniela wartete in einer schummrigen Ecke auf ihn.

„Wo sind denn die anderen?", fragte Paul erstaunt.

Sie grinste ihn an. „Wärst du gekommen, wenn ich gesagt hätte, dass ich die gesamte Clique repräsentiere?"

Ganz schön gerissen, diese Daniela. Aber doch auch irgendwie lieb. Wie sie ihn jetzt ansah, mit diesem unschuldigen Blick, so von unten nach oben.

Er nahm neben ihr Platz.

„Klar wär ich gekommen!", antwortete er leichthin. Ganz sicher war er allerdings nicht. Sie alberten ein wenig herum, plauderten über dies und das.

Als später das Essen kam – beide hatten Hamburger Royal bestellt – und er sich voller Begeisterung darüber hermachte, sagte sie lachend: „Es scheint, du magst Hamburger?"

Er nickte und antwortete voller Inbrunst: „Ich hab sie sozusagen zum Fressen gern!"

Helga

Appetithappen

Emmentalerwürfel mit Trauben
Parmesan (gebrochene Stückchen) mit Oliven
Kirschtomaten mit Mozzarellakügelchen
Faschierte Bällchen mit eingelegten Zwiebelchen oder Champignons
Wachteleier (gekocht) und Schinkenwürfel auf Gurkenscheiben

Für die Faschierten Bällchen das Burger-Rezept (siehe 22, Hamburger Royal) heranziehen. Sonst die jeweiligen Komponenten auf Stickern anrichten, die Mozarellakügelchen konnte man davor in Basilikumöl einlegen – der Phantasie sind dabei jedenfalls keine Grenzen gesetzt!

Freitagabend. Das Wochenende stand vor der Tür – doch bei Helga verursachte dieser Gedanke keinerlei Hochgefühle. Sie würde es wieder einmal allein verbringen. Benny war bei einem Freund eingeladen, dessen Eltern ein Haus und einen Pool hatten.

Sie hatte auch immer einen Pool haben wollen, aber Paul war stets dagegen gewesen. Über ein aufblasbares Plastikbecken waren sie nie hinausgekommen.

Hätte sie sich durchgesetzt, würden die Jungs das Wochenende möglicherweise bei ihr verbringen – oder auch nicht, wo Benny sie neuerdings doch so uncool fand. Ob die Eltern seines Freundes cooler waren? Jedenfalls waren es Eltern. Vielleicht war man als alleinerziehende Mutter schon per se uncool?

Seufzend trug sie das restliche Geschirr ins Haus. Dann würde sie das Wochenende eben dazu nutzen, sich weiter nach einem Job umzusehen. Bisher hatte man ihr, von ein paar Urlaubsvertretungen abgesehen, nichts Vernünftiges angeboten.

Wollte sie nicht in naher Zukunft arbeitslos sein, würde sie wohl auf Susannes Angebot eingehen und sich auch in der Immobilienbranche umsehen müssen. Schade eigentlich. Sie hatte sich schon als Hotelmanagerin gesehen, aber das war natürlich vollkommen unrealistisch. Vielleicht hätte sie damals ihre Karriere doch nicht ganz hintenanstellen sollen. Jetzt war es augenscheinlich zu spät. Was sie am meisten ärgerte war, dass es in der Immobilienbranche wieder nur zu einer Assistenz-Stelle reichen würde. Das entsprach einfach nicht ihrer Qualifikation.

Sie schrieb eine Mail an Susanne und setzte sich vor den Fernseher. Lieber hätte sie mit Benny eine Runde Scrabble gespielt, doch neuerdings zog er es vor, mit irgendwelchen „Friends" zu chatten. Zwar hatte er das Tagespensum von zwei Stunden heute sicher schon überschritten, aber sie hatte keine Kraft, mit ihm darüber zu streiten. Sie fühlte sich allein, müde und ausgelaugt. Sie würde das Wochenende dazu nutzen, ein wenig aufzutanken, würde sich ein gutes Buch nehmen, ihr Gartenbett in den Schatten stellen und lesen.

Als ein leises „Pling" eine Mail ankündigte, nahm sie ihr Handy zu Hand. Susanne hatte geantwortet.

Liebe Helga,

das mache ich doch gerne – aber bitte erst nächste Woche. Bei mir ist der Teufel los. Nina ist krank und ich habe das Haus voller Gäste.

Melde mich am Montag – LG – Su

Kann ich dir helfen?

tippte Helga ohne nachzudenken.

Zwei Minuten später die Antwort:

Wenn du dieses WE Zeit hast und selbige bei mir in der Küche verbringen willst ;-) LG Su

Helga überlegte nicht lange und schrieb:

Ich komme! Fahre gegen 8 Uhr los. So long – Helga

Mit beschwingten Schritten ging sie zu Benny, um ihm zu sagen, dass er morgen entweder zeitig oder allein frühstücken musste.

„Und wer bringt mich zu Armin?"

Ups, das hatte sie ganz vergessen.

„Vielleicht kann Papa dich hinbringen. Wenn nicht, musst du die U-Bahn nehmen."

„Weißt du eigentlich, wo Armin wohnt? Da müsste ich ja zweimal umsteigen und anschließend urlang zu Fuß gehen."

„Zum Glück bist du ja schon fast erwachsen und noch dazu ein besonders sportlicher junger Mann", gab sie zurück und ging.

War das jetzt lieblos? Sie wollte schon Susanne schreiben, dass sie doch erst später kommen konnte. Doch dann erinnerte sie sich, wie er ihr erst gestern geraten hatte, sie solle nicht immer so unentspannt sein, ihn nicht wie ein Baby behandeln und endlich mal chillen – schließlich sei er faktisch erwachsen. Na dann.

Sie hatte ihm dann doch noch seine Klamotten fürs Wochenende herausgelegt, dazu die leichte Segeltasche, das Gastgeschenk für Armins Mutter eingepackt und ihm alles fürs Frühstück vorbereitet. Als sie ihm noch rasch Tschüss sagen wollte, knurrte er unwillig.

Unentschlossen und mit etwas schlechtem Gewissen stand sie in der Tür. „Na dann, bis morgen, mein Liebling!"

„Wenn's sein muss."

Dümmling. Wie kam er dazu, solche Ansagen zu machen? Was hatte sie denn jetzt schon wieder falsch gemacht? Sie hatte ihm weder einen Kuss auf die Wange gedrückt, noch über sein Haar gestreichelt. Flegel. Undankbares Kind. Sie würde sich dieses Wochenende jedenfalls nicht verderben lassen, weder von seiner schlechten Laune noch von seinen krausen Ideen. Basta.

Dennoch ließ der Gedanke an Benny sie nicht los. Erst vorgestern hatte sein Sportlehrer angerufen, einer der wenigen Lehrer, der große

Stücke auf ihn hielt. Wenn Benny wirklich aufs Schigymnasium wolle, dann wäre es jetzt Zeit, ihn anzumelden. Klar wollte Benny, aber sie wollte nicht. Nach dem Streit vom Donnerstag hatten sie eine cool-down-Phase bis Montag vereinbart.

Was sollte sie bloß tun? Was konnte sie tun? Ihre Mutter meinte ja, sie könne ihn ruhig anmelden, die Wahrscheinlichkeit, dass er dort aufgenommen würde, wäre ohnehin gleich Null. Auf einen Schifahrer aus Wien würden sie in Tirol kaum warten. Da war was dran.

Helga sah auf die Uhr. Sie hatte in der Früh nur ein wenig Müsli gegessen und war hungrig. Aber sie lag gut in der Zeit und würde sich an der nächsten Raststelle einen Kaffee gönnen.

Als sie mit ihrem Cappuccino und der Topfenschnitte – die hatte allzu köstlich ausgesehen – nach einem Tisch Ausschau hielt, sah sie Paul in seiner Ledermontur. Offenbar machte er eine Motorradfahrt. Sie überlegte nicht lang und machte sich auf zu seinem Tisch. Er hatte sie auch bereits gesehen. Lächelte. Sie stellte das Tablett auf seinem Tisch ab, fragte: „Was treibst du denn hier?"

„Das wollte ich dich gerade fragen", antwortete er. Im gleichen Moment kam eine andere Bikerin und stellte ebenfalls ihr Tablett auf Pauls Tisch ab. Auf dem Tablett standen ein Kaffee und ein Cola. Paul trank Cola. Das hatte sie ihm nie abgewöhnen können.

„Darf ich vorstellen ... äh ... Meine Exfrau Helga. Das ist ... äh ... Daniela ... eine Bikerkollegin", stammelte Paul verlegen.

„Oh – Entschuldigung. Ich wollte nicht stören", entgegnete Helga auch nicht besonders souverän und machte Anstalten, wieder aufzustehen.

„Bleiben Sie doch sitzen", sagte diese Daniela. „Ich freue mich, Sie kennenzulernen. Paul hat schon viel von Ihnen erzählt."

„Dann sind Sie eindeutig im Vorteil", entgegnete Helga, stürzte ihren Kaffee hinunter und sah zu, dass sie an die frische Luft kam.

„Dich schickt mir der Himmel!", rief Susanne etwa eine Stunde später und fiel ihr um den Hals.

„Mir auch", meinte Werner grinsend und entledigte sich der Schürze. „Susanne hatte mir bereits Küchendienst angedroht. Ich helfe ja wirklich gerne, aber Kartoffelschälen ist nicht ganz mein Spezialgebiet."

„Dafür macht Werner jetzt den Sommelier!", sagte Susanne nicht ohne Stolz.

„Na dann, wo sind die Kartoffeln?", fragte Helga, um Gleichmut bemüht.

„Die kochen erst, aber ich hätte hier ein paar Karotten zu putzen, dann gäbe es noch Erbsen auszulösen, …"

Helga machte sich ans Werk. Sie war zwar keine so begnadete Köchin wie Susanne, aber leichte handwerkliche Aufgaben waren genau das, was sie jetzt brauchte. Sie verstand gar nicht, warum das Zusammentreffen mit Paul sie so aus dem Gleichgewicht gebracht hatte. Ja gut, sie hatte nicht damit gerechnet. Aber was war dabei, wenn Paul mit einer Bikerkollegin eine Tour machte?

Bikerkollegin, das hatte er doch gesagt. Wenn diese Daniela mehr war, ging es sie auch nichts an. Sie hatte nun wirklich keinen Grund, ihm diesbezüglich Vorhaltungen zu machen. Sie waren geschieden. Punkt.

„Was kochen wir eigentlich?"

„Heute Abend haben wir zehn Personen zu einem Grillabend. Die Grilladen sind schon eingebeizt, trotzdem haben wir noch eine Menge zu tun, denn es gibt davor noch kleine Appetithappen und dann eine Menge an Saucen, Salaten und Beilagen. Morgen haben wir es dafür relativ einfach. Da gibt es nur ein Drei-Gang-Menü für vier Personen. Also, genau genommen für sieben, wir wollen schließlich auch etwas essen. Es gibt Sommersalat mit marinierten Flusskrebsen, gebratenen Thunfisch auf Krenpüree und Sommergemüse und als Nachtisch ein Mohnparfait mit frischen Beeren, das habe ich schon gestern gemacht."

„Und was ist mit Nina los?"

„Die Arme hat sich einen ganz fiesen Sommergrippevirus eingefangen. Zum Glück hat sie ja eine gute Betreuung.

Habe ich dir eigentlich schon erzählt, dass sie in den Ferien ins Doktorhaus übersiedeln wird?"

„Wie schön für sie!"

„Ja, für Nina schon. Um ihren Sohn Felix mache ich mir auch keine Sorgen, der kommt mit dem Doktor gut aus, aber was wir mit Tante Anna machen, ist mir ein Rätsel."

„Geht's ihr nicht gut?", fragte Helga mehr aus Höflichkeit denn aus Interesse.

„Jetzt schon noch, aber warte einmal, bis sie allein im Haus ist. Ich will mir das gar nicht vorstellen."

„Verstehe. Allein zu sein ist nicht immer ganz einfach", meinte Helga mit einem Seufzer.

„Du sprichst wohl aus Erfahrung. Man nimmt sich aber auch keinen Liebhaber, der tausend Kilometer weit weg wohnt."

Als Helga darauf keine Antwort gab, fuhr Susanne weiter fort: „Wie geht denn Lars damit um?"

„Du kennst ihn ja. Er nimmt die Dinge wie sie kommen und macht das Beste daraus."

Der Grillabend war ein voller Erfolg. Ein Kollege von Werner feierte seinen Sechzigsten, und natürlich waren Susanne, Werner und Helga mit von der Partie. Werner stand am Grill – er machte das übrigens ganz hervorragend. Helga erinnerte sich eher mit Grauen an ihre eigenen Grillabende, wo das Fleisch einmal zu trocken, ein andermal zu roh gewesen war. Zum Glück hatten sie selten Gäste gehabt.

Zum Glück? Anderseits auch irgendwie schade, fand Helga, während sie versonnen das Flackern der Kerze betrachtete. Sie hatte schon das dritte Glas Rotwein und träumte sich einen Mann an ihre Seite. Lars.

Helga

Nudelsalat

300 g gekochte Pasta
200 g geräucherter Schinken
1 rote, 1 gelbe Paprika
1 Zucchino
1 Tasse Erbsen (gekocht)
Mayonnaise
Etwas Joghurt
Dijon-Senf
Salz, Pfeffer
Etwas Blattsalat zum Anrichten

Pasta kochen, kalt abschrecken und abtropfen lassen. Paprika, Schinken und Zucchini in kleine Würfel schneiden. Mayonnaise (am besten selbst gerührt) mit Joghurt, Senf und den Gewürzen abschmecken, evtl. etwas Zitronensaft zugeben, mit der Pasta und dem Gemüse vermengen und einige Minuten ziehen lassen. In der Zwischenzeit den Salat waschen, putzen, etwas marinieren und auf Tellern anrichten. Den Nudelsalat evtl. nachwürzen und servieren.

Diesmal machte Helga der Stau auf der Rückfahrt nach Wien gar nicht so viel aus – sie hatte ohnehin einiges zu überlegen.

Da war erstmal das Gespräch mit Benny, das sie für morgen vereinbart hatten. Wie sollte sie sich verhalten?

Sie hatte heute Vormittag, während des Kochens, mit Susanne darüber geredet.

„Lass ihn gehen", hatte sie gesagt.

Die hatte leicht reden – aber vermutlich leider auch recht. Wenn Helga sich jetzt durchsetzte und Benny weiter in Wien zur Schule ging, würde er ihr möglicherweise eines Tages vorwerfen, dass sie seiner Karriere im Wege gestanden war. Sie hielt eine derartige Karriere zwar für ausgesprochen unwahrscheinlich, aber wenn sie ihn davon abhielt es zu versuchen, würden sie es nie erfahren.

So sehr ihr die Idee auch missfiel, sie würde den Versuch zähneknirschend unterstützen müssen.

Dann war da noch Paul. Hoffte er tatsächlich immer noch, dass sie mit ihnen Urlaub machte? Und wenn ja – was erhoffte er sich davon? Einerseits sprach er davon, wieder bei ihnen einzuziehen, andererseits fuhr er übers Wochenende mit dieser Daniela weg. Wie ging das denn zusammen?

Je länger sie darüber nachdachte, desto weniger nahm sie ihm die „Bikerkollegin" ab.

Auch egal. Wen hatte sie sich denn gestern Abend an ihre Seite gewünscht? Paul etwa?

Es wurde wirklich Zeit, dass sie der Realität ins Auge sah. Paul hatte sie zwar verlassen, aber sie hatte sich in einen anderen Mann verliebt.

In der Zwischenzeit war sie bei der Autobahnabfahrt angekommen.

Das Telefon surrte. Benny. Wo sie denn so lange bliebe.

Das Gespräch mit Benny verlief anders als geplant.

Kaum kam sie zur Tür herein, bellte er: „Du kannst mir die Schule gar nicht verbieten!"

„Ich will dir die Schule auch gar nicht verbieten, ich will doch auch …"

„Schon klar. Ich meine das Schigymnasium. Armins Vater sagt, ich könnte das auch bei Gericht durchsetzen."

Helga hatte eben ihren Trolley abgestellt. Jetzt drehte sie sich langsam zu ihm um: „Bitte wie?"

„Ja, da staunst du, was! Du kannst mir das nicht versauen, das nicht!", schrie er.

„Benny!"

„Ist doch wahr. Alles machst du mir kaputt. Du lässt mich ja nicht einmal mit Papa Motorrad fahren."

Während Helga mechanisch Käse, Brot und Butter auf den Tisch stellte, atmete sie kräftig durch und bemühte sich um einen ruhigen Ton. „Was hat das jetzt mit deiner Schule zu tun?"

„Du hast einfach null Peilung. Es geht immer nur um dich! Armins Vater sagt, ich könnte beantragen, dass Papa das Sorgerecht bekommt."

Noch nie hatte Helga sich dermaßen über ihren Sohn geärgert. Sie drehte sich langsam um, sah ihn an und sagte ganz ruhig: „Dann mach das!" Damit ging sie ins Bad. Eine kühle Dusche war jetzt genau das Richtige.

Auch am nächsten Morgen sprachen sie nur das Allernötigste, und schon am Nachmittag rief Paul an.

„Ich glaube, wir müssen reden."

„Das glaube ich auch."

„Wollen wir zu dritt, oder wäre es dir lieber, wenn wir beide …"

„Heute sollte Benny auf jeden Fall dabei sein. Ich erwarte euch um sechs. Es gibt Nudelsalat."

Helga war über sich selbst erstaunt. In Anbetracht der Umstände war sie ganz ruhig. Sie wusste ja jetzt, was zu tun war.

Als sie gegen fünf nach Hause kam, war Benny bereits auf seinem Zimmer, rührte sich aber nicht. Kein Problem, Hauptsache, er war da. Erst als Paul kurz nach sechs sein Motorrad abstellte, kam er auf die Terrasse.

Die Begrüßung verlief kühl. Helga hatte den Tisch bereits für das Abendessen gedeckt. Mit Blümchen und hübschen Servietten. Aber so etwas war Paul noch nie aufgefallen.

Er ließ sich in den erstbesten Sessel fallen und sagte: „Schön habt ihr's hier, wisst ihr das?"

Helga gab keine Antwort, aber sie hatte verstanden. Gerade im Sommer war es in seiner Zwei-Zimmer-Wohnung sicher nur halb so schön.

Sie nahm Platz, sagte aber nichts.

„Tja, also", begann Paul. Sehr wohl schien er sich nicht zu fühlen. „Benny und ich haben uns heute unterhalten. Genau genommen haben wir schon mehrfach darüber geredet. Also, ich meine … Benny hat dir etwas zu sagen."

„Ich höre", sagte sie. Es klang kühler, als sie es beabsichtigt hatte. Sei's drum.

Benny versuchte cool dreinzuschauen. Mein Gott, wie süß. Um ein Haar wäre sie ihm entgegen gekommen, dann dachte sie an den vorherigen Abend und schwieg.

„Also, ich fänd's halt voll krass, wenn du Ja sagst. Ich meine, zu der Schule, die ich auf dem Radar habe."

„Wenn du dich gestern nicht so daneben benommen hättest, wüsstest du längst, dass ich mich entschlossen habe, dein Vorhaben zu unterstützen. Was allerdings nicht heißt, dass ich die Idee besonders prickelnd finde. Apropos prickelnd. Ihr könnt die Option auf das Hotelzimmer aufgeben. Ich werde nicht mit euch auf Urlaub fahren, sondern die zwei Wochen nützen, um zu Lars zu fliegen. Vielleicht findet ihr ja eine sportlichere Begleitung. Ich hole jetzt den Nudelsalat."

Nach dem Essen verzog sich Benny in sein Zimmer. Paul blieb noch sitzen, obwohl seine Mission doch erfüllt war.

„Wo bist du am Samstag eigentlich hingefahren? Du warst so schnell wieder weg", fragte er.

„Ich war bei meiner ehemaligen Chefin, Susanne, im Rosenschlösschen."

„Hast du wieder einen Kochkurs gemacht?"

Sieh an, daran konnte er sich noch erinnern. „Nein, diesmal habe ich Susanne in der Küche ausgeholfen."

„War dein Koch auch da?"

„Nein, Lars war leider nicht da." Während sie gedankenverloren mit ihrem Weinglas spielte, fragte sie: „Und wie war's bei euch?"

„Danke, wir hatten gutes Wetter."

„In ganz Österreich war gutes Wetter. Und sonst so?"

Er nickte. „Ja, eh ganz nett."

Was sollte er auch anderes sagen.

Lars

Klare Fischsuppe

1 l Fischfonds
300 g Fischfilets (Zander, Kabeljau, Lachs …)
8 Garnelen
2 Tomaten
100 g Lauch
4 Champignons
1 Eiweiß
4 cl trockener Wermut (Noilly Prat)
Basilikum, Kerbel, Dill
Einige Fäden Safran

Tomaten in heißes Wasser tauchen, schälen und entkernen – Kerne aufheben. 10 dag Fischfilet, Champignon, Lauch und Tomatenkerne faschieren, salzen und pfeffern = Klärfleisch. Fischfonds und Weißwein mit dem Klärfleisch vermischen und langsam zum Kochen bringen, dabei ständig umrühren, damit sich das Eiweiß nicht am Topfboden absetzt. Sobald der Klärkuchen aufsteigt, Suppe vom Herd nehmen und 20 Minuten ziehen lassen, dann durch ein feines Sieb (Tuch) seihen und Safranfäden zugeben. Restlichen Fisch in mundgerechte Stücke schneiden und gemeinsam mit den Tomatenspalten, den gekochten Garnelen und den gehackten Kräutern zur Suppe geben. Wer es gehaltvoller mag, kann auch gekochte Pasta und Gemüsestücke (etwa Wurzeljulienne, Erbsen) dazugeben.

Lars wusste nicht recht, was er von dem vor ihm liegenden Artikel halten sollte. Also las er ihn noch einmal:

> *Ein Spaziergang an der Alster lohnt sich immer, ein Besuch im Landhaus König ist bekanntlich nie ein Fehler. Doch diesmal wa-*

ren die Höhepunkte ausgeblieben. Zugegeben, der frische Spargel mit Sauce Hollandaise und dem feinen Beinschinken schmeckt nicht schlecht. Wer es mag und auf Kalorienzählen nicht angewiesen ist, kann sich auch ein Rumpsteak mit einer Sauce Bernaise schmecken lassen. Auf Buttersaucen ist man hier spezialisiert und mit Altbekanntem ist man im Landhaus gut aufgehoben.

Wer auf eine frische, leichte Küche Wert legt, hat es bei Meister König schon schwerer. Ausgefallene Kräuter wie Blattsenf, Zimtbasilikum und Blutampfer sucht man vergebens, und auch die klare Fischsuppe war ausdruckslos. Halten Sie sich lieber an den Cappuccino vom Hummer oder die Seezunge mit Blattspinat und buttrigem Kartoffelauflauf, die waren hier schon immer gut.

Was zum Henker war Blattsenf? Von Zimtbasilikum hatte er auch noch nie etwas gehört. Wurde er alt? Was hatten die bloß alle mit ihren Buttersaucen? Beatrix hatte auch immer daran herumgemäkelt.

Beatrix. Das war's! Wenn sie hinter den anderen Presseberichten steckte, könnte sie doch auch an diesem beteiligt sein. Aber wie sollte sie das angestellt haben?

Das perfide an diesem Artikel war ja, dass er nicht ganz schlecht – aber eben bei Weitem nicht gut war. Nicht gut genug, um dem Anspruch seines Restaurants gerecht zu werden. Dagegen konnte man sich kaum zur Wehr setzen.

Aber sein Plan stand ohnehin fest. Sobald Helga kam, würde er mit ihr an den Timmendorfer Strand fahren. Zum Glück hatte er noch ein Zimmer in diesem edlen Landhaus direkt an der Strandallee bekommen.

Gut, dass er Hans hatte, den konnte er getrost für zwei Tage allein lassen, gemeinsam mit den beiden Ruhetagen waren das schon mal vier Tage.

In sieben Tagen kam Helga.

Als Lars wie jeden Abend seinen Rundgang durch das Lokal machte, fragte ihn Konsul Eisenmagen, einer seiner langjährigen Stammgäste: „Stimmt es, dass Sie neuerdings Neger in ihrer Küche beschäftigen?"

Nun stieß Lars sich nicht unbedingt an dem Wort Neger. In seiner Kindheit hatten Mädchen mit Negerpuppen gespielt, im Kindergarten hatten sie „Zehn kleine Negerlein" gesungen, und wenn er gut bei Kasse war, hatte er sich Negerküsse gekauft. Dennoch irritierte ihn der Ton der Frage.

„Wie kommen Sie darauf?", fragte er bemüht lächelnd.

„Man erzählt sich, ihr neuer Sous-Chef sei ein Neger und käme aus Afrika."

„Mein neuer Sous-Chef heißt Hans und kommt aus Tirol."

„Aber ihr Oberkellner sagt, er sei schwarz", insistierte der Konsul.

„Das stimmt allerdings. Aber keine Angst, verehrter Konsul, er färbt nicht ab", entgegnete Lars mit einem Lächeln, verneigte sich knapp und ging weiter.

Nach dem Flop mit der schönen Beatrix war er froh, wieder einen tüchtigen Mann in der Küche zu haben, den würde er sich auch von seinen Stammgästen nicht madig machen lassen.

Nur noch drei Tage!

Helga kam am Sonntag - endlich! Am Dienstag fuhren sie dann Richtung Ostsee. Der Himmel war bedeckt, gerade richtig für eine Stadtbesichtigung in Lübeck, meinte Lars. Kaum saßen sie im Auto, telefonierte Helga erst mit Benny, dann mit ihrem Ex. Gut, zumindest wussten sie knapp vor Lübeck, dass die beiden gut angekommen waren. Die mussten ja zu nachtschlafender Zeit losgefahren sein. Ab morgen gingen sie in diesen Seil-Klettergarten. Das konnte noch heiter werden. Hoffentlich gewöhnte Helga sich an den Gedanken, immerhin blieben sie zwei Wochen, genau wie Helga.

Er würde jedenfalls sein Möglichstes tun, sie abzulenken. Sobald er sein Auto in der Nähe des Holsten-Tores geparkt hatte, sagte er mit großer Geste: „Madame, hier sehen Sie das Wahrzeichen Lübecks."

Damit ließ Helga sich nicht abspeisen. Sie hatte bereits ihren Reiseführer gezückt und las ihm laut vor:

„Das Holstentor, oder auch ‚Holstein-Tor', ist ein Stadttor, das die Altstadt der Hansestadt Lübeck nach Westen begrenzt. Das spätgotische

Gebäude gehört zu den Überresten der Befestigungsanlagen. Es ist neben dem Burgtor das einzige erhaltene Stadttor Lübecks."

Dann machte sie ein paar Fotos und fuhr fort: „Das Holstentor besteht aus Südturm, Nordturm und Mittelbau. Es hat vier Stockwerke, wobei das Erdgeschoss im Mittelbau entfällt."

Lars schwankte zwischen Ärger und Belustigung. Irgendwie hatte er sich das anders vorgestellt, weniger intellektuell, mehr romantisch. Sie schien es zu spüren, warf ihm von der Seite einen skeptischen Blick zu, steckte ihren Reiseführer in die Tasche und sagte: „Scheint dich ja brennend zu interessieren."

„Meine kleine Chouchou, ich bin zwar nur ein zugereister Hamburger, aber ich war schon mal hier."

„Auch wieder wahr", meinte sie und hängte sich endlich bei ihm ein. So gefiel ihm das schon viel besser. Sie schlenderten durch die Innenstadt, vorbei am Rathaus, hinüber zum Dom, dann zu den Teichen, tranken einen Kaffee, bummelten weiter zum Haus der Familie Mann und überlegten, wo sie eine kleine Mittagsrast halten sollten. Allzu viel durfte es nicht sein, schließlich speisten sie am Abend bei einem „Sterne-Kollegen", von dem er sich nicht nur ein hervorragendes Menü, sondern auch ein paar Infos in Sachen Beatrix versprach.

„Was macht dich eigentlich so sicher, dass wir diese Beatrix hier finden?", fragte Helga, als sie bei einem Glas Champagner auf „Variationen von Jakobsmuscheln auf indische Art" warteten.

„Dass sie hier in der Gegend arbeitet, weiß ich von Gisela. Was ich mir von dieser Fahrt, ganz abgesehen von der Freude, mit dir hier zu sein, sonst noch verspreche, ist schwer zu sagen. Ich habe jedenfalls nicht vor hinzugehen und zu fragen, warum sie mich fertig machen will. Mit der Methode bin ich schon bei Paulsen gescheitert."

„Wenn ich es recht verstanden habe, habt ihr dafür euren jahrzehntelangen Streit beendet."

„Haben wir. Fühlt sich gut an. Ich fürchte allerdings, dass die Sache mit Beatrix weniger gütlich enden könnte. Ah, da kommen ja unsere Jakobsmuscheln! Jetzt bin ich aber gespannt."

Nach dem Dessert kam der Chef des Hauses an ihren Tisch. Lars lobte ausführlich die verschiedenen Speisen und erkundigte sich, woher diese exzellenten Täubchen stammten, die sie zum Hauptgang genossen hatten. Nachdem ihm solchermaßen das Einvernehmen ausreichend hergestellt schien, fragte er nach Beatrix.

Bingo! Sein Kollege antwortete: „Also der Lasse, von der Fischerklause, der hat seit einiger Zeit eine neue Küchenchefin. Brauchte er auch, nachdem ihm seine Luise mit einem Stammgast davongelaufen ist. Adrette Person, die Neue."

„Du kennst sie?"

„Kennen wäre übertrieben, aber als ich letztens mit meiner Frau dort essen war, hat er sie uns kurz vorgestellt."

„Schlank, blond und mit Haaren auf den Zähnen?"

„Schlank und blond auf jeden Fall. Mehr kann ich nicht sagen, wir haben sie wirklich nur ganz kurz gesehen."

Der Mittwoch brachte die Sonne zurück. Hand in Hand spazierten sie über die Vorderzeile. Helga ließ sich zum Kauf eines ausgesprochen schicken Sommerkleides überreden, dann beobachteten sie das Treiben auf dem Wasser, bewunderten Segelschiffe, Fischkutter und Fährschiffe und ließen sich in einem der Cafés nieder.

Kaum hatten sie Platz genommen, sah Helga verstohlen auf ihr Smartphone. Lars konnte sich das Lachen nicht verkneifen.

„Was ist so witzig?", fragte sie irritiert.

„Ich fragte mich nur, welche Nachricht du erwartest. Die beiden sind ja noch nicht einmal richtig in ihrem Klettergarten angekommen."

„Du hast ja recht", gab sie seufzend zu, „aber die Sorge um ein Kind lässt sich nicht so leicht abstellen."

„Das mag ja sein, aber dein Sohn ist nicht allein in der Wildnis ausgesetzt. Er macht mit seinem Vater Urlaub in einem Klettergarten."

„In einem Seil-Klettergarten."

Anstelle einer Antwort legte er seine Hand auf die ihre und fragte, was sie trinken wolle.

Während sie in friedlichem Einvernehmen auf ihre Fruchtcocktails warteten, beschlossen sie, den Rest des Tages am Strand zu verbringen und abends in der *Fischerklause* zu essen.

Dass er das Rätsel um Beatrix schon am zweiten Abend lösen würde, damit hatte Lars nicht gerechnet.

Kaum hatten sie in der hübschen Veranda der *Fischerklause* Platz genommen, fiel ihm ein Mann auf, der mit einer feschen Rothaarigen an einem der Tische saß.

Genau genommen war ihm erst die fesche Rothaarige aufgefallen, aber das hätte er nicht laut zugegeben.

Jedenfalls kam ihm der Mann bekannt vor.

Die Speisekarte zeigte ganz eindeutig die Handschrift von Beatrix Walden. Es gab verschieden Varianten von Gemüsecurry, entweder als Beilage zum fangfrischen Fisch oder mit edlem Basmati-Reis als Hauptgang. Kein Zweifel, wer hier kochte.

Helga entschied sich für eines der Gemüsecurrys mit Huhn und Reis, Lars wählte gebratenen Lachs auf Blattspinat, dazu wählte er junge Kartoffeln und fragte höflich, ob er etwas Sauce Hollandaise dazu haben könnte. Die Küche ließ wissen, das sei kein Problem.

Während sie den Weißwein verkosteten, kam der Kellner wieder an den Tisch der Rothaarigen und stellte mit den Worten „Bitte sehr, Herr von Walden" zwei appetitlich angerichtete Teller vor die beiden.

Lars hätte sich beinahe mit der Hand auf den Kopf geschlagen. Natürlich! Das war Wolf von Walden, Kürzel WvW. Der bekannte Journalist. Er war auch schon einige Male im Landhaus König gewesen. Aber welche Verbindung gab es zwischen Beatrix Walden und Wolf von Walden? Ihr Mann konnte er wohl nicht sein.

Bevor sie das Lokal verließen, sandte Lars noch eine Karte in die Küche, mit besten Grüßen und dem Hinweis, alles wäre bestens, bloß die Hollandaise etwas wässrig gewesen.

Kaum im Hotelzimmer angekommen, befragten sie Google. Wolf von Walden hatte zwar keine jüngere Schwester, zumindest stand nichts davon im Internet, aber er hatte eine Tochter aus erster Ehe, und auf einem der Fotos war er eindeutig mit Beatrix abgebildet.

„Somit hätten wir einmal die Verbindung zur Presse", sinnierte Lars.

„Aber immer noch kein ausreichendes Motiv", gab Helga zu bedenken, die eben frisch geduscht und in ein großes Badetuch gewickelt aus dem Bad kam.

„Paulsen meint, sie sei weniger auf den Job aus gewesen, als auf einen Mann mit Restaurant. Dass ich geschieden bin, ist in Hamburg kein Geheimnis. Die eine oder andere Klatschzeitung hatte darüber berichtet. Tja, da war die Dame leider zu spät gekommen. Zu dem Zeitpunkt, als sie bei mir anheuerte, konnte ich gar nicht mehr bemerken, dass sie ihre Netze nach mir ausgeworfen hatte. Da war ich doch bereits in diese bezaubernde Wienerin verliebt!"

Sprach's und machte sich daran, die bezaubernde Wienerin aus ihrem Badetuch zu schälen.

Helga

Großmutters Marmorgugelhupf

200 g Butter
70 g Staubzucker
1 Pkg. Vanillezucker
Geriebene Zitronenschale
100 g Kochschokolade
70 g Kristallzucker
240 g griffiges Mehl
Fett und Brösel für die Form

Eier in Dotter und Eiklar trennen. Die weiche Butter mit dem Staubzucker schaumig rühren, Vanillezucker und Zitronenschale beifügen und die Eidotter nach und nach zugeben. Eiweiß zu steifem Schnee schlagen, dabei den Kristallzucker nach und nach zugeben. Dotterabtrieb, Schnee und Mehl vorsichtig miteinander vermengen – ein Drittel der Masse mit der geschmolzenen Schokolade vermengen. Die Form ausfetten, mit Bröseln bestreuen, erst die Hälfte der Dottermasse einfüllen, darauf die Schokolademasse und zuletzt den Rest der Dottermasse geben. Mit dem Kochlöffelstiel einmal durchziehen und die Masse im vorgeheizten Rohr bei etwa 160° ca. 70 Minuten backen, in der gestürzten Form auskühlen lassen.

Es war einfach himmlisch! So hatte Helga sich Urlaub immer vorgestellt – und Urlaub mit Lars war etwas ganz anderes als Urlaub mit Paul. Das lag nicht nur daran, dass Paul ihr Urlaubsquartier stets nach dem günstigsten Preis ausgesucht hatte. Sie hätte oft gern etwas stilvoller gewohnt.

„Hast du denn nie etwas gesagt?", fragte Lars, als sie ihm davon erzählte.

„Doch, schon, aber nachträglich glaube ich, er hat mich überhaupt nicht verstanden. Ihm hat doch nichts gefehlt. Es war auch nicht so, dass wir in heruntergewirtschafteten Gasthöfen gewohnt hätten. Aber günstig musste es eben sein. Und dann war da auch noch Benny. Für ihn musste es vor allem ausreichend Sportmöglichkeiten geben."

Sie hatten einfach vollkommen verschiedene Vorstellungen davon gehabt, was schön und erholsam war. So richtig fiel ihr das erst jetzt auf.

Anfangs waren ihre Urlaube natürlich ganz auf Benny abgestimmt gewesen. Zwei Wochen Lignano, ein kleiner Bungalow in einem Pinienwald. Helga hatte zumeist selbst gekocht oder sie hatten etwas Kaltes auf der Terrasse gegessen. Paul hatte mit Benny Sandburgen gebaut, manchmal war er Tennisspielen gegangen. Das war für alle okay gewesen.

Doch je älter Benny wurde, umso anspruchsvoller war das Sportprogramm geworden. Für Paul, der selbst sehr sportlich war, ein Glücksfall.

Helga erinnerte sich nur noch mit Grauen an ihren letzten gemeinsamen Wanderurlaub. Der Schlangenweg zum Raxkircherl etwa war für Paul und Benny überhaupt kein Thema gewesen, während sie selbst tausend Tode gestorben war. Und wenn sie an diese Klamm, in die die beiden sie geschleppt hatten, dachte, bekam sie jetzt noch Beklemmungen.

Der Weg, den sie heute mit Lars ging, war weit mehr nach ihrem Geschmack. Ein breiter Wanderweg, der von Travemünde nach Niendorf führte. Vier Kilometer pro Strecke, das war zu bewältigen. Auf der einen Seite die offene See, auf der anderen Wiesen und Felder. Ach Gott, was war die Welt doch schön!

Am Rand von Niendorf spazierten sie an gut gepflegten Einfamilienhäusern vorbei. Eines davon, ein schöner Bau im Landhaus-Stil mit einem riesigen Garten, brachte Helga ins Schwärmen.

Sie blieb stehen und sagte verträumt: „So sieht er aus, der Garten meiner Träume."

Im vorderen Teil wucherten bunte Blumen wild durcheinander, während im hinteren Teil ein Teich zu erkennen war, daneben eine tief hängende Trauerweide, die ausreichend Schatten bot.

„In so einem Garten könnte ich nach Lust und Laune Blumen und Gemüse anbauen, nicht nur ein paar Kräuter und Staudentomaten."

„Ich wusste gar nicht, dass du so eine Gartenfee bist", meinte Lars im Weitergehen.

„Ich habe ja nur dieses Minigärtchen, du kennst es ja. Meine Großmutter hatte einen richtig schönen Bauerngarten, mit allem was dazu gehört. Obst, Gemüse und Blumen. Das wuchs alles irgendwie harmonisch nebeneinander. Ich fand das toll und war gerne bei ihr. Nicht nur, weil sie einen ganz hervorragenden Marmorgugelhupf gemacht hat. Ich habe viel von ihr gelernt."

„Auch wie man köstlichen Marmorguglhupf macht?"

„Auch das!", lachte sie.

Plötzlich blieb er wie angewurzelt stehen. „So ein Landhaus, das wär doch was für uns! Was meinst du? Chouchou, das ist genial! Ich sehe es schon deutlich vor mir. Du betreust die Gäste und den Garten und baust all die frischen Kräuter an, die ich in der Küche brauche, um sie mit anderen regionalen Produkten zu köstlichen Gerichten zu verarbeiten. Kennst du eigentlich Zimtbasilikum und Blattsenf?"

Helga schüttelte lachend den Kopf. „Disqualifiziert mich das jetzt?"

„Nee, ich kenn's auch erst seit Kurzem. Chouchou, die Idee ist genial. Warum bin ich nicht schon früher darauf gekommen?"

„Vielleicht, weil wir uns noch gar nicht so lange kennen?"

Darauf ging Lars nicht ein, rief: „Chouchou, das ist überhaupt die Lösung! Wir machen unser eigenes Ding. Ein stilvolles Landhaus mit Restaurant und ein paar Gästezimmern. Das ist perfekt!"

„Spinner", lachte Helga und wollte ihn weiterziehen. Aber Lars stand noch immer da wie angewurzelt.

„Überleg doch mal. Du brauchst ohnehin einen Job, und ich kann doch überall kochen."

„Lars, wach auf! Mein Leben ist in Wien, deines in Hamburg!"

Endlich ging er weiter, legte seinen Arm um sie und sagte euphorisch: „So ist das jetzt, aber so muss es doch nicht bleiben. Genau genommen kann es so auch nicht bleiben, weil es mich wahnsinnig macht, wenn du immer so weit weg bist."

„Ach Lars, das geht mir doch ganz genauso."

„Aber?"

Sie lächelte ihn an: „Kein Aber."

„Dann ist's ja gut", meinte er zwinkernd und küsste sie auf den Mund – einfach so, mitten auf der Straße. Wenn ihre Mutter jetzt vorbei käme, die würde vor Schreck umfallen.

Helga freute sich wie verrückt, dass Lars offenbar ein so großes Potenzial in ihrer Beziehung sah. Wirklich schade, dass daraus nichts werden konnte. Aber das würde sie ihm jetzt nicht sagen - er würde es ohnehin nicht verstehen.

Als geborener Optimist glaubte er immer daran, dass alles ein gutes Ende nehmen würde – und ein gutes Ende war eines, das mit seinen Wünschen konform ging. Kindskopf. Er schien tatsächlich davon überzeugt, den Stein der Weisen gefunden zu haben. Für ihn war das die Lösung all ihrer Probleme! Wie ein ausgelassener Schuljunge sauste er davon, um ihnen ein Eis zu holen, während Helga es sich im Strandkorb bequem machte und gedankenverloren aufs Meer blickte.

Natürlich wäre es schön, mit Lars gemeinsam etwas Neues aufzubauen – aber es ging eben nicht. Vielleicht später einmal, wenn Benny maturiert hatte. Jetzt wollte sie die Zeit mit ihm einfach nur genießen. Wer weiß, wie lange noch?

Wie würde er reagieren, wenn sie ihm sagte …

„Chouchou! Träumst du?"

Lars hielt ihr eine Eistüte vor die Nase.

„Ach, du bist ein Schatz! Du warst aber schnell."

„Klar, ich wollte ja bald wieder bei dir sein", lachte er und ließ sich neben ihr im Strandkorb nieder.

„Was machen wir denn jetzt eigentlich mit dieser Beatrix?", fragte Helga, um ihn vom Thema Landhaus abzulenken.

„Keine Ahnung. Ist aber auch irgendwie egal. Ich bin jetzt ziemlich sicher, dass sie hinter all den Intrigen steckt. Aber wenn ich das Landhaus verkaufe, dann ist dieses Kapitel wohl auch beendet. Oder glaubst du, dass sie mich durch ganz Deutschland verfolgt?"

„Du willst das Landhaus verkaufen?"

„Wie sonst sollten wir unser gemeinsames Landhaus finanzieren? Hast du eigentlich schon eine Vorstellung, wo es stehen soll? Ich meine, hier ist

es sehr schön, aber wenn wir schon neu anfangen, könnten wir auch weiter nach Süden ziehen. Ins Allgäu vielleicht, oder in den Schwarzwald."
Der meinte das wirklich ernst!

Auch als sie nach Hamburg zurückkehrten, hielt Lars an seinen Plänen fest. Helga hatte alle Hände voll zu tun, ihn davon abzuhalten, sein Landhaus augenblicklich zum Verkauf anzubieten. Zum Glück konnte sie ihn davon überzeugen, dass er erst mit seinem Steuerberater sprechen musste, und der war gottlob zurzeit im Urlaub.

Im Übrigen beschloss sie, seinen Traum mitzuträumen – für die Dauer ihres Urlaubs. Schließlich war es ein sehr schöner Traum, und nur manchmal versuchte sie, sich gegen das aufkommende Hochgefühl zu wehren. Sie wusste schließlich, dass es nichts werden konnte. Manchmal aber überließ sie sich voll und ganz den schönen Träumen.

Es gab eben Phasen im Leben, in denen man rundum glücklich war, so wie jetzt, und andere, in denen alles unerträglich schien. Sie wusste, dass diese Zeiten auf sie warteten, denn Lars, diese seltsame Mischung aus reifem Mann und übermütigem Jungen, zog sie täglich mehr in seinen Bann. Sie mochte den kapriziösen Chefkoch ebenso wie den unkomplizierten Freund und den sensiblen Liebhaber – und sie würde alles tun, um ihn so lange wie möglich behalten zu können. Er tat ihr einfach verdammt gut.

Am Abend vor ihrer Rückreise fragte Lars: „Wann wirst du es deinen Männern sagen?"

Sie hatte diese Frage erwartet – und befürchtet. So nebenbei wie möglich antwortete sie: „Ich weiß nicht recht. Das muss sich ergeben", dann widmete sie sich wieder dem Packen ihres Koffers.

„Wirst du das Reihenhaus verkaufen?"

„Es gehört mir ja nicht allein, ich habe nur jetzt das Wohnrecht, gemeinsam mit Benny."

„Also schön. Werdet *ihr* das Reihenhaus verkaufen?"

„Lars, das weiß ich noch nicht. Das hängt von so vielen Dingen ab. Gibst du mir bitte den Pulli herüber?"

Er reichte ihr den hellgelben Pulli, sagte aber nichts und sah sie erwartungsvoll an.

„Ich muss doch erst abwarten, was Benny sagt, und wie es mit seiner Schule weitergeht."

„Wann glaubst du, kannst du es entscheiden? Ich meine, wir müssen doch disponieren. Außerdem weiß ich immer noch nicht, wo genau unser Traumhaus stehen soll. Sobald das geklärt ist, könnte Annabell einmal vorsichtig ihre Fühler ausstrecken."

Helga hätte am liebsten losgeheult. Vielleicht war es doch keine gute Idee gewesen, so zu tun, als könnte sie alle Brücken hinter sich abbrechen und mit ihm ein neues Leben beginnen. Zum Glück waren sie mit ihrer Detailplanung noch nicht allzu weit gekommen, weil Lars täglich eine andere Idee hatte. Sie hatte das bisher milde belächelt, jetzt diente es ihr als willkommene Ausrede.

„Lars, wir sollten das langsam angehen. Wir wissen doch noch gar nicht, was genau wir wollen."

Er hielt sie im Vorbeigehen fest. „Doch, Chouchou, das weiß ich ganz genau. Ich will mit dir zusammen sein."

„Das will ich ja auch, aber wir haben doch Zeit!"

Er sah sie erstaunt an. „Meine Liebe, so jung bin ich nun auch wieder nicht mehr. Ende Oktober werde ich 55. Ich hoffe übrigens, du hast den Termin notiert. Ich plane ein kleines Fest."

„Willst du dir dein Geburtstagsmenü auch selber kochen, so wie meine Ex-Schwiegermutter?", versuchte sie abzulenken.

„Keineswegs. Wir werden bei Frauke im Alten Land feiern."

„Die Arme! Dann bleibt die ganze Arbeit wieder an ihr hängen?", versuchte es Helga neuerlich mit Ablenkung. „Das hat sie davon, dass sie so pathologisch hilfsbereit ist."

Aber Lars ließ sich nicht vom Thema abbringen. Er antwortete nur kurz: „Paulsen wird kochen", dann kehrte er zum Thema zurück. „Ich werde nächste Woche mit meinem Steuerberater reden, dann weiß ich bestimmt mehr. Danach werde ich mich mit Annabell beraten. Sie meint, es wäre zu überlegen, ob ich das Landhaus verkaufen muss oder eventuell nur das Lokal verpachte. Aber parallel dazu sollten wir mit der

Suche beginnen, schon um unseren Finanzbedarf abzuchecken, meint Annabell."

„Wann hast du denn mit Annabell gesprochen?"

„Gestern Vormittag, während du beim Friseur warst."

„Hast du gar nicht erzählt."

„Habe ich doch, jetzt eben."

„Jetzt warte doch erstmal ab, was der Steuerberater dir rät", setzte Helga weiter auf Verzögerungstaktik. „In der Zwischenzeit sehe ich, wie es bei mir weitergeht, und wenn ich zu deiner Geburtstagsfete komme, besprechen wir alles Weitere", setzte sie schmeichelnd hinzu.

„So spät? Willst du damit andeuten, dass wir uns erst Ende Oktober sehen?"

Helga zuckte die Schultern.

„Chouchou, das ist Quatsch! Ich komme sicher zwischendurch nach Wien. Außerdem sehen wir uns doch, wenn ich Ende August bei Susanne meinen Kochkurs abhalte."

Stimmt. Daran hatte sie gar nicht gedacht.

„Lars, bitte, mach mir keinen Druck. Schau, als ich vor zwei Wochen hier angekommen bin, gab es diese Idee noch gar nicht, und jetzt soll ich meine ganzes Leben auf den Kopf stellen."

„Ich stelle meines doch auch auf den Kopf!"

„Ja, schon, aber bei mir ist es eben anders – nicht so einfach."

Er stand auf. Sein Blick sprach Bände. „Kann es sein, dass du gar nicht mit mir leben willst?", fragte er gefährlich leise.

„Nein, das kann nicht sein!", schrie sie, um dann etwas leiser hinzuzusetzen: „Aber zwischen wollen und dürfen ist halt ein Unterschied."

„Was heißt das, du *darfst* nicht mit mir glücklich sein?"

„Lars, ich habe einen Sohn."

„Weiß ich, hab ihn sogar schon mal gesehen."

„Das heißt, ich habe Verantwortung."

„Ich bin ohnehin nicht davon ausgegangen, dass du ihn alleine im Reihenhaus zurücklässt."

Sie wollte schon erwidern, dass er einfach keine Ahnung habe, doch dann seufzte sie nur und ging ins Bad, um ihr Beauty-Case zu packen.

Lars

Sommerliche Limonade

Holundersirup
Zitronenscheiben
Minzblätter
Mineralwasser
Eiswürfel

Holundersirup mit den Zitronenspalten und den Minzblättern in eine Karaffe geben, mit Mineralwasser aufgießen, Eiswürfel zugeben. Gegen Abend könnte man das Mineralwasser – zumindest teilweise – durch Prosecco ersetzen.

Es gab nur wenige Momente, in denen Lars nicht von sich überzeugt war, jetzt war so einer. Er zweifelte an sich – und an Helga.

Konnte es sein, dass er sie total falsch eingeschätzt hatte?

Nein, das konnte nicht sein.

Seit ihrer Abreise waren zehn Tage vergangen. Sie hatten ebenso viele unbefriedigende Telefongespräche geführt und unzählige Mails hin- und hergeschickt. Herausgekommen war nichts.

Er musste mit jemandem darüber reden, aber pronto, sonst würde er noch wahnsinnig werden.

Aber mit wem? Annabell war auf Sylt, Silke im Hochzeitsstress. Nach seiner raschen, einvernehmlichen Scheidung, wollte ihr Professor nun so schnell wie möglich heiraten.

Bei den Jansens war Hochsaison.

Annabell hatte ihn zwar wissen lassen, dass sie sich jederzeit über seinen Besuch freuen würde, aber seit sie ihm angeboten hatte, er könnte auch bei ihr übernachten, war er auf der Hut. Eine Affäre mit seiner Exfrau wäre genau das, was er jetzt noch brauchen konnte. Dann schon lieber Silke. Sie würde ihn zwischen zwei OPs einschieben – auch kein so prickelnder Gedanke.

Blieben die Jansens. Er hätte Frauke gern zum Essen ausgeführt, aber Frauke hatte nur gesagt: „Derzeit völlig unmöglich!"

„Weil ihr so viel zu tun habt?"

„Das auch. Glaub mir, es wäre wirklich besser, du kämst zu uns."

Na gut. Er wollte ohnehin seine Mutter besuchen. Nicht dass er eines Tages kam und sie nicht mehr wusste, wer er war.

Sie vereinbarten ein Treffen für Dienstag. Er würde davor noch einen Gärtner bei Buxtehude besuchen, der ihm eine Auswahl ganz neuer Kräuter versprochen hatte.

Der Mann hatte den Betrieb erst kürzlich von seinen Eltern übernommen. Er war jung, dynamisch, voller Pläne – und er kannte Zimtbasilikum ebenso wie Blattsenf und Blutampfer.

Auf dem Weg von Buxtehude zu den Jansens überlegte Lars, dass er seine Kräuter in Zukunft vielleicht ganz woanders kaufen würde. Er wusste bloß noch nicht wo.

Vielleicht würde es Helga die Entscheidung erleichtern, wenn in der Nähe ein Schigymnasium wäre. Allerdings musste man erst einmal abwarten, ob Benny wirklich aufgenommen wurde – woran er ehrlicherweise Zweifel hatte. Sicher war er nicht der einzige junge Mann, der von einer Karriere als Schirennläufer träumte.

Er fuhr flott, überholte zügig. Sinnlos, da er ohnehin zu früh dran war. Also blieb er im nächsten Ort stehen, kaufte sich einen Kaffee und schlenderte durch die Gassen.

Als er an einer Kirche vorbeikam, hatte er plötzlich den Wunsch, hineinzugehen. Er hatte seit Jahren keinen Fuß in eine Kirche gesetzt, warum, konnte er nicht sagen. Er war zwar nicht besonders religiös, aber auch weit davon entfernt, ein Agnostiker zu sein. Ein Weiterleben nach dem Tode würde seiner optimistischen Grundeinstellung durchaus entsprechen. In der Stille der Kirche nahm er sich vor, darüber nachzudenken. Er wollte wiederkommen – und gemeinsam mit Helga darüber nachdenken.

Aber davor musste ihm noch etwas einfallen!

„Was machst du denn da?", hörte Lars die energische Stimme seiner Mutter.

Jetzt erst fiel ihm auf, dass er aus den Fransen von Fraukes Tischtuch Zöpfe geflochten hatte. Jede Menge Zöpfe.

„Ich wollte … also … ich weiß eigentlich nicht, was ich wollte."

Sie warf ihm einen skeptischen Blick zu und nahm neben ihm Platz. „Vielleicht solltest du auch einmal ausspannen. Das Klima hier ist wirklich sehr beruhigend. Immer diese Hektik im Betrieb, und dann auch noch bei dieser Hitze. Du bist schließlich auch nicht mehr der Jüngste!"

Na bravo. Vielleicht war es ja das. Vielleicht war er für Helga einfach zu alt. Diese Erkenntnis machte seine Stimmung nicht besser. Zum Glück kam Frauke mit einem Krug frischer Limonade aus dem Haus.

„Was bringst du uns denn da Köstliches?", fragte er, nur um etwas Unverfängliches zu sagen.

„Holundersaft mit Minze und Limetten, kennst du doch."

Da er am letzten Abend zu tief ins Glas geschaut hatte, kam ihm die Erfrischung gerade recht. Weniger recht war ihm, dass Sekunden später Dora mit einer Freundin und dann auch noch Jens aufkreuzten, der versuchte, ihn in ein Gespräch über die Flüchtlingskrise zu verwickeln. Zugegeben, das war furchtbar, aber er hatte zurzeit andere Sorgen. Sorgen, über die er reden musste – aber an ein vernünftiges Gespräch mit Frauke war im Moment nicht zu denken. Genau deshalb hätte er sie ja lieber zum Essen ausgeführt. Er war nun wirklich kein Miesepeter, aber diesmal kostete es ihn einige Mühe, aufmerksam und heiter zu erscheinen.

Er versuchte Fraukes Blick einzufangen, seine Augen signalisierten: „Lass uns bloß von hier verschwinden!"

Doch es dauerte noch eine halbe Ewigkeit, bis es ihr gelang, Dora samt Freundin dazu zu überreden, mit Oma Elsa eine Runde „Mensch ärgere Dich nicht" zu spielen. Dann war da immer noch Jens, der schweigend die Stellung gehalten hatte, ehe auch er wortlos davonging.

„Was hat er denn?", fragte Lars.

„Schlechte Laune."

„Und warum?"

„Weil ich nicht seiner Meinung bin. Aber du bist sicher nicht gekommen, um über Jens und mich zu reden. Komm, lass uns zum Kanal hinuntergehen."

„Vielleicht tut es mir gut zu hören, dass Zweisamkeit auch nicht immer der Schlüssel zur ewigen Glückseligkeit ist", meinte er im Aufstehen, nahm noch einen Schluck der köstlich kühlen Limonade, dann machten sie sich auf den Weg.

„Wusstest du das nach drei gescheiterten Ehen immer noch nicht?", nahm Frauke den Gesprächsfaden wieder auf.

„Meine Ehen sind nicht gescheitert …"

„Ich weiß, wir haben alle nur eingesehen, dass unser gemeinsamer Weg an einer bestimmten Stelle zu Ende war. Warum wohl?"

Darüber wollte er jetzt nicht nachdenken, daher sagte er:

„Schnee von gestern. Erzähl! Was ist los mit euch?"

„Wie gesagt, wir sind unterschiedlicher Meinung, das ist alles."

„Das soll schon mal vorkommen."

„Richtig, aber langsam sollte einer von uns nachgeben und ich sehe nicht ein, warum ich das sein sollte."

Lars nickte. „So geht es Jens bestimmt auch."

„Aber er ist im Unrecht!"

„Sagt wer?"

„Sag, auf welcher Seite stehst du eigentlich?", blaffte Frauke ihn an und blieb abrupt stehen.

„Keine Ahnung, ich weiß ja noch nicht einmal, worum es geht."

„Es geht darum, eine syrische Familie mit zwei Kindern, die derzeit bei uns als Erntehelfer arbeitet, während der Wintersaison in eines unserer Fremdenzimmer aufzunehmen."

„Und das willst du nicht? Verständlich."

Frauke warf ihm einen giftigen Blick zu. „Das war meine Idee! Jens will es nicht, wegen Dora und Oma Elsa."

„Was hätten Dora und meine Mutter denn zu befürchten?"

„Das kann er offenbar auch nicht so genau sagen. Deswegen wirft er lieber mit Schlagworten um sich. Nennt mich wahlweise einen pathologischen Gutmenschen – oder eine gedankenlose Mutter. Ganz wie's gerade passt."

„Soll ich mit ihm reden?"

„Bloß nicht! Reden wir lieber von dir. Waren die zwei Wochen mit Helga schon zu lang? Hattet ihr Streit?"

„Die zwei Wochen waren traumhaft, wir haben beschlossen, gemeinsam ganz neu anzufangen. Verstehst du?"

„Kein Wort."

Er hängte sich bei ihr ein, erzählte, wie herrlich es in Travemünde gewesen sei, wie traumhaft sie gegessen hätten, und wie sie auf die Idee gekommen waren, gemeinsam noch einmal von vorn anzufangen.

„Wessen Idee war das?", fragte Frauke dazwischen.

„Kann ich nicht mehr sagen. Alles begann mit einem Garten. Helga meinte, so einen hätte sie sich immer gewünscht. Na ja, dann gab eben ein Wort das andere. Es hat sich einfach so ergeben, verstehst du? Ist doch auch nicht wichtig. Der Punkt ist, dass Helga, jetzt, wo es ernst wird, scheinbar kneift."

„Wie kneift man ‚scheinbar'?"

Er sah sie fragend an.

„Na, kneift sie oder kneift sie nicht?"

„Sie zögert einfach alles heraus und tut, als hätten wir alle Zeit der Welt. Aber wir sind doch nicht mehr die Jüngsten. Heute habe ich noch die Kraft, einmal von vorne anzufangen."

„Morgen nicht mehr?"

Lars schüttelte missmutig den Kopf. „Du kannst aber auch Fragen stellen."

„Du verlangst einen mutigen Schritt von Helga. Einen sehr mutigen Schritt sogar, und ich glaube ehrlich gesagt nicht, dass Mut zu ihren hervorstechendsten Eigenschaften gehört.

Vielleicht musst du ihr einfach mehr Zeit lassen."

„Wie lange will sie denn noch warten? Bis wir Hand in Hand im Seniorenheim einmarschieren?"

Helga

Pizza à la Casa (für 2 Personen)

200 g glattes Mehl
15 g Germ (Hefe), zerbröselt
3 EL Öl
1 Dotter
Etwas lauwarmes Wasser, Salz
2 EL Tomatenmark
4 EL passierte Tomaten
1 Dose Thunfisch
100 g gekochten Beinschinken
1 Zwiebel, fein geschnitten
250 g Gouda, gerieben
Olivenöl mit Oregano zum Beträufeln

Aus Mehl, Germ, Öl, Salz, Eidotter und lauwarmem Wasser (vorsichtig nach Bedarf zugeben) einen glatten Teig bereiten und zugedeckt an einer warmen Stelle etwa 30 Minuten gehen lassen. Olivenöl und Oregano vermischen. Den Käse reiben, Tomatenmark und passierte Tomaten vermengen, evtl. etwas würzen. Den Teig in auf einer bemehlten Unterlage in Backblechgröße ausrollen, mit der Tomatenmischung bestreichen, Thunfisch, Schinken und Zwiebel darauf verteilen und mit dem geriebenen Käse bestreuen. Im Backrohr (Pizzastufe) 10-15 Minuten backen, mit dem Oregano-Öl-Gemisch beträufeln.

„Lars bietet mir nicht mehr und nicht weniger als ein neues Leben!" Helga warf den Kopf in den Nacken.

„Ist dein altes so schlecht, dass du es eintauschen musst?", fragte ihre Mutter. Es klang pikiert. So, als ob sie daran schuld sein könnte.

Helga hatte sich das auch schon gefragt. Mehrmals. Deswegen konnte sie jetzt zügig antworten: „Es geht doch nicht um die Vergangenheit, es geht um die Zukunft."

„Und du möchtest deine Zukunft mit diesem … Hanswurst von einem Koch verbringen?"

„Mutter!"

Helgas Vater, der wie immer in der Mitte saß, legte seine Rechte begütigend auf Helgas Arm, mit der Linken tätschelte er die Hand seiner Frau. „Piano, meine Damen, piano. Herr König ist sicher kein Hanswurst, aber ist er der romantische Märchenprinz, den du dir erträumst hast?"

Helga lächelte. „Ach Papa, die Zeit der romantischen Märchenprinzen liegt längst hinter mir. Paul war ja auch keiner."

„Stimmt", warf ihre Mutter dazwischen.

Helga ging nicht darauf ein. „Was ich brauche, ist ein Mann, mit dem auch der Alltag Spaß macht."

„Hört, hört. Die Spaßgesellschaft hat auch unsere Tochter erreicht. Es geht im Leben aber nicht nur um Spaß", kam es neuerlich von ihrer Mutter.

Helga antwortete mit einem Seufzer und einem vorwurfsvollen Blick. Ihr Vater hingegen meinte: „Nicht nur, das stimmt schon, aber ein wenig Spaß kann auch nicht schaden, schließlich hat jeder nur dieses eine Leben." Dann stand er auf, um drei Kristallschwenker und die Karaffe mit dem Cognac zu holen, was selten vorkam.

„Lars ist ein so lebensfroher Mensch, er tut mir einfach gut." Helga prostete ihren Eltern zu und nippte an ihrem Cognac, ehe sie fortfuhr: „Schwermut scheint er überhaupt nicht zu kennen und allein seine Gegenwart macht mich …", sie zögerte, dann setzte sie hinzu: „irgendwie fröhlicher."

Ihr Vater nahm einen kräftigen Schluck. „Das klingt, als hättest du dich bereits entschieden."

Helga machte eine wegwerfende Handbewegung. „Wenn das so leicht wäre! Benny weigert sich mit uns irgendwo hinzugehen. Egal wohin. Also kommt es vorerst leider nicht infrage."

„Du lässt dir von deinem Sohn vorschreiben, wie und wo du leben sollst?", rief ihre Mutter ungläubig.

„Das müsste doch ganz in deinem Sinne sein", antwortete Helga spitz.

Ihre Mutter schüttelte den Kopf: „Da hast du etwas falsch verstanden, meine Liebe! Ich halte diesen Lars zwar weiterhin für einen Kasperl, aber das heißt noch lange nicht, dass ich es gut finde, wenn du dir von einem dreizehnjährigen Lausbuben vorschreiben lässt, wie du dein Leben gestaltest. Ich meine, dieser Lars ist zwar nicht mein Typ, aber doch sicher einer, der bei intellektuell weniger anspruchsvollen Frauen ganz gut ankommt. Glaubst du wirklich, der wartet, bis Benny erwachsen ist?"

Die Frage hatte Helga sich auch schon gestellt - und beantwortet: Sicher nicht!

Helga konnte sich nicht daran erinnern, sich jemals dermaßen zerrissen gefühlt zu haben. Geplagt von Zukunftsängsten wälzte sie sich im Bett herum. An Schlaf war nicht zu denken. In fünf Tagen würde sie Lars wiedersehen. Bis dahin erhoffte er sich eine Antwort. Er hatte zwar letztens gemeint, er wolle sie nicht drängen, aber sie hatte den Eindruck gehabt, dass diese Floskel eher seiner Höflichkeit als seinem Verständnis für ihre Situation zuzuschreiben war.

Sie war an einer Wegkreuzung angelangt und hatte das unbestimmte Gefühl, dass beide Wege in die Hölle führten.

Seit Benny auf der Welt war, hatte sie ihre Bedürfnisse ganz selbstverständlich hintenangestellt. Diesmal fragte sie sich zum allerersten Mal, ob das immer so sein musste. Wie kam er eigentlich dazu, ein derartiges Opfer von ihr zu verlangen?

Und wenn sie es schon brachte, könnte er wenigstens ein wenig netter zu ihr sein. Als sie ihm gesagt hatte, dass sie seinetwegen hierbleiben würde, hatte der Bengel doch prompt zur Antwort gegeben: „Nicht notwendig. Ein Jahr noch, dann bin ich sowieso weg. Bis dahin kann ich auch bei Papa bleiben."

Im Gegensatz zu ihr, hielt Benny an seinen Plänen fest. Er wollte aufs Schigymnasium – koste es, was es wolle. Woher der Bub nur diese Entschlusskraft hatte?

Gestern hatte sie, wenn auch ungern, die notwendigen Anmeldungsformulare unterschrieben. Davor hatte sie sich im Internet schlau gemacht. Seine Chancen, angenommen zu werden, waren gering.

Als der Wecker klingelte, fühlte sie sich, als hätte sie die ganze Nacht kein Auge zugetan. Deshalb entschied sie sich ausnahmsweise für Kaffee. Während sie mit geübten Handgriffen das Frühstück und Bennys Pausenbrote zubereitete, klingelte ihr Telefon.

Paul. Auch das noch.

„Was gibt's?", fragte sie missmutig.

„Wir sollten reden."

„Nicht notwendig. Ich habe Bennys Anmeldeformulare bereits unterschrieben – und auch sonst bleibt alles beim Alten."

„Bleibt es eben nicht. Hast du heute Abend Zeit?"

„Von mir aus kannst du vorbeikommen, aber nicht vor 19 Uhr."

„Ich könnte Pizza mitbringen."

„Für mich lieber einen Salat."

„In Ordnung. Dann bis heute Abend. Ich freue mich!"

„Ich nicht", antwortete Helga, aber da hatte Paul schon aufgelegt.

Sie war müde, sie war so entsetzlich müde.

Paul kam wie immer etwas verspätet, dafür brachte er drei Pizzen und zwei Salatschüsseln mit Schinken und Käse.

„Wer soll denn das alles essen?", fragte Helga.

„Mach dir darüber mal keine Sorgen. Ich habe Hunger und Benny sicher auch."

Früher hätte sie den beiden an dieser Stelle einen Vortrag über vernünftige Kalorienzufuhr gehalten. Heute war sie zu müde. Wortlos füllte sie den Salat in eine adrette Schüssel, legte eine der Pizzen ins Rohr, während sie die beiden anderen in gefällige Stücke schnitt und auf eine Platte legte. Paul und Benny saßen bereits bei Tisch.

„Mahlzeit!"

Während Paul sich Salat und Pizzaschnitten auf seinen Teller lud, sagte er: „Ich habe eine Neuigkeit für euch."

„Hoffentlich eine gute", murmelte Helga, während sie ein Salatblatt zerschnitt. Wer machte denn sowas? Wie konnte man nur so große Blätter in den Salat tun?

„Meine Firma hat mir die Leitung unserer Zweigstelle in London angeboten. Was sagt ihr dazu?"

„In echt?", murmelte Benny mit vollem Mund.

„Kannst du das denn?", fragte Helga.

Paul lachte. „Meinst du, sie hätten mich sonst gefragt?"

„Das heißt du hast dich bereits entschieden?"

„Helga, so ein Angebot bekommt man nur einmal im Leben."

Sie schnappte vor Empörung nach Luft. Für ihn war das offenbar alles ganz einfach. Er würde seine Chance ergreifen, keine Frage. Und sie?

Helga stand auf, um sich ein Glas Wein zu holen. Wasser war ihr plötzlich nicht mehr genug. Während sie die Weinflasche entkorkte, hörte sie Benny fragen: „Aber zu Weihnachten kommst du doch wieder, wegen Schifahren und so."

„Na klar. Ich komme mindestens einmal im Monat nach Wien, manchmal vielleicht auch zweimal, schon wegen des monatlichen Zweigstellenleitertreffens. Deswegen werde ich auch meine Wohnung nicht aufgeben. Zahlt alles die Firma."

„Wann beginnst du?", fragte Helga knapp.

„Anfang November. Aber ich fliege nächste Woche hinüber, um mir alles anzusehen. Ich dachte, ihr könntet vielleicht mitkommen."

„Ja, klar", meinte Benny kauend.

„Ich sicher nicht", antwortete Helga entschieden.

Paul sah sie erstaunt an und fügte hinzu: „Ich lade euch auch ein."

Helga hielt sich nicht für besonders aggressiv, aber jetzt hätte sie ihm am liebsten eine geklebt. Was dachte der Mann sich eigentlich?

„Kommt nicht infrage!"

„Warum bist du denn so biestig?", wollte Paul wissen.

„Ich? Biestig? Sag, tickst du noch richtig? Du spazierst hier herein und erklärst uns freudestrahlend, dass du nach London übersiedelst."

Paul schien verwirrt. „Ich dachte, du freust dich."

„Warum sollte ich?"

„Warum nicht?"

Sie stand auf, schob dabei geräuschvoll ihren Sessel zurück und zischte: „Ich möchte jetzt allein sein."

Während sie hinauseilte, hörte sie Paul fragen: „Weißt du, was sie hat?"

Sie schloss nachdrücklich die Tür, warf sich aufs Bett und schluchzte in ihr Kissen. Nach einigen Minuten drehte sie sich auf den Rücken und versuchte, ruhig zu atmen. Langsam legte sich ihre Wut und machte Platz für vernünftige Überlegungen. Erst jetzt wurde ihr klar, dass Paul von ihrem Zwiespalt und ihrem eigenen Wunsch nach Veränderung gar keine Ahnung hatte.

Sollte sie es ihm sagen? Aber was würde es ändern? Nichts würde es ändern.

Nach einigen Minuten klopfte Paul an ihre Tür. „Darf ich reinkommen?"

„Von mir aus", antwortete Helga und setzte sich auf.

„Ich weiß zwar nicht, was ich verbrochen habe, aber bevor ich jetzt gehe, wollte ich mich sicherheitshalber entschuldigen – und verabschieden."

Als sie in sein ratloses Gesicht sah, musste sie lächeln.

„Ich glaube, ich bin dir eine Erklärung schuldig. Hast du noch ein paar Minuten?"

Sie gingen in die Wohnküche. Die Reste des Salats und der Pizzen standen noch immer auf dem Esstisch, immerhin hatten sie Teller und Gläser in den Geschirrspüler geräumt, wie Helga mit einem Blick feststellte.

„Sollte ich etwas überreagiert haben, so liegt das möglicherweise daran, dass ich auch neu anfangen wollte – mit Lars."

„Ich habe zwar immer gehofft, dass aus uns beiden noch einmal etwas werden könnte ..."

„Hast du deswegen den Job in London angenommen?", warf sie dazwischen.

Er ging nicht darauf ein und fuhr seelenruhig fort: „Aber wenn es dir mit Lars so ernst ist, warum tust du's dann nicht?"

„Lars lebt bekanntlich nicht in Wien und Benny denkt nicht daran, irgendwo anders mit mir hinzugehen. Also bleibe ich hier. Vielleicht verstehst du meine Reaktion jetzt besser?"

Paul fuhr sich durch Haar, ein sicheres Zeichen dafür, dass er nachdachte. Dann sagte er gedehnt: „Na ja, aber jetzt, wo ich auch weg bin, sieht er das vielleicht anders. Außerdem, wenn er Glück hat, und man ihn in einer seiner Wunschschulen aufnimmt …?"

Er ließ den Satz in der Luft hängen.

„Und wenn nicht?", fragte Helga gereizt.

Paul fuhr sich wieder durchs Haar.

Helga

Pilzrisotto mit Heidelbeeren

250 g Risottoreis
700 ml Gemüse- oder Geflügelfonds
3 Schalotten, fein gewürfelt
2 Knoblauchzehen, fein gewürfelt
120 g Parmesan
50 ml Olivenöl
200 ml Sekt
400 g Pilze
80 g Butter
Salz, Pfeffer
1 Handvoll Heidelbeeren

Schalotten und Knoblauch in Olivenöl leicht anschwitzen, den gewaschenen Reis dazugeben, glasig andünsten, mit Sekt ablöschen, etwas einkochen lassen und unter ständigem Rühren langsam den Fonds zugießen, danach vom Herd nehmen, kalte Butter und gebratene Pilze untermischen, durchrühren, Beeren zugeben und mit Salz und Pfeffer abschmecken.

Ende August hatten sie das Thema von allen Seiten mehrfach durchgekaut. Benny blieb stur. Er ginge nächstes Jahr entweder auf ein Schigymnasium, oder er bliebe hier.

„Wegen dem Blödmann zieh ich doch nicht um!", lautete seine Standardantwort.

„Dann musst du eben, wenn es mit dem Schigymnasium nichts wird, in ein anderes Internat", meinte Paul seelenruhig. Die Kosten schienen ihn diesmal gar nicht zu beunruhigen. Vielleicht glaubte er selbst nicht an diese Möglichkeit.

„Aber ganz sicher nicht. Nicht mit mir!", schrie Benny.

Für Helga kam die Sache mit dem Internat zwar auch nicht infrage, nicht nur wegen der Kosten, aber Bennys Sturheit ärgerte sie ebenso wie der Ton, in dem er neuerdings mit ihr sprach. Deshalb sagte sie streng: „Einen anderen Ton, wenn ich bitten darf. Du bist ja hier nicht auf dem Schulhof!"

Daraufhin schrie Benny: „Du hast ja sowas von keine Peilung!", und rannte wutentbrannt davon.

„Davonlaufen ist auch keine Lösung", schrie sie ihm nach.

Jetzt war auch Paul wütend. „Du kommst sofort zurück!", donnerte er. Paul donnerte selten, aber wenn, dann ziemlich laut.

Benny kam tatsächlich, in seinen Augen funkelten Zornestränen.

Paul schien bemüht, versöhnlich zu klingen, aber seine Angespanntheit war unüberhörbar, als er sagte: „Wenn du darauf Wert legst, mit mir nach London zu kommen, solltest du dich bei deiner Mutter entschuldigen."

Das hatte der Junge dann auch getan – aber damit war ihr leider nicht geholfen.

Benny und Paul waren in der Zwischenzeit abgeflogen.

Mit Lars hatte Helga vereinbart, dass sie ihm beim Kochseminar im Rosenschlösschen endgültig Bescheid geben sollte.

So sehr sie sich auf das Wiedersehen freute, so sehr fürchtete sie es. Wie würde Lars auf ihre endgültige Absage reagieren?

Unlustig packte sie ihren kleinen Koffer. Morgen, gleich nach Büroschluss, würde sie sich auf den Weg machen.

Über Nacht war es Herbst geworden. Der Regen peitschte gegen die Windschutzscheibe und die Scheibenwischer hatten ordentlich zu tun. Auch das noch, dachte Helga, während sie auf das Rosenschlösschen zufuhr. Die wenigen Schritte vom Auto zum Eingang genügten, um ihr das Aussehen einer gebadeten Maus zu verleihen.

„Wie siehst du denn aus?", hatte Susanne anstelle einer Begrüßung gefragt, sie in die mollig-warme Wohnküche gezogen und ihr die nasse Jacke abgenommen.

„Eine schöne Tasse Tee oder lieber Kaffee?"

„Tee wäre fantastisch, danke!"

„Gerne, du kannst dich in der Zwischenzeit trockenlegen. Im Bad findest du alles was du brauchst, auch einen Föhn."

Zum Glück war Lars noch nicht da, sein Flieger hatte infolge einer Bombendrohung erhebliche Verspätung. So hatte Helga nicht nur Zeit, ihr Haar wieder in Form zu bringen, sondern auch, um Susanne von ihrem Dilemma zu erzählen – diesmal ließ sie nichts aus.

Als Helga sich alles von der Seele geredet hatte, meinte Susanne: „Immerhin scheinst du dich mit deinem Ex wieder besser zu verstehen. Weißt du in der Zwischenzeit eigentlich, woran eure Ehe gescheitert ist?"

Helga nickte. „Ich glaube, wir hatten einfach zu unterschiedliche Erwartungen an das Leben. Jeder lebte in seiner eigenen Welt – und wir haben es gar nicht bemerkt. Wir waren so sehr mit unserem Alltag beschäftigt, dass es uns einfach nicht aufgefallen ist."

„Und du meinst, mit Lars wird das anders?"

Helga ließ sich Zeit, ehe sie antwortete: „Schwer zu sagen. Mit ihm ist alles ganz anders. Lars strahlt so viel Stärke und Lebensfreude aus. Ich stelle es mir schön vor, mit ihm zu leben."

„Dann verstehe ich nicht, warum du's nicht tust!"

„Aber ich habe dir doch eben erklärt …"

Weiter kam sie nicht. Die ersten Gäste des Kochkurses kamen. Schade, sie hätte gern noch ein Weilchen mit Susanne geredet. Es tat einfach gut.

Lars kam als Letzter, sodass sie, außer für eine innige Umarmung, vorerst keine Zeit füreinander hatten.

Der erste Tag des Kochkurses begann mit einer kurzen Einführung und endete einem gemeinsamen Abendessen. Getreu dem Motto des Kurses „Raffiniert einfach für Gäste kochen", hatten Nina und Susanne ein Kürbisschaumsüppchen, Jägereintopf und eine Käseplatte vorbereitet. Lars hatte es sich natürlich nicht nehmen lassen, noch einen Hauch Chili in die Suppe zu geben und den Jägereintopf mit einem Schuss Cognac zu verfeinern. Susanne war dem Cognac erst skeptisch gegenüber gestanden, doch das Ergebnis hatte sie doch gutgeheißen.

Da einige Kursteilnehmer sich bereits von vorhergehenden Seminaren kannten, war die Stimmung gut, und als sich auch der letzte Gast verabschiedet hatte, war es knapp vor Mitternacht.

Helga hatte den unbeschwerten Abend genossen, dennoch war sie hundemüde, während Lars noch durchaus unternehmungslustig aussah. Sie bewunderte seine Vitalität, hätte sie doch selbst nichts dagegen gehabt, einfach nur Hand in Hand im Bett zu liegen. Ihr Wunsch wurde wahr, denn bis sie aus dem Bad kam, war er eingeschlafen.

Sie küsste ihn auf die Wange, legte sich dicht neben ihn und griff nach seiner Hand. Schön war das.

Am Samstagmorgen war es immer noch kühl, doch zumindest hatte es aufgehört zu regnen.

Nach dem Frühstück, zu dem Lars bereits in voller Kochmontur erschienen war, stand ein gemeinsamer Einkauf auf dem Wochenmarkt auf dem Programm.

„Mach dich auf etwas gefasst", hatte Susanne ihr zwinkernd zugeraunt. Offenbar war sie schon einmal mit ihm hier gewesen, denn Helga hörte einen Standler stöhnen:

„Jessas, da Chefkoch!"

Lars dozierte derweil: „Einkaufen braucht Zeit, Ihre volle Aufmerksamkeit und ist nichts für Feiglinge. Nur aus den besten Zutaten können wir die besten Gerichte herstellen." Dann beschnupperte er jede Tomate, befühlte jede Melanzani und kostete von den Trauben, ehe er sich doch für Brombeeren entschied.

Zurück im Rosenschlösschen wurde erst einmal diskutiert, was aus den Einkäufen gekocht werden sollte.

Neben Blattsalaten, Saiblingsfilet, Lammrücken und jeder Menge Gemüse und Kräutern hatten sie noch Eierschwammerl, Brombeeren, Heidelbeeren und Äpfel erstanden.

„Verehrte Freunde. Was sollen wir nun daraus machen?"

Der Vorschlag der Teilnehmer lautete: Saiblingsfilet und Eierschwammerl auf Blattsalaten, Lammrücken mit Ratatouille und als Dessert ein Beerenbecher.

Lars zog die Stirn in Falten. „Keine schlechte Idee. Aber was machen wir mit den Äpfeln?"

Ein Teilnehmer namens Klaus schlug vor, sie während des Kochens zu essen, und hatte damit die Lacher auf seiner Seite.

Lars lachte mit, dann schlug er sich mit der flachen Hand auf die Stirn: „Ich hab's! Wir machen ein Apfel-Crumble zum Dessert!"

„Und futtern die Beeren während des Kochens", meinte Klaus.

Lars wiegte den Kopf. „Aber nur die, die übrigbleiben, denn einen Teil könnten wir zum Pilzrisotto geben, das wir – nur so als Idee – als Zwischengang zum Saiblingsfilet servieren könnten. Sie werden sehen, die Beeren vertragen sich wunderbar mit den Pilzen, schließlich wachsen sie ja auch Seite an Seite. Sie geben dem Risotto den nötigen Säurekick. Den Lammrücken machen wir in einer Tomaten-Kräutersauce, dazu servieren wir einfach nur ein paar Rosmarin-Kartöffelchen. Wir haben doch ein paar Kartöffelchen, schönste Schlossherrin?"

Susanne bestätigte, dass Erdäpfel in ausreichender Menge vorrätig wären.

„Bliebe noch der Blattsalat. Was halten Sie davon, ihn ebenso schlicht wie hinreißend authentisch nur mit etwas Himbeeressig und Kernöl mariniert als Amuse-Geule zu reichen? Schließlich befinden wir uns hier in der Heimat des Kürbiskernöls."

Sein Vorschlag wurde einstimmig angenommen, schon konnte es losgehen.

„Er ist schon ein veritabler Schauspieler", flüsterte Susanne Helga zu, ehe sie sich an die abendliche Tischdekoration machten.

Auch an diesem Tag war für Privates keine Zeit geblieben, aber anders als am Vortag war Lars nach dem gemeinsamen Abendessen mit den Kursteilnehmern putzmunter.

„Ach, Liebste!", flüsterte er Helga ins Ohr, kaum dass sie aufs Zimmer gekommen waren, „endlich allein! Was habe ich mich nach dir gesehnt! Weißt du eigentlich, wie sehr ich leide, wenn du so weit weg bist?"

„Vermutlich kaum mehr als ich", versuchte Helga zu scherzen, doch sie ahnte bereits, welche Frage nun gleich kommen würde. Und da war sie auch schon!

Lars hielt sie immer noch eng umschlungen. „Wann, meine kleine Chouchou, können wir endlich zusammen sein?"

„Bis zu deinem Geburtstag sind es kaum acht Wochen", versuchte Helga ein letztes Ausweichmanöver, obwohl sie wusste, dass es sinnlos war. Gleich musste sie Farbe bekennen.

„Das habe ich aber nicht gemeint – und das weißt du auch!"

Stimmt, aber sie wusste doch, wie sehr ihn das, was sie ihm zu sagen hatte, verärgern würde. Sie wollte ihn doch nicht verlieren. Nicht jetzt schon, sie hatten doch bisher so wenig Zeit miteinander verbringen können.

„Mehr kann ich dir aber beim besten Willen nicht versprechen", antwortete sie mit einem Seufzer und merkte, wie die Intensität seiner Umarmung nachließ. Sie versuchte, ihn wieder an sich zu ziehen, spürte aber seinen Widerstand und löste sich schließlich ganz von ihm, ehe sie beinahe trotzig hinzufügte: „Das Schuljahr hat noch nicht einmal begonnen. Wir haben keine Ahnung, wo Benny nächstes Jahr zur Schule gehen wird. Außerdem kommt noch erschwerend hinzu, dass Paul nach London geht. Habe ich dir doch alles erzählt."

Lars sah sie nur an, dann fasste er zusammen: „Das heißt alle machen, was sie wollen, und wir müssen warten, was übrigbleibt?"

Genauso hatte sie es auch gesehen, aber als er es jetzt laut aussprach, antwortete sie spitz: „So ist das nun einmal, wenn man Mutter ist und Verantwortung hat!"

„Hat der Vater denn keine Verantwortung? Außerdem bin ich nicht der Meinung, dass das eine mit dem anderen etwas zu tun hat. Wenn Benny, wider Erwarten, eine der Aufnahmeprüfungen schaffen sollte, wird er entweder in Tirol oder in der Steiermark oder weiß der Teufel wo zur Schule gehen. Ganz egal, wo du wohnen wirst. Wenn nicht, wird er eben dort leben, wo wir leben. Wir können ihn ja in die Entscheidung einbinden."

Das fand Helga schon wieder süß, da ihr Bennys Einstellung zu diesem Thema aber hinreichend bekannt war, antwortete sie resigniert: „Das ist leider alles nicht so einfach, wie du es dir vorstellst!"

„Versteh ich nicht."

Das hatte sie befürchtet. Sie wandte sich ab, ging Richtung Bad und murmelte: „Da kann man eben nichts machen."

Mit zwei Schritten war er bei ihr und hielt sie am Arm fest. „Doch, erklär es mir!"

„Wie soll ich dir etwas erklären, das du weder verstehen kannst noch verstehen willst?", fragte sie aufmüpfig.

„Hältst du mich für zu dumm, weil ich nur Koch bin, oder meinst du, ich wäre zu unsensibel?"

Helga gab darauf keine Antwort, machte sich von ihm los und setzte ihren Weg ins Bad fort.

Sie duschte sehr ausgiebig, cremte sich sorgfältig ein und hoffte, dass er in der Zwischenzeit eingeschlafen sein würde, so wie gestern. Schließlich musste er todmüde sein.

Doch als sie ins Zimmer kam, saß er aufrecht im Bett und fragte halb bettelnd, halb kämpferisch: „Warum musst du dich bloß immer mit mir streiten, wo ich mich doch so auf dich gefreut habe?"

„Ich? Wieso bin ich jetzt wieder schuld?", fragte Helga entnervt, um sich gleich selbst die Antwort zu liefern: „Aber natürlich! Unsere Meinungsverschiedenheiten rühren ja immer daher, dass ich im Unrecht bin. Woher nimmst du eigentlich die Gewissheit, dass du alles besser weißt?"

Er sah sie erst erstaunt an, dann grinste er und erwiderte mit einem Zwinkern: „Ach, meine kleine Chouchou, es ist einfach so, dass ich bereits fünfzehn war, als du geboren wurdest." Er streckte seine Hand nach ihr aus.

Das schien Helga zwar keine ausreichende Erklärung, aber so, wie er sie ansah, konnte sie einfach nicht ärgerlich sein.

Der Sonntag war voller Hektik und Betriebsamkeit, und da Lars am Montagmorgen Fernsehaufnahmen in Frankfurt hatte, musste er gleich nach Ende des Kurses zum Flughafen. Helga war zwar froh, dass sie sich gestern noch versöhnt hatten, dennoch klangen ihr Lars' Worte immer noch im Ohr, als sie längst wieder zuhause war.

„Lass nicht zu, dass wir uns verlieren", hatte er ihr zum Abschied ins Ohr geflüstert. Das wollte sie doch auch nicht, aber wie in drei Teufels Namen sollte sie das denn anstellen?

Diese Konsequenz hätte sie ihm niemals zugetraut. Oder war es bloß Sturheit? Fest stand, der Mann verblüffte sie immer wieder.

Lars

Geschmorte Lammstelzen

4 hintere Lammstelzen
4 Knoblauchzehen
3 EL Olivenöl
100 g Karotten
100 g Sellerie
2 Zwiebeln
20 g Tomatenmark
¹⁄₁₆ l Rotwein
⅛ l Rindsuppe
Rosmarin und Thymian (je 2 Zweige)

Karotte, Sellerie und Zwiebeln in Würfel schneiden. Lammstelzen salzen, pfeffern und mit Knoblauch einreiben, dann in etwas Olivenöl anbraten, Gemüsewürfel dazugeben, tomatisieren, mit Rotwein und Suppe aufgießen, die Gewürzzweige zugeben und bei 160° etwa 1 ½ Stunden .

Die Fernsehaufnahmen hatten noch für etwas Abwechslung gesorgt, doch kaum war Lars wieder in Hamburg, begann er, sich selbst für manisch-depressiv zu halten. Mal empfand er Helgas Verhalten als persönliche Kränkung, dann wieder umklammerte er beim Zubettgehen sein Kissen und wünschte, es wäre Helga. Wenn nicht bald etwas geschah, würde er noch wahnsinnig werden!

Für etwas Abwechslung sorgte nur Silke, die ihr Hochzeitsessen im Landhaus plante. Die Hochzeit würde wenige Tage nach seinem Geburtstagsfest stattfinden. Erst hatte es geheißen, dass nur ein paar beste Freunde kommen würden, in der Zwischenzeit war die Anzahl der Gäste auf achtundvierzig angewachsen.

„Euer Freundeskreis wächst ja zusehends", bemerkte Lars, als Silke die Anzahl der Gäste zum x-ten Mal nach oben korrigierte.

„Das liegt unter anderem daran, dass Carstens Kinder erst abgesagt hatten, aus Solidarität gegenüber ihrer Mutter. Aber dann hatte Liane, seine Exfrau, erfahren, dass wir beide einmal verheiratet waren. Also sagte sie: ‚Wenn deine Zukünftige ihre Hochzeit bei ihrem Exmann feiert, wäre es doch nur recht und billig, mich ebenfalls einzuladen.' Das hat Carsten dann auch getan. Ehrlich gesagt, hatte ich anfangs kein gutes Gefühl bei der Sache, doch in der Zwischenzeit hat ihr Sinneswandel dazu geführt, dass seine Kinder ebenfalls zugesagt haben. Darüber ist Carsten natürlich sehr froh. Seine Jüngste ist übrigens Veganerin. Außerdem kommt seine Exfrau nun in Begleitung. Es scheint fast, als könnte es doch noch ein friedliches Fest werden. Habe ich dir eigentlich schon gesagt, dass Liane laktoseintolerant ist?"

„Bisher hast du eher von allgemeiner Intoleranz gesprochen. Die Laktoseintoleranz ist vergleichsweise einfach zu handhaben. Wir kennen das seit Jahren, Tendenz steigend. Ich wundere mich, dass die Schulmedizin das nicht in den Griff bekommt."

„Ich auch", entgegnete Silke und wollte sich schon verabschieden. Doch Lars sagte: „Eine Frage habe ich noch. Woran erkennt man, dass jemand manisch-depressiv ist?"

„Warum willst du das wissen?"

„Also, ein Freund von mir, der momentan eine etwas schwierige Phase durchmacht, hat mir von erheblichen Stimmungsschwankungen erzählt."

„Kenn ich ihn?"

„Flüchtig."

Eine Weile blieb es still. Lars dachte schon, die Verbindung wäre unterbrochen, dann sagte Silke: „Wenn du den meinst, an den ich jetzt denke, dann ist er einfach nur unglücklich verliebt. Notfalls könnte der Mann sich aber an einen Psychotherapeuten wenden."

„Meinst du nicht, er müsste zum Psychiater?"

Silke lachte: „Das halte ich für unwahrscheinlich!"

Lars verabschiedete sich und drückte die Aus-Taste. Zumindest schien er ihr noch nicht reif für den Psychiater. Das war doch mal eine gute Nachricht.

Das Zwitschern der Vögel kündigte den neuen Tag an. Viel hatte er nicht geschlafen, dachte Lars, während er es sich noch ein wenig im Bett gemütlich machte. Immer wieder war er wach geworden und hatte überlegt, wie es mit ihm und Helga weitergehen könnte. Gestern Abend hatte sie geschrieben:

Kann denn nicht alles so bleiben, wie es ist?

Nee. Konnte es nicht. Er stellte es sich nun einmal wunderschön vor, noch einmal von vorn zu beginnen, mit ihr. War er zu alt? Quatsch. Er fühlte sich jung. Es musste doch einen Ausweg geben. Es gab immer einen Ausweg, davon war er überzeugt.

Frauke und Jens schienen doch auch einen gefunden zu haben. Zumindest hatte Frauke gesagt, sie hätten einen Kompromiss erzielt. Wie der aussah, hatte sie allerdings nicht gesagt. Er würde sie heute fragen, wenn er Äpfel, Kartoffeln und Kürbisse abholte. Üblicherweise lieferte Frauke ins Haus, doch wenn Not am Mann war, fuhr er mit Mutters altem Kombi schon einmal hinaus, um die Sachen zu holen. Er hatte ohnehin ein schlechtes Gewissen, weil er Frauke immer noch die Fürsorge für seine Mutter überantwortete. Aber erstens wusste er nicht, was er sonst hätte tun sollen, und zweitens schienen mit der derzeitigen Lösung wirklich alle zufrieden. Sogar Jens, der alte Stinkstiefel.

Lars schwang sich aus dem Bett, suchte nach seinem Handy, fand es im Bad, setzte sich auf den Rand der Badewanne und schrieb:

Hast Du denn keine Sehnsucht? Willst Du denn nicht mit mir zusammen sein?

Wenig später kam die Antwort:

Wollen und können sind zwei verschiedene Paar Schuhe.

Was für ein hanebüchener Unsinn. Also schrieb er:

Es genügt nicht allein zu wollen, man muss auch tun!

Darauf erhielt er keine Antwort. War sie jetzt beleidigt, oder hatte sie die Nachricht einfach noch nicht gelesen?

Diesmal nutze Lars den Ruhetag für seine Ausfahrt. Als er ankam, waren weder Frauke noch Jens zu sehen. Stattdessen begrüßte ihn Dora: „Hallo, Onkel Lars. Ich vertrete heute die Mama. Ich soll dir sagen, deine Sachen stehen in der Einfahrt, du kannst sie schon mal einladen. Dann soll ich dir noch sagen, Oma Elsa schläft und Mama kommt bald."
„Wo ist sie denn?"
„Im Hofladen. Eigentlich sollte der Papa heute im Laden sein, aber der ist mächtig sauer, weil er eine Erntemaschine reparieren muss. Ach ja, von ihm soll ich dir ausrichten, wenn du dich nützlich machen willst, kannst du in die große Halle kommen."

Darauf hatte Lars eigentlich wenig Lust, also lud er erstmal in aller Ruhe Äpfel und Gemüse in den Wagen. Als er damit fertig war und weder seine Mutter noch Frauke zu sehen waren, ging er widerstrebend in Richtung großer Halle.

Jens stand vor einem riesigen Ungetüm von Erntemaschine und schraubte daran herum.
„Hallo, alter Junge! Dora sagt, ich könnte dir vielleicht helfen?"
Jens winkte ab. „Hab ich nur so gesagt. Wollte mit dir reden."
Lars war erleichtert. Er hatte sich schon auf irgendwelchen Maschinen herumturnen sehen – nicht so sein Ding. Umso fröhlicher sagte er: „Was also kann ich sonst für dich tun?"
Jens antwortete nicht gleich, wischte sich erst umständlich die Hände an einem alten Fetzen ab, dann sagte er: „Du bist doch so ein Frauenversteher. Kannst du mir erklären, warum Frauke so scharf darauf ist, Flüchtlinge aufzunehmen?"

„Ich dachte, ihr habt das schon geregelt."

„Mehr oder weniger. Die Familie, um die es ursprünglich gegangen ist, wird bei meinem Vater einziehen. Damit schlagen wir zwei Fliegen mit einer Klappe. Er ist ohnehin zu viel allein. Aber leider sind die ja nicht die einzigen."

„Und jetzt möchte Frauke ein anderes Ehepaar aufnehmen?"

„Noch hat sie es so nicht konkret ausgesprochen, aber das kommt noch. Kannste Gift darauf nehmen."

„Verstehe."

„Ach ja? Ich versteh's nicht, aber bitte, erklär's mir."

„Also, mir hat Frauke nur erzählt, dass sie eine syrische Familie über den Winter in eines eurer Gästezimmer einquartieren wollte, du das aber nicht möchtest, wegen Dora und meiner Mutter. Das habe ich ehrlich gesagt nicht ganz verstanden."

Jens nickt, dann sagte er: „Es ging ja auch mehr um Frauke als um Dora und Oma Elsa. Dora ist ein Kind und deine Mutter, na ja, nicht mehr die Jüngste."

Lars sah ihn fragend an, dann tippte er sich mit dem Finger an die Stirn, fragte: „Du machst dir Sorgen um Frauke?"

Jens nickte. „Bin ja meist nicht im Haus, und die Brüder haben bekanntlich ein etwas anderes Frauenbild."

„Du meinst, da könnte sich einer an Frauke vergreifen? Also ehrlich, ich würd's keinem raten. Ich erinnere mich noch gut, wie sie einem meiner Jungköche eine gescheuert hat, weil der sie irgendwie begrapscht hatte. Ich war nicht dabei, ich weiß nur, dass der fortan einen großen Bogen um sie gemacht hat, das kann ich dir verraten. Aber warum sagst du ihr das nicht einfach?"

„Sie würde mich doch nur auslachen."

Lars nickte: „Das kann gut sein. Wenn das alles war, schau ich noch nach meiner Mutter und fahr dann wieder."

„Kannst du nicht machen. Frauke rechnet fest damit, dass du zum Abendessen bleibst. Nicht, dass ich dann wieder schuld bin!"

Lars konnte ein zufriedenes Lächeln kaum verbergen. „Na gut, dann spaziere ich jetzt mal in den Hofladen, vielleicht kann ich ja dort helfen."

Jens murmelte etwas Unverständliches, dann wandte er sich wieder seiner Erntemaschine zu.

Gut gelaunt machte sich Lars auf den Weg. Zumindest seine Exfrauen kümmerten sich um ihn.

Im Hofladen traf Lars nicht nur Frauke, sondern auch seine Mutter an, die eben damit beschäftigt war, einen Obstkorb zu arrangieren. Überhaupt schien es Lars, als hätte sich hier einiges verändert. Der Laden erschien ihm heller und irgendwie aufgeräumter.

Frauke bediente eine Kundin, dann wandte sie sich Lars zu. „Da staunste, was. Hat sich einiges verändert hier, seit deine Mutter die Deko übernommen hat."

Das war's! An den Fenstern hingen jetzt sonnengelbe Vorhänge, auch die Stellagen erschienen irgendwie heller. Für Dekoration hatte seine Mutter schon immer ein Händchen gehabt. Dabei fiel ihm ein, dass er sich längst um die Deko im Restaurant hätte kümmern sollen. Heiliger Himmel, daran hatte er gar nicht gedacht.

„Du bleibst doch zum Abendessen?", fragte Frauke.

„Gern. Kann ich dir irgendwie helfen?"

Frauke schien zu überlegen. „In der Küche schmoren Lammstelzen. Was würdest du dazu machen? Ich dachte an Kartoffelbrei."

Da Lars wusste, dass sie Kartoffelpüree üblicherweise aus Kartoffelflocken und heißer Milch herstellte, antwortete er: „Ach, Brei klingt schon so zahnlos. Was hältst du von knusprigen Rosmarinkartoffeln?"

„Auch gut, dann könnt ihr schon mal vorausgehen und mit dem Kartoffelschälen beginnen. Falls du so untergeordnete Tätigkeiten überhaupt noch kannst."

„Ein erstklassiger Chefkoch kann alles!"

Er reichte seiner Mutter den Arm. „Gnädige Frau, darf ich bitten?"

Die sah ihn einen Moment erstaunt an, schüttelte den Kopf, hängte sich ein und ging mit ihm davon.

Als Frauke eine halbe Stunde später aus dem Hofladen kam, war Lars eben damit beschäftigt, die geschälten Kartoffeln kräftig mit Olivenöl, Rosmarinnadeln, Meersalz und Knoblauch zu vermischen. Dann schüttete er diese Mischung auf ein Backblech und schob alles in den Ofen. Als Frauke sich um die Lammstelzen kümmern wollte, rief er: „Finger weg! Die habe ich bereits abgeschmeckt. Kurz vor dem Servieren kommen noch ein paar Kräuter dazu. Ich dachte an frischen Oregano, notfalls Majoran und einen Hauch Kerbel. Hast du doch bestimmt alles in deinem Kräutergarten. Könntest du vielleicht welche holen?"

„Hey, das ist meine Küche", rief Frauke mit gespielter Empörung, dann schnappte sie sich eine Schere und machte sich auf den Weg in den Garten.

Die Lammstelzen waren wunderbar weich und schmeckten ganz hervorragend, fand Lars. Beim Abendessen hatte vor allem Dora sie unterhalten, jetzt hatte Frauke sie ins Bad geschickt, seine Mutter hatte sich vor den Fernsehapparat gesetzt. Lars lehnte sich entspannt zurück, doch als Jens ihm Wein nachschenken wollte, sagte er: „Lieber nicht, ich muss ja noch fahren."

„Kannst ja hier schlafen", knurrte Jens und goss das Glas ungerührt voll. „Zum Glück haben wir ja jetzt wieder ein Zimmer frei."

Lars dachte an sein einsames Schlafzimmer. Vielleicht war das keine schlechte Idee.

„Also dann, auf euch!"

Sie prosteten einander zu, dann fragte Frauke: „Wie steht die Sache mit Helga?"

„Auf Sturm", antwortete Lars. Bisher hätte er solche Dinge nur mit Frauke besprochen, aber da Jens ihn heute auch schon ins Vertrauen gezogen hatte, schien es ihm ganz normal, nun mit beiden über seine Sorgen zu reden.

„Bei unserem letzten Treffen konnte ich einen Streit nur mit Mühe verhindern. Helga ist sowas von sensibel. Seit jeder wieder zuhause ist, haben wir fast nur noch Streitgespräche."

„Kommt vor", meinte Jens mit einem Seitenblick auf Frauke.

„Wenn wir zusammen sind, ist alles ganz fantastisch. Aber kaum ist Helga in ihrem gewohnten Umfeld, habe ich das Gefühl, dass sie mich täglich ein Stück mehr aus ihrem Leben drängt."

„Könnte das mit ihrem Sohn zusammenhängen?", fragte Frauke.

„Sicher sogar, ihr Ex mag mich übrigens auch nicht."

„Ist doch normal", murmelte Jens.

„Findest du? Ich meine, er hat doch damals die Scheidung haben wollen."

„Vielleicht tut es ihm schon leid", mutmaßte Frauke.

„Scheint so."

Eine Weile war es still in der Wohnküche, dann fragte Frauke: „Wie steht's mit ihren Eltern? Kennst du die?"

„Flüchtig, der Vater ist ganz nett."

„Und die Mutter?"

„Eine ehemalige Mathematikprofessorin. Muss ich sonst noch was sagen? Ziemlich seltsame Person. Hat entschieden die Absicht, mich nicht zu mögen."

Jens schenkte noch einmal nach, dann sagte er: „Kann dir doch egal sein. Ihr wollt ohnehin nicht in Wien bleiben, wenn ich das richtig verstanden habe."

Lars nickte zustimmend. „Annabell hat mir gestern ein Objekt im Allgäu angeboten. Kleines Hotel mit Restaurant, steht auf einem Golfplatz."

„Was sagt Helga dazu?"

„Nichts! Das ist ja das Problem. Erst konnte Helga sich nicht entscheiden, in welcher Gegend unser neues Zuhause sein sollte. Ich dachte ja an den Schwarzwald, von mir aus ziehe ich auch nach Dschibuti, ich will einfach mit ihr zusammen neu anfangen. Aber langsam habe ich das Gefühl, sie stellt das gesamte Projekt infrage."

„Hat sie das gesagt?"

„Nee. Sie faselt immer nur von Benny und ihrer Verantwortung als Mutter."

„Hat sie ja auch", warf Frauke ein.

„Versteh ich ja. Ich habe auch schon vorgeschlagen, dass wir die Standortwahl zu dritt klären. Aber offenbar weigert der Junge sich ganz generell, darüber nachzudenken. Wenn er in keinem der Schigymnasien aufgenommen wird, dann bleibt er in Wien. Punkt."

„Warum dann nicht Wien?", fragte Frauke.

Lars sah sie an, als hätte er eben einen Geist gesehen.

„Du meinst, ich soll zu Helga ziehen? Ihr nachlaufen? Meine Familie gegen ihre tauschen? Also ich weiß nicht. Ich bin bereit, alles hier aufzugeben und mit ihr von vorne anzufangen. Jeder gibt etwas auf, jeder bekommt etwas dafür."

Jetzt war es Frauke, die ihn verwundert ansah.

„Wo ist denn da der Unterschied?", fragte sie. „Wien ist sicher eine tolle Stadt", und mit einem Seitenblick zu Jens, „leider war ich noch nie dort."

„Wien ist wirklich eine tolle Stadt, solltet ihr euch einmal ansehen!", antwortete Lars geistesabwesend.

Jens verdrehte die Augen, sagte aber nichts.

Helga

Spinatstrudel

1 kg frischer Spinat oder 2 Pkg. TK-Blattspinat
1 Pkg. Blätterteig
100 g Butter
200 g Schafskäse
Minzblätter
Knoblauch
Salz, Pfeffer
1 Ei zum Bestreichen

Blätterteig auftauen lassen, frischen Spinat putzen, waschen und in reichlich Salzwasser blanchieren, abseihen, abtropfen lassen und fest auspressen. Schafskäse zerbröseln. Den Teig auf das Backblech legen, Spinat mit Schafskäse, gebräunter Butter und den Gewürzen vermengen und mittig auflegen. Die Teigkanten mit versprudeltem Ei bestreichen, den Strudel einschlagen, mit der Kantenseite nach unten drehen, die Oberseite ebenfalls mit Ei bepinseln, im vorgeheizten Backrohr bei 250° 10 Minuten backen, Hitze auf 160° reduzieren und fertigbacken (etwa 15 Minuten). Kalt oder warm servieren. Dazu passt jede Art von Joghurtsauce.

Nachdem zwei der infrage kommenden Schulen bereits abgesagt hatten, war Bennys Laune auf dem absoluten Tiefpunkt, was vor allem Helga zu spüren bekam.

„Ich kenne meinen Sohn nicht mehr", erzählte sie eines Abends Susanne am Telefon. „Nicht nur, dass er fürchterliche Laune hat und sein Deutsch neuerdings ein Kauderwelsch sondergleichen ist, er ist auch vollkommen unzugänglich. Ich komme einfach nicht mehr an ihn heran."

„Ein Teenager eben", sagte Susanne gelassen.

„Ich denke ständig darüber nach, wie ich das gute Einvernehmen, das wir früher hatten, wiederherstellen könnte. Dazwischen nervt Lars mit seinen Ideen."

„Also, was das gute Einvernehmen mit deinem Sohn betrifft, da würde ich mir an deiner Stelle in den nächsten Jahren keine allzu großen Hoffnungen machen. In der Pubertät sind sie einfach so. Aber dass du Lars' Wunsch nach einem gemeinsamen Neuanfang nur als nervig betrachtest, wundert mich. Lars hat mir erzählt, ihr wolltet das beide."

„Ach, Susanne, das ist alles nicht so einfach zu erklären. Natürlich will ich es, aber es geht eben nicht. Nervig ist nur, dass Lars das nicht einsehen will. Aber ich bin eh selbst schuld. Ich hätte mich im Sommer einfach nicht auf diese Hirngespinste einlassen dürfen. Ich wusste doch schon damals, dass es nicht gehen würde. Aber es war so schön, davon zu träumen – und ehrlich gesagt wollte ich die wundervolle Zeit mit ihm auskosten und nicht früher als notwendig beenden."

„Also liebst du ihn."

Keine Frage, eine Feststellung.

„Schon, aber ..."

„Ja, dann tu doch was, zum Donnerwetter! Helga, das ist *dein* Leben!"

„Bevor Benny nicht wenigstens maturiert hat, geht es einfach nicht", schniefte Helga. Sie war in den letzten Tagen eine solche Heulsuse.

„Lars ist aber nicht mehr der Jüngste. Wenn ihr wirklich gemeinsam etwas aufbauen wollt, dann wäre für ihn jetzt der beste Zeitpunkt. Bis dein Sohn maturiert hat, ist Lars sechzig", gab Susanne zu bedenken. „Außerdem brauchst du einen neuen Job, vergiss das nicht!"

„Unser Gespräch trägt nicht gerade dazu bei, mich aufzubauen", versuchte Helga zu scherzen.

„Mag sein, aber es dient dazu, dich auf den Boden der Tatsachen zu holen. Noch etwas. Dein Sohn ist in der Pubertät, und wenn er die eines fernen Tages überstanden haben wird, ist er erwachsen. Es wird nie mehr so werden, wie es einmal war."

Erstaunlicherweise schlug Helgas Mutter in die gleiche Kerbe, nur formulierte sie es etwas heftiger.

„Was bist du doch für eine feige Gans, die sich nicht einmal gegen ihren eigenen Sohn durchsetzen kann", sagte sie, worauf Helga wutschnaubend aufsprang und rief: „Jetzt habe ich aber genug. Ich lasse mich nicht auch noch von dir beleidigen. Ich gehe!"

Der Abgang hätte allerdings weitaus besser gewirkt, wenn ihr dabei nicht die Stimme versagt hätte. Außerdem zog sie es wieder einmal nicht durch und ließ sich von ihrem Vater zurück in ihren Sessel drücken. Dann brach sie auch noch in Tränen aus.

„Was ist denn jetzt los?", fragte ihre Mutter verwundert. Es klang beinahe besorgt.

Helgas Vater, der einmal mehr sein Bestes gab, um zwischen den beiden Streithennen zu vermitteln, holte wieder die Cognac-Flasche.

Das starke, bernsteinfarbene Getränk brachte etwas Farbe in Helgas Gesicht. Sie schnäuzte sich, straffte die Schultern und sagte an ihre Mutter gewandt: „Das kommt davon, weil du mich immer unterdrückt hast!"

Ihre Mutter winkte ab. „Bitte, nicht wieder diese Leier. Ich war als Mutter vielleicht nicht ganz die Idealbesetzung. Aber du hättest es schlechter treffen können, glaub mir. Außerdem, wie alt willst du eigentlich noch werden, bevor du dein Leben selbst in die Hand nimmst? Wie lange willst du dich noch damit herausreden, dass ich an allem schuld bin?"

„Du mischst dich doch immer noch in alles ein", empörte sich Helga. „Ich sage nur: Lars."

„Moment mal! Ich sage meine Meinung, das ist aber auch schon alles – und es ist mein gutes Recht. Du bist bei Gott alt genug zu wissen, was du tust."

„Eben", antwortete Helga hoheitsvoll.

„Dann tu's endlich, verdammt noch mal!"

Die hatten alle leicht reden, dachte Helga auf dem Heimweg. Aber hatten sie nicht auch recht? Nicht wegzudiskutieren war, dass sie sich nach einem neuen Job umsehen musste. Nicht nur, dass die Arbeit ihr keinen Spaß machte, es waren nur noch wenige Wochen, die ihr Chef sie quasi aus Anstand noch behalten würde. Hatte sie das notwendig?

Mitten in ihre Überlegungen kam die Nachricht, dass die dritte der möglichen Schulen Benny zwar keinen fixen Platz angeboten, ihn aber auch nicht endgültig abgelehnt hatte. Vielmehr erhielt er, mit einigen anderen, die Chance, in der kommenden Wintersaison an drei Wochenkursen teilzunehmen, an deren Ende die zwei besten des Kurses die beiden noch freien Schulplätze bekommen sollten. Helga empfand das im Grunde als Zumutung, schließlich wurde die Entscheidung damit bis Ende Februar hinausgezögert, aber Benny schien nahezu euphorisiert – zumindest für seine derzeitigen Verhältnisse.

Und dann machte auch noch Paul ihr dieses vollkommen unerwartete Angebot.

Sie hatten sich eben darüber unterhalten, welche Schulen für Benny infrage kämen, für den nicht ganz unwahrscheinlichen Fall, dass es mit dem Schigymnasium doch nichts werden sollte, als Paul sagte: „Was hältst du davon, wenn ihr in einem solchen Fall nach London kommt?"

„Was soll das bringen?", hatte sie kopfschüttelnd gefragt.

Er sah sie erst erstaunt an, dann sagte er mit einem Grinsen: „Ich meinte nicht für eine Woche, ich meine für die Dauer meiner Auslandstätigkeit – als Familie. Für den Jungen wäre es sicher eine Bereicherung, und du könntest vielleicht in einem Hotel arbeiten. Das willst du doch neuerdings, und deine Deutschkenntnisse sind schließlich ganz passabel.

„Mehr als passabel", korrigierte sie lächelnd. Dann fragte sie: „Und was machen wir mit Lars?"

Paul wurde wieder ernst. „Ehrlich gesagt glaube ich, es wäre für alle besser, wenn du ihn allmählich vergisst."

Ja, vielleicht. Wenn das so einfach wäre! Und überhaupt, wie kam ausgerechnet Paul dazu, ihr etwas Derartiges vorzuschlagen. Das war doch eine Frechheit!

In spitzem Ton fragte sie: „Und was wird aus Daniela? Vergessen wir die auch?"

„Schon möglich", meinte Paul und widmete sich dem Spinatstrudel, den Helga ihm zuvor auf den Teller gelegt hatte.

„Du spinnst!", entfuhr es Helga.

Was zum Teufel war mit dem Mann los? Vor drei Jahren wollte er Hals über Kopf allein leben, hatte das Leben mit ihr als einengend empfunden, wie er ihr mehrfach erklärt hatte, und wollte nichts als seine Freiheit. Und jetzt?

Wäre Benny nicht gewesen, hätte sie ihn gebeten zu gehen. Ihre Gedanken drehten sich im Kreis. Sie fühlte sich überfordert und hätte gern ihre Ruhe gehabt. Im Grunde wollte sie nur schlafen – am besten bis zum jüngsten Tag. Ach, wäre das schön! Nie wieder eine Entscheidung treffen müssen. Einfach nur schlafen.

Doch daraus wurde nichts. Auch in dieser Nacht drehte sie sich ruhelos von einer Seite zur anderen.

Paul war so lang ein Teil ihres Lebens gewesen, und als er sich von ihr getrennt hatte, hatte sie mit allen Mitteln versucht, die Scheidung zu verhindern. Doch er wollte seine Freiheit, um jeden Preis. Das hatte ihr unendlich wehgetan. Das einzige, was ihr geblieben war, war Benny. Lange Zeit hatte sie jedes Mal Höllenqualen gelitten, wenn Paul ihn abholte.

Dann hatte sie Lars kennengelernt, und alles war leichter geworden, auch der Kontakt zu Paul. Seit Neuestem verkehrten sie auf beinahe freundschaftlichem Fuß. Aber das war doch keine Basis!

Und überhaupt. Was war das für ein Angebot? Wenn Benny nicht aufs Schigymnasium kam, sollten sie zu ihm nach London kommen. Und was, wenn Benny es doch schaffte?

Andererseits: Für Lars mochte ja manches sprechen, aber für Paul sprach, dass er Bennys Vater war. Hatte der Junge nicht ein Recht darauf, bei seinen Eltern aufzuwachsen? Gerade jetzt, in diesem schwierigen Alter? Sie knipste die Nachtlampe an und griff zu ihrem Handy.

Du musst Dich endlich entscheiden!

hatte Lars heute Abend geschrieben. Er hatte ja recht. Sie seufzte und schrieb:

Ich habe mich entschieden. Es hat keinen Sinn. Danke für die vielen schönen Stunden. Vielleicht können wir Freunde bleiben? H.
Dann knipste sie das Licht aus und weinte sich in den Schlaf.

Lars

Rosa gebratenes Rehmedaillon

8 Rehmedaillons (je 80 g, aus dem Rückenfilet)
1 EL Öl
Salz, Pfeffer aus der Mühle

Das Backrohr auf 100° vorheizen, ein Ofengitter auf die mittlere Schiene und ein Abtropfblech darunter schieben. Die Rehmedaillons waschen und trockentupfen, mit dem Handballen flach drücken. Das Öl in der Pfanne erhitzen, die Rehmedaillons auf beiden Seiten anbraten (mittlere Hitze), das Fleisch danach auf das Ofengitter legen und 30 Minuten ziehen lassen. Dazu passen würzige Buttermischungen, aber auch cremige Saucen.

Lars setzte sich auf den ihm angebotenen Stuhl im Kaminzimmer seines *Landhauses* und presste die Kiefer zusammen. Was zum Teufel wollte diese Frau von ihm?

„Junger Mann, machen wir es kurz. Wir sind hierhergekommen, weil es mit unserer Tochter so nicht weitergehen kann."

Um Gottes Willen, Helga würde doch nichts passiert sein! Vielleicht hatte sie deshalb auf seine letzten Nachrichten nicht reagiert.

„Was ist mit ihr?", fragte er besorgt.

„Sie wird täglich blasser und isst kaum noch etwas. Man kann sich ausrechnen, wie lange das noch gutgeht."

Lars fiel ein Stein vom Herzen. Es ging ihr zwar nicht besonders gut, ihm übrigens auch nicht, aber sie schien zumindest nicht krank zu sein. Dem Himmel sei Dank!

Mit gewohnter Ironie in der Stimme fragte er: „Ach, kann man das tatsächlich ausrechnen? Ich muss gestehen, dass mir diese Formel nicht geläufig ist. Aber das werden Sie von einem Koch ohnehin nicht erwartet haben."

Täuschte er sich oder sah er da ein leises Lächeln auf den Lippen von Helgas Vater, der bisher kaum etwas gesprochen hatte.

„Aber dass jemand, der nichts isst, auch keine Energie zum Leben hat, das verstehen Sie schon?", konterte Helgas Mutter.

„Soll ich nach Wien fliegen, um für sie zu kochen?"

„Wäre schon mal ein Anfang", meinte Helgas Mutter und lehnte sich zufrieden zurück.

Lars starrte sie an. Hatte diese Frau noch alle Tassen im Schränkchen?

Um Zeit zu gewinnen, fragte er Helgas Eltern nach ihren Wünschen und bat einen Kellner um Mineralwasser und eine Flasche Wein.

Dann sagte er: „Ich weiß ja nicht, inwieweit Sie das Vertrauen Ihrer Tochter genießen, aber um keine Missverständnisse aufkommen zu lassen: *Ich* habe unsere Beziehung nicht beendet. Ich war vielmehr bereit, das alles hier aufzugeben, um mit Helga ein neues Leben zu beginnen."

„Das ist uns bekannt", ließ Helgas Vater sich vernehmen, und ihre Mutter setzte hinzu: „Im Allgäu."

Es klang, als hätte er Helga zugemutet, in einer Lehmhütte zu wohnen.

„Es hätte ja nicht unbedingt das Allgäu sein müssen, obwohl ich dort ein wirklich tolles Objekt an der Angel hatte. Aber Helga scheint ja London vorzuziehen."

„Ich glaube nicht, dass sie es vorzieht. Sie hält es dummerweise für ihre Pflicht", sagte ihr Vater.

„Ich weiß. Aber was kann ich dagegen tun?"

Helgas Mutter maß ihn mit einem Blick, mit dem sie früher vermutlich ihre Schüler angesehen hatte. „Sie sind ein Mann in den besten Jahren, offenbar leidlich erfolgreich, und hässlich sind Sie auch nicht. Aber wenn Sie das nicht selber wissen, dann sind Sie wirklich …"

„Sagen Sie's nicht!", unterbrach Lars sie rasch. Dann fügte er mit einem schelmischen Augenzwinkern hinzu: „Vielleicht werden Sie ja doch noch meine Schwiegermutter!"

Eines musste man Helgas Mutter lassen: Sie war eine Frau der Tat. Zwei Tage später saß Lars im Flieger nach Wien. Er hatte gerade noch Zeit gehabt, der Reihe nach seine Exfrauen anzurufen.

Erst hatte er Annabell gebeten, ihre internationalen Kontakte zu nutzen und sich nach einem leerstehenden Lokal umzusehen. Am liebsten mit einem kleinen Hotel, und am besten im Umland von Wien.

Danach hatte er Frauke angerufen, um sich nach dem Befinden seiner Mutter zu erkundigen und sie von seiner Wien-Reise zu informieren. Zuletzt hatte er Silke eine Nachricht auf Band hinterlassen:

„Bin auf dem Weg nach Wien. Möglich, dass ich ein Weilchen bleibe. Kuss L."

Nun stand er in Helgas ehemaligem Kinderzimmer und hörte Helgas Mutter zu ihrer Tochter sagen: „Wie du weißt, ist dein Vater ein Gewohnheitstier und verreist nur höchst ungern. Trotzdem waren wir dieser Tage in Hamburg."

„Ihr wart in Hamburg?"

„Sagte ich eben."

„Was … was habt ihr dort gemacht?"

„Was man eben so tut. Stadtrundfahrt, Hafenrundfahrt, nicht zu vergessen der Spaziergang an der Alster, von dem du so geschwärmt hast. Ach ja, wir haben im Landhaus König gegessen."

„Ihr habt … ihr wart …", hörte er Helga stottern.

„Von dort haben wir dir auch etwas mitgebracht."

Das war sein Stichwort. Er riss die Tür zum Wohnzimmer auf und rief strahlend: „Überraschung!"

Helga starrte ihn fassungslos an, ihre Unterlippe bebte, aber sie sagte kein Wort. Auch ihre Eltern machten keinen Mucks, nur die Uhr tickte. Um diese furchtbare Stille zu übertönen, fragte er: „Geht's dir gut, Chouchou?"

Helga machte einen Schritt auf ihn zu: „Um die Wahrheit zu sagen: Es geht mir beschissen!", dann warf sie sich in seine Arme.

Lars hörte eine Tür ins Schloss fallen, ihre Eltern hatten sich offenbar zurückgezogen. Wie unerwartet rücksichtsvoll.

„Ich kann es immer noch nicht begreifen. Amor zu spielen ist normalerweise nicht ihre Art", sagte Helga, als sie am Abend in ihrer gemütlichen Wohnküche saßen.

Er fasste nach ihrer Hand und sagte mit schelmischem Unterton: „Sie schienen wirklich sehr besorgt. Vielleicht waren sie der Meinung, es würde dir+ dann besser gehen?"

Helga lächelte melancholisch. „Wäre eine Möglichkeit. Leider haben sie nicht weitergedacht. Du hast ja gesehen, wie Benny reagiert hat."

„Er ist mir vor Freude nicht gerade um den Hals gefallen, das stimmt, aber das kann man von einem pubertierenden Stiefsohn auch nicht erwarten."

Da sie darauf nicht antwortete, wagte er sich einen Schritt weiter. „Wie steht es mit deiner Jobsuche?"

Sie winkte ab. „Ich hatte in den letzten Wochen einfach keine Kraft dafür, aber ich werde es wohl doch wieder in der Immobilienbranche versuchen müssen."

„Wie wär's mit einem Job als Restaurantleiterin?"

Sie sah ihn erstaunt an, dann winkte sie ab. „Ja, ja, ich weiß. Irgendwo im Allgäu soll eine Stelle frei werden."

„Im Allgäu? Ich fürchte, das wird nichts werden, aber wie wär's mit einem Job in Wien?"

„Lars, bitte! Nicht schon wieder! Ich gebe ja zu, die letzten Wochen waren furchtbar, aber doch nur, weil ich geglaubt habe, dass es endgültig aus ist zwischen uns.

Warum kann es nicht so bleiben, wie es war?"

Er atmete tief durch. Ihre Mutter hatte es vorausgesagt. Es würde nicht einfach werden. Deshalb nahm er Helgas Hände in die seinen und sagte eindringlich: „Ich schlage Folgendes vor: Morgen schauen wir uns ein Objekt in Groß-Enzersdorf an, das Annabell aufgetrieben hat. Es sieht im Internet zwar gut aus, aber das heißt noch lange nicht, dass es uns auch entspricht. Schließlich haben wir einen Ruf zu verteidigen. Aber wenn es passt, dann denkst du darüber nach. Einverstanden?"

Helga schien sich krampfhaft zu bemühen, die Fassung zu bewahren, doch dann schlang sie die Arme um seinen Hals und begann zu schluchzen.

„Chouchou. Was ist los? Was habe ich denn jetzt wieder angestellt?"

Helga schniefte: „Ich heule doch nur, weil ich so glücklich bin!"

Am nächsten Morgen war es zunächst grau und nebelig, aber als sie sich der ehemaligen Taverne näherten, kam die Sonne hervor und brachte das schon herbstlich verfärbte Laub zum Strahlen.

„So sieht die Sache ja gleich viel besser aus." Lars atmete auf und parkte Helgas Wagen direkt vor dem Lokal.

Der Makler, ein graumelierter Herr um die Fünfzig, erwartete sie bereits und präsentierte das Objekt ruhig und mit Sachverstand.

Das Restaurant war noch gut in Schuss, doch im angeschlossenen Hotel war mit einigen Sanierungsarbeiten zu rechnen.

„Wenn Sie wollen, können wir das gerne für Sie veranlassen", meinte der Makler zuvorkommend. Lars wollte schon sagen, dass das im Fall eines Kaufabschlusses durchaus sinnvoll wäre, da er in Wien keinerlei Kontakte hätte, aber Helga kam ihm zuvor: „Danke, darum kümmern wir uns selbst. Wie lange haben wir Zeit, uns zu entscheiden?"

„Das lässt sich schwer sagen, wir haben das Objekt bereits mehrfach angeboten ..."

„Schon klar", unterbrach sie ihn. „Wir bräuchten mindestens zwei Wochen. Immerhin müssen wir es erst von einem Bausachverständigen begutachten lassen und dann die Finanzierung checken."

„Wenn Sie einen Sachverständigen benötigen, können wir das gerne für Sie organisieren", bot der Makler an.

„Danke, wir haben selbst einen Sachverständigen. Wir müssten Sie dann nur bitten, uns die Schlüssel zu überlassen, oder eben einen Vertreter zum Besichtigungstermin schicken."

Lars traute seinen Ohren nicht. War das seine kleine Chouchou?

Kaum saßen sie wieder im Auto, fragte er: „Du kennst einen Bausachverständigen?"

„Natürlich, du auch. Ich glaube, einen ehrlicheren als Werner werden wir schwer finden können."

„Du hast recht! An den habe ich gar nicht gedacht. Heißt das jetzt, du wärst einverstanden?"

„Ja sicher, wenn das Angebot stimmt. Aber der Preis müsste natürlich nachverhandelt werden."

„Kannst du das auch?", fragte er verblüfft.

Helga lachte. Es klang heiter und froh. „Nein, mein Lieber, das kann ich leider nicht. Aber Susanne kann es, und Annabell sicher auch!"

Darauf sagte Lars ausnahmsweise gar nichts. Das musste er erst verdauen. Apropos verdauen. Ob Helga in der Nähe ein vernünftiges Lokal kannte? Soviel Aufregung machte ihn immer hungrig.

Dann ging alles Schlag auf Schlag.

Werner kam schon zwei Tage nach ihrer Erstbesichtigung nach Wien und stellte nach eingehender Prüfung fest, dass aus technischer Sicht gegen den Kauf des Objektes nichts einzuwenden sei. Die tragenden Bauteile waren in Ordnung, das Dach, die Fassade und ein Teil der Leitungen waren bereits erneuert worden, lediglich die Innenausstattung ließ zu wünschen übrig. Schon am nächsten Tag übermittelte er ihnen eine Grobkostenschätzung.

Lars addierte den Endbetrag zum Angebotspreis und stöhnte. Aber Helga, die ihm dabei über die Schulter sah, sagte nur: „Das ist doch noch der unverhandelte Preis. Susanne hat bereits angeboten, uns bei den Preisverhandlungen zu unterstützen, und natürlich sollten wir Annabell ebenfalls einbinden, schließlich hat sie das Geschäft vermittelt."

„Du erstaunst mich immer wieder", meinte Lars lächelnd.

Auch Benny gegenüber war Helga diesmal hart geblieben. „Falls die Sache mit dem Hotel klappen sollte, werden wir in die Nähe des Hotels ziehen", hatte sie gesagt. Ihre Stimme klang dabei fest und bestimmt.

„Mir egal, ich gehe ohnehin nach Schladming", hatte er geantwortet.

„Wenn dir das gelingt, werden wir uns für dich freuen, wenn nicht, wirst du mit uns übersiedeln."

„Aber könnten wir nicht hier bleiben?"

„Widerrede zwecklos. Wir fahren nicht täglich zweimal quer durch die Stadt. Diesmal meine ich es ernst."

Erstaunlicherweise hatte Benny sich daraufhin kommentarlos zurückgezogen. Vergangenes Wochenende hatte er sich sogar dazu überreden lassen, das Objekt mit ihnen zu besichtigen.

„Nicht übel, der Laden, nur das Styling ist unterirdisch." Das war vermutlich das größte Kompliment, dessen er zurzeit fähig war.

„Das Styling soll ja auch noch geändert werden", sagte Lars.

Dass ihm die Kosten dieser Änderung ziemlich schwer im Magen lagen, sagte er besser nicht, wie er überhaupt wohlweislich verschwieg, dass ihm die Sache nun fast zu schnell ging und über den Kopf zu wachsen drohte.

Er war so beseelt gewesen von dem Gedanken, mit Helga zusammenzusein, dass ihm der Rest nahezu unbedeutend erschienen war. Doch jetzt, wo sich seine Träume zu erfüllen schienen, hatte er Mühe, seinen gewohnten Optimismus an den Tag zu legen.

Die Durchrechnung hatte ergeben, dass es mit dem Verpachten des Landhauses nicht getan war. Er musste entweder das Gesamtobjekt verkaufen oder zumindest seine Wohnung und Mutters Hoftrakt vermieten. Wie sollte das gehen?

Seine Mutter war zwar leicht dement, aber nicht entmündigt.

Mit einem flauen Gefühl im Magen flog er nach Hamburg, um erst mit Silke und ihrem Professor und dann mit Frauke zu sprechen.

Alle waren der Meinung, dass seine Mutter nie mehr allein würde leben können. Sie würde immer jemanden brauchen, der sich darum kümmerte, dass sie regelmäßig ihre Medikamente einnahm und ebenso regelmäßig aß und trank.

Helga hatte heroisch angeboten, seine Mutter könnte doch bei ihnen leben, aber Frauke fand, dass könne man ihr nicht zumuten.

„Sie hier zu lassen, kann ich wiederum dir nicht zumuten", hatte Lars geantwortet.

„Solange sich ihr Zustand nicht verschlechtert, wäre es aber für alle die beste Lösung", hatte Frauke gemeint.

„Und wenn er sich verschlechtert?"

„Dann sehen wir weiter."

Da auch Silkes Professor der Meinung war, ein so einschneidender Wechsel der Lebensumstände könnte zu einer radikalen Verschlechterung führen, blieb Lars Mutter vorerst, wo sie war.

Die Nachricht, dass das Haus in Hamburg verkauft werden sollte, nahm sie überraschend gelassen auf. Ganz so, als hätte sie Hamburg aus ihrem Leben gestrichen. Dafür sprach sie in letzter Zeit immer öfter von ihrer Zeit in Bayern.

Also beauftragte Lars Annabell schweren Herzens mit dem Verkauf des *Landhauses* und düste wieder nach Wien.

Helga war in der Zwischenzeit auch nicht untätig. Sie einigte sich mit Paul über den Verkauf des Reihenhauses. Nach Auszahlung der noch offenen Darlehen würde für jeden noch ein Batzen Geld überbleiben. Da Paul die nächsten Jahre in London verbringen würde, überließ er Helga in seltener Großmut die gesamte Inneneinrichtung, das sparte ihnen schon mal eine Menge Geld.

Dann ging es an die Verhandlung des Kaufpreises.

Annabell hatte in der Zwischenzeit herausgefunden, dass das Objekt schon über ein Jahr auf dem Markt war. Für die großen Hotelketten mochte es zu klein sein, für Lars und Helga war es perfekt. Mit Susannes Marktkenntnis und Lars' Charme gelang es ihnen, den Kaufpreis noch ordentlich nach unten zu korrigieren, dann wurde der Deal perfekt gemacht.

Als Lars die entsprechenden Urkunden vor sich liegen hatte, zitterte seine Hand ein wenig, dann atmete er durch und setzte schwungvoll seine Unterschrift darunter.

Zwei Tage später flogen sie wieder nach Hamburg, diesmal, um Lars' Geburtstag zu feiern.

Frauke und Paulsen hatten ganze Arbeit geleistet. Lars blieb nichts anderes zu tun, als Glückwünsche entgegenzunehmen und die erstaunte Gästeschar darüber zu informieren, dass er künftig vor den Toren Wiens für sie kochen würde.

Das gab vielleicht ein Geschnatter!

Gegen Ende des Abends zog Paulsen Lars in eine ruhige Ecke.

„Du willst das *Landhaus* verkaufen?"

„Ich muss. Wie sonst sollte ich das Wiener Objekt finanzieren?"

„Also, wenn der Preis stimmt, wäre ich interessiert."

„Du hast doch ein Restaurant. Was willst du mit meinem *Landhaus?*"

„Ich würde es meinem Sohn schenken, als Vorauserbe. Dort kann er dann von mir aus sautierte Regenwürmer an Brennnesselspinat servieren, und ich hätte endlich wieder Ruhe in meiner Küche."

„Ich dachte, dein Sohn kocht in L. A.?"

„Leider nicht mehr. War eine herrliche Zeit."

Lars überlegte. „Und wenn die Sache flopt?"

„Das glaube ich ehrlich gesagt gar nicht. Die jungen Leute sind ja ganz wild auf Umweltschutz und Nachhaltigkeit. Ist okay, sollen sie, ist ihre Welt, aber sie sollen mir mein gebackenes Bries nicht madig machen! Also, wie steht die Sache?"

Lars klopfte ihm auf die Schulter. „Komm mit, ich mache dich mit meiner Maklerin bekannt."

Während sie Annabell suchten, fragte Lars: „Würdest du Personal übernehmen?"

„Wenn's den Kaufpreis günstig beeinflusst", lachte Paulsen.

So rasch der Kauf von Restaurant und Hotel zustande gekommen war, so lang zog sich die Zeit bis zur Eröffnung hin – zumindest kam es Lars so vor. Tatsächlich hatten sie den Umbau in Rekordzeit hinbekommen; das behauptete zumindest Werners Tochter, deren Büro die Bauleitung übernommen hatte.

An einem der ersten Frühlingstage konnten sie endlich Familie und Freunde zum Probeessen laden – zwei Tage später wurden Lokal und Hotel wiedereröffnet. Dank Helgas Marketingaktivitäten waren sie bereits ganz gut gebucht.

Neben Susanne und Werner, Helgas Eltern und einigen anderen Bekannten kamen auch Frauke und Annabell. Jens kümmere sich derweil um Dora und Oma Elsa, berichtete Frauke und gab sich dann mit Annabell einer ausgiebigen Shoppingtour hin. Silke konnte leider nicht mitkommen, sie war mit ihrem Professor auf einem Kongress in den Staaten.

Helga, die bis zuletzt eifrig mitgeholfen hatte, damit auch wirklich alles nach ihren Vorstellungen war, saß inmitten der Gästeschar und war so schön wie noch nie – fand zumindest Lars. Sie strahlte einfach, und das, obwohl Benny an diesem Wochenende erstmals alleine nach London folg. Sein Vater hatte ihn eingeladen, als kleines Trostpflaster, weil es mit dem Schigymnasium nun doch nichts geworden war.

Lars saß ebenfalls am Tisch, in der Küche werkelte Hans, der nach einem Erstgespräch mit dem jungen Paulsen gefunden hatte, dass er lieber nach Wien gehen würde. Nun erläuterte Lars seinen Gästen, was das Servicepersonal eben aufgetragen hatte.

„Wir haben hier ein rosa gebratenes Rehmedaillon auf einer sahnigen Morchelsauce, dazu ein Laugentörtchen, glacierte Karöttchen und frittierte Petersilie."

In die andächtige Stille hinein hörte er seine zukünftige Schwiegermutter fragen: „Warum erzählen Sie uns das? Schmeckt man's denn nicht?"

ENDE

Ein herzliches Danke-schön

allen treuen und neuen Leserinnen!

Wenn es gefallen hat, würde ich mich über eine kurze Rezension bei Amazon sehr freuen. Sind Fragen oder Wünsche offen geblieben, so können Sie mir diese gerne über das Kontaktformular meiner Website mitteilen.

Ein weiteres Danke-schön

gebührt meinen Testlesern und allen, die am Zustandekommen des Buches beteiligt waren.

Der Reihe nach:

Der erste, den ich mit meinen Ideen in den Ohren liege, ist mein lieber Mann Manfred, ihm obliegt es später auch Logikfehler etc. aufzuspüren. Das vorläufig fertige Manuskript geht dann an meine Testleser. Im vorliegenden Fall ein herzliches Danke an Steffi, Sabine und Eva.

Sobald deren Anregungen eingearbeitet sind, geht der Text ins Lektorat, diesfalls nach Mainz, zu Mareike Kerz, die dem Text den letzten Schliff gegeben hat.

Die Endfassung geht an die Alster, zu Melanie Jungierek, die den Text in Form bringt, in die E-Book-Formate konvertiert und mich auch sonst stets unterstützt, wenn meine Computer-Kenntnisse wieder einmal nicht ausreichen.

Ich hoffe, Sie alle bleiben mir gewogen, denn der nächste Roman ist schon im Werden.

Neubeginn im Rosenschlösschen

Als Susanne mit 55 Jahren ihren Top-Job verliert, muss sie erfahren, dass es in ihrem Alter gar nicht so leicht ist, neuerlich im Berufsleben Fuß zu fassen. Zum Glück hat sie gute Freunde, eine Menge Ideen und das Rosenschlösschen, ihr ehemaliges Elternhaus, in dem sie bald Kochevents veranstalten will.

Gemeinsam mit dem Architekten Werner macht sie sich daran, das Rosenschlösschen aus seinem Dornröschenschlaf zu holen und freut sich auf neue Herausforderungen. Doch plötzlich ist Werner wie vom Erdboden verschluckt, dafür macht ihr der Hamburger Starkoch Lars ganz eindeutig den Hof ...

Liebe, Macht und rote Rosen

Als Sybille das Amt der Sozialministerin antritt, möchte sie vor allem eines: mehr Ehrlichkeit in die Politik bringen. Doch der Kanzler, den sie noch aus Studententagen kennt, scheint daran weniger Interesse zu haben, und ihre halbwüchsige Tochter Kerstin macht es ihr auch nicht immer leicht.

Wie gut, dass wenigstens der Chefredakteur des kritischen Tagblattes immer öfter ihre Partei ergreift - und sich auch sonst als höchst angenehme Gesellschaft erweist. Als ihr Unterlagen in die Hände fallen, die den mächtigen Gewerkschaftsboss in arge Bedrängnis bringen könnten, ist er der Einzige an ihrer Seite. Alles könnte so schön sein, aber darf sich eine Ministerin in einen Journalisten verlieben?

Das sagen die Leser dazu:
 „Kein Politik-Thriller, aber niveauvolle Unterhaltung"
 „Ironischer Blick auf die hohe Politik"
 „Frech und herrlich real"